La Telaraña

(y otros Relatos)

Osvaldo R Montalvo Cossío

Primera edición, diciembre de 2017

ISBN 978-9945-09-046-8

Índice

Sobre el autor v

Dedicatoria vii

La Telaraña (y otros Relatos)

El Discurso de Joanna 1

La Muerte de John De los Santos,

Alias El Terror 91

De Locos, Indigentes y Otros Duendes

de la Calle 225

La Telaraña 321

Sobre el Autor:

Osvaldo R. Montalvo Cossío estudió economía en la Universidad Autónoma Metropolitana-Xochimilco (1985), con estudios de posgrado en México. Ha trabajado en la promoción de inversiones, en el sector privado como empleado y como empresario, y en el sector público. Además ha sido asesor de empresas privadas y de instituciones gubernamentales. Profesor universitario por muchos años y dedicado últimamente a las finanzas. Tiene varios ensayos publicados: *John Maynard Keynes y el Financiamiento del Gasto Público* (Revista de Ciencia y Cultura Vol. 1, No. 3, Universidad Iberoamericana, septiembre – diciembre del 1989), *El Proceso del Déficit Fiscal* (Serie Monográfica No. 1, Instituto Tecnológico de Santo Domingo, agosto del 1995), *El Handicap del Comercio Exterior* (Ciencia y Sociedad, Instituto Tecnológico de Santo Domingo, febrero del 1998), *John Maynard Keynes: a 50 Años de la Teoría General* (Revista de Ciencias Sociales No. 111, enero – marzo, 1998), *La Alquimia de los Índices Generales de Precio*, Ganador del 3er. Lugar del Concurso Juan Pablo Duarte de la Biblioteca del Banco Central, versión 2002. Y tiene dos libros publicados: *Crítica a la economía del status quo* (2011) y *Crítica a la economía de Marx* (2014). En el ámbito literario, tiene varios cuentos publicados: Génesis (1978), El Chivo (1982), El Lagarto del Deseo (1990). Actualmente reside en Santo Domingo, República Dominicana. Toda correspondencia puede ser enviada al correo ormontalvo@gmail.com.

A Danielle

La Telaraña

(y otros Relatos)

El Discurso de Joanna

1

Joanna tiene como veintitrés años. Perfecto. Joven, carne fresca. Lo que significa fuerza, tonicidad muscular. Fricción, resistencia, apriete. Además, frescura, suavidad, limpieza. La juventud es bella por definición. Y lo bello, atractivo. A la vez, no es una niña. No puede alegar ignorancia de nada. A esta altura ha pensado y sentido deseo, necesidad. Algo ha intentado. De seguro algo ha hecho. Lo que la hace más deseable es, justamente, que aunque haya hecho, aun haya hecho mucho, todavía se la puede enseñar. Dirigir, señalarle. Amoldar. Con una... *señora* no se puede hacer esto. Todas las amarras están flojas. Sobre todo si han parido, sobre todo si han parido más de una vez. El tiempo es cruel con las mujeres. Antes de tiempo les separa la grasa del músculo. Les pone la piel de naranja. Les tumba las mejillas. Les cambia las proporciones. Aunque el mismo tiempo las compensa: las hace más inteligentes y astutas. Les enseña su derecho: a estar, a exigir, a disfrutar. Y les da audacia y atrevimiento. La inteligencia para hacer creer al otro que es quien hace. Quien sabe y quien dirige. La mujer lo tiene todo para gobernar: belleza antes que nada. Y astucia. Esto es lo mismo que dinero y poder.

Un hombre tiene que preguntarse qué quiere. ¿Qué quieres? Juventud o sabiduría, porque nunca podrás tenerlo todo. Yo tengo treinta y cinco años. O sea que le llevo doce. Perfecto. Perfecto porque a mi edad estoy en perfecto estado de salud, física y mental. Y porque a esta distancia ella sabe que conmigo puede tener lo que no con los hombres de su entorno. Por supuesto que no es sólo edad sino edad y dinero. Soy de un estrato social superior, lo que es una ventaja inmejorable. Conozco las formas y maneras del mundo de arriba al que ella no se ha asomado. Lo ha pensado, lo ha soñado, pero no lo conoce. Lo que es tanto mejor porque los sueños –que no son otra cosa sino deseos no cumplidos- habitualmente son más grandes que la realidad. Entonces, tengo la experiencia y tengo los recursos, se supone que estoy en buena posición negociadora. Y lo estoy justamente porque ella lo sabe. De otra forma me trataría como uno más, uno cualquiera. Con indiferencia, desprecio. Cuando una mujer no puede cifrar expectativas con un hombre, lo trata como a un amiguito estúpido, un mariconcito, en el mejor de los casos. En el peor, con una crueldad oriental. La mujer tiene mejor consciencia que el hombre de que hay gente que nace para ser nada. Olvido. Vacío. No es cuestión de derechos, de esos conceptos y discusiones que tanto les gusta a los liberales, o a los denominados progresistas. Nada de eso. Es algo por encima del derecho, más complejo. Por decirlo en dos palabras –y lo traigo al lado masculino para que no me acusen de misoginia-, hay hombres que nacen para el desprecio de las mujeres. No es su físico: pueden ser bien parecidos. No es su condición económica: pueden ser acomodados, hasta ricos. Es su carácter. Nacieron débiles de pensamiento. Tímidos, inseguros, miedosos. Sufren un sobresalto de muerte de sólo pensar en hablarle a una mujer. Les tiemblan las manos. No les sale palabra. Se ruborizan y abochornan. Y huyen presurosos como perros apedreados. Esos son los que salen con una mujer para permitir que ella regrese a casa con otro. Que se dejan dirigir en silencio. Que se dejan humillar y avergonzar. A los que les nacen hijos de otro color. Y nunca se atrevieron a nada, murieron como nacieron: nada. Sombras, carne de la historia. Lo peor es que nunca dejaron huella, ni siquiera para hacer sorna y reír con ganas. Sombras, realmente. Recuerdos lamentables. Nunca estuvieron más equivocados, aunque quizás su miedo era superior a cualquier otra cosa.

Por instinto, la mujer ama al macho alfa. Al fuerte, al superior. Al triunfador. No es su decisión. Es puro instinto. De ese quiere ella hijos, sanos y fuertes. Bellos. Y ese mismo instinto hace que no mire a los lados. A los vencidos. A los inferiores. A las pérdidas de guerra. A lo que costó la contienda. No le interesa. Sólo ve su futuro en la condición de poder de su amado. Nada de lo otro importa. Y en estos tiempos de tecnología y cultura, de aparente conocimiento, hay quienes piensan que todo esto quedó atrás en un pasado primitivo y rústico. Que en las relaciones de hoy en día lo que media es la libertad y el deseo. La conveniencia calculada. Las buenas maneras, el acuerdo y la democracia. Pero, sobre todo, que nuestros instintos como primates han sido superados. ¡Soberana estupidez! Si acaso bien al contrario, somos más instintivos que el mono más perverso y lujurioso. Por decir, sin deseo específicamente sexual y masculino no habría capitalismo. Puede parecer una hipótesis audaz, pero no es difícil de demostrar. Aunque para ello habrá que hacer un par de precisiones porque la falta de reflexión confunde los términos. Lo primero: placer. El placer es una sensación de gratificación y realización. De relajación y serenidad. Hasta de transportación y trascendencia. Que atraviesa cuerpo y mente, cuerpo y alma. Sus fuentes son diversas, desde la contemplación gozosa de la belleza de la naturaleza, hasta la más apasionada vanidad. Los padres sienten placer por las realizaciones de sus hijos, un creyente ferviente por la maravillosa obra de dios en el universo. Un monje por la trascendencia del ser. Un tirano por el tamaño y lo irrestricto de su dominio. Y un tíguere por haberse tirado a la más buena. Son, pues, fuentes diversas. Sin embargo, las más bajas, las que están en la base de los instintos y la sobrevivencia son más comunes y más intensas. No es que lo diga yo. Observemos: ¿Cuántos hombres escuchamos hablar maravillados de la increíble arquitectura del universo, y cuantos vemos cavilando sobre senos y traseros? ¿A quienes oímos hablar del placer de la serenidad y la quietud, del flotar en la tranquilidad de la nada, y a cuantos vemos, como yo, preparando la estrategia de la próxima conquista? Los instintos superan el alma y la mente, en fuerza y en intensidad. En la cima está el placer sexual. Es un referente, un faro. Una métrica. No todos tienen la sensibilidad para apreciar la belleza compleja de lo existente, incluyendo en ello lo invisible, lo intangible y las capacidades de la fantasía y el pensamiento. No todos tienen la soltura de nervios para estarse tranquilos y sólo respirar en calma. No todos pueden sentir con el alma. Son demasiado terrenos, atrasados, básicos. En cambio, sí pueden sentir el placer sexual. De hecho, no sólo lo pueden sentir sino que el sexo dirige su atención. Otra tesis audaz, tampoco difícil de demostrar. Dicho lo anterior, como antes, se levantarán muchas manos para contradecir lo que digo. Dirán que nada de lo que hacen lo hacen con un propósito sexual. Lo que, de pasada, encuentran obsceno y de mal gusto. Estarían a un paso de rechazar el sexo como estimulo y propósito. Y si no lo hacen es porque todo el entorno los contradice: si el sexo no es un estimulo y un propósito, ¿de dónde sale todo esto? Toda esta gente, todos estos animales. Es más, toda esta vegetación. Pero creo que entiendo. Profesan desde hace siglos una supuesta oposición entre el cuerpo y el alma. El cuerpo, tangible, mortal, pasajero. El alma, intangible, inmortal, eterna. Se impone una decisión: abandonarse al cuerpo –al placer, vale decir- implica por necesidad la renuncia al alma, a la vida eterna. Y viceversa. De aquí que validar el placer sexual implica –por vías subterráneas puesto que no es algo que racionalizan- renunciar a la vida eterna. Y eso, ¡jamás! Sería perder lo mucho –lo eterno- por lo poco –el placer de un instante-. Simplemente no es negocio. Pero tienen problemas con el asunto de la validación del placer sexual. Donde aquí dicen que no, que nunca, en otro lugar o en otro momento dicen que quizás. Y cuando dicen quizás, más adelante explican que evidentemente. Y lo mismo, pero al revés. De manera que no se comprometen con ningún juicio o sentencia relativamente firme. Todo lo mantienen en estado temporal, provisional, general, ambiguo. Para poder dar marcha atrás cuando sea necesario. Y en lo personal lo que hacen es idealizar todo: el sexo con su esposa, pura y santa, no es sexo sino amor. Y reprimen todos los impulsos e imágenes que puedan contradecir su visión casta de la vida de los mamíferos.

Que el sexo sea un referente y una métrica de ninguna manera dice que es lo único. Como no dice que no hay otros referentes y otras métricas. En cualquier caso, sí tenemos que destacar su preeminencia sobre otros focos de atracción. El sexo no es la única fuente de placer pero sí la principal. La más general, la más conocida. La más recurrida, la más comentada. Hay hombres –normales- que luchan contra esta poderosa fuerza de atracción. Inmediatamente les surge un pensamiento lascivo –lo que es increíblemente frecuente pues es la naturaleza trabajando-, lo anulan. Trabajan la mente, la pintan de blanco, desvían la atención. Hacia propósitos elevados, humanitarios, sublimes. No dejar que el pensamiento caiga por lo bajo. Y digo hombres normales porque, como advertí antes, hay quienes no lo son. Quienes no tienen ni conocen de estos impulsos porque... porque no son hombres normales. En este juego en que el pulso del sexo jala y es resistido hay diferentes conclusiones. Hay quienes simplemente no se resisten y se entregan a la sensualidad, a la promiscuidad. De forma directa o indirecta.

Para no irnos demasiado largo, pongamos como ejemplo el caso del hombre *modelo*. El término es complicado: nos referimos al hombre socialmente reconocido, aceptado y admirado. Clase media alta, trabajador, responsable, creyente, conservador. Y, por supuesto, fiel a su esposa. Por lo menos dentro de lo razonable y lo posible. Este señor logró el amor de su mujer no porque sí, sino porque posee un cierto grupo de atributos en las proporciones adecuadas. Por ejemplo, no lo hemos mencionado antes pero debe ser un proveedor confiable y abundante. En la casa donde no se come no cabe el amor. Y la mujer –ya lo dijimos- no ama a los vencidos. Estos atributos: profesional, inteligente, culto, caballeroso, cortés, educado, paciente..., -imposible mencionarlos todos porque nos llevaría mucho, lo que quiero evitar-, debe tenerlos de nacimiento –como parte de su temperamento-, o adquirirlos. En cualquiera de los casos, desarrollarlos. Porque nada sale de la nada, a menos que dejemos de pensar y nos dediquemos a elaborar tratados del amor romántico. La inteligencia se desarrolla, la profesión se estudia en la universidad y luego se domina en la práctica. La educación es un proceso de adaptación y de búsqueda de comunicación. Y así por el estilo. Este hombre persigue estas cualidades -las busca donde se encuentren y las desarrolla- para tenerlas. Luego que las tiene, las muestra. Y las muestra porque desea aceptación. Y quiere aceptación porque, a cambio de las suyas, va a recibir los beneficios de otra combinación de cualidades, las de la mujer. Esto sucede como cualquiera acto de comercio, sólo que aquí no se venden bienes económicos sino un conjunto de cualidades personales, y el precio al que tiene lugar el intercambio no es mercantil ni explícito. Pero el mecanismo es exactamente el mismo.

Nuestro hombre modelo se casa. ¿Tiene el matrimonio la gratificación sexual como principal propósito? El dirá que no, que de ninguna manera. Junto con su entorno íntimo pensarán que el sexo es un medio para procrear y para... pues, para sentirse bien. Sano, alegre, positivo. De manera que el sexo no, pero sí. Es decir, sí pero con moderación. Como el alcohol. Esto independientemente de sus pensamientos que temprano o mas tarde se le escaparán hacia la fantasía o hacia la infidelidad. Inevitablemente. Esto, si es normal. Si no lo es, puede caer en alguna forma de asexualidad, en lo que una señora de mucha sociedad no tendría reparo. Si no es sexo lo que busca, entonces ¿qué? Fácil: seguridad, tranquilidad, comodidad. La seguridad de no tener que probar fuerza y astucia cada día. La tranquilidad de cuando un día se parece a otro como dos gotas de agua. La comodidad de tener lo necesario a la mano. Lo necesario mientras sea necesario. Hasta que sea necesario. Aunque tengo que decir que este es un hombre modelo extremo. Algo así como el modelo entre los modelos. Moralmente superior, pero extraño. Raro, atípico. Sobre todo, disfuncional. El modelo popular cambia Lujuria por Codicia. O Codicia por Vanidad. O Vanidad por Soberbia. Una por otra, pero siempre del lado del pecado. Dice el autor de *La nube del no saber*:

"Y eso es lo que ocurre cuando tú mismo provocas voluntariamente dentro de ti el recuerdo de algún hombre o mujer de este mundo, o bien algún objeto material o mundanal. De manera que si se trata de una cosa que te hiere o te hirió en otro tiempo, se eleva en ti una pasión airada y una sed de venganza que se denominan ***Ira****; o bien un cruel desdén y una especie de aversión por una persona, con pensamientos malévolos y condenatorios, y eso se denomina* ***Envidia****. O bien un cansancio y una desgana de toda buena actividad física o espiritual, y eso se denomina*

__Pereza__. Y si es una cosa que te gustó o que en otro tiempo te gustaba, se alza entonces en ti un deleite desmedido por pensar en esa cosa, sea la que sea. De manera que entonces te apoyas en ese pensamiento y acabas por atar a ella tu corazón y tu voluntad y alimentas con ella tu corazón carnal: de suerte que temporalmente piensas que no deseas ningún otro bien que vivir siempre en esa paz y reposo con ese objeto de tu pensamiento. Si ese pensamiento que provocas en ti, o que tú acoges cuando te viene, y con el que quedas con tanto deleite, se refiere al hecho de que es excelente tu naturaleza o tu conocimiento, tu gracia o tu rango, tus dotes o tu belleza entonces es __Orgullo__. Y si es cualquier clase de bien mundano, riquezas o bienes personales, o aquello que un hombre puede tener o gobernar, entonces es __Avaricia__. Y si son sabrosos manjares y bebidas, o cualquier clase de delicia que puede saborear el hombre, entonces es __Gula__. Y si es amor o deleite o cualquier clase de comportamiento, conversación, mimos o halagos de cualquier hombre o mujer de este mundo, o bien de ti mismo, entonces es __Lascivia__."

Pensar que la gratificación proviene del solo ser es irreal. Místico, utópico. Exótico. En este mundo real y concreto, vulgar y profano, la gratificación solo se deriva de los excesos. Y todos los excesos son pecaminosos. Nuestro modelo sólo ha cambiado Lascivia por Avaricia. Y, si no, por Orgullo.

Entonces, el plan macabro es invitarla a salir para... bueno, para ponerla en posición horizontal. Aclaro: no soy ninguna excepción sino la regla. La única diferencia con los demás es que aquí revelaré abiertamente lo que son mis intenciones, en lo que veremos que no siempre los acontecimientos se suceden de acuerdo al plan.

En general, cuando un hombre –un hombre *normal*- invita una mujer a salir: a cenar, a tomar una cerveza, a bailar, al cine, a la playa. Siempre y sin falta lleva una segunda, a la corta o a la larga. Que consiste indefectiblemente en acostarla. Ya sé, ya sé. De inmediato se levantarán numerosas manos para contradecirme. Algunas para gritarme e insultarme. Que no todos los hombres son así –como yo-, lascivos y animales. Que hay hombres que son caballeros: amables, educados, corteses. Que son incapaces de tener un mal pensamiento, menos aún de albergar deseos lujuriosos. Otras me imprecarán que precise el tipo de mujeres de las que hablo, porque esas, evidentemente no son ellas. Ellas jamás aceptarían una invitación –ni tan siquiera una palabra- de un hombre de quien supieran que tiene semejante trama en mente.

Ahora debo excusarme por dos cosas. Primero, por plantear el tema tan directa, tan crudamente, tal como es en la realidad. Hago esto porque nos va a ahorrar mucho tiempo. Al amable lector le pediré que se resista a tratar de envolverme, de confundirme con argumentos y palabras en un asunto que conozco mejor. No tanto por experiencia, porque no ha pasado tanto tiempo, sino porque me he dedicado a estudiarlo, a reflexionarlo. Tengo tiempo preguntando y deduciendo, descifrando, escuchando pacientemente las historias más diversas de muchas personas de ambos sexos. Lo otro es el lenguaje que utilizo, el mundo de las formas. El lenguaje habitual, práctico, como se dicen las cosas. Poco cultivado, poco poético, pero que todo mundo reconocerá en cada situación.

Hablo de un hombre normal, a lo que debo añadir una mujer igualmente normal. Hay, de lado y lado, cantidad de disfunciones. No sólo hay hombres impotentes –desde un ángulo esto sería lo de menos-, sino hombres que literalmente le tienen fobia a las mujeres. En su mente enferma tienen a la mujer como un animal peligroso que puede morder o envenenar. Que puede arrullar con su voz suave y dulce para luego sacarle las entrañas. Que puede manipular. Controlar, atrapar. Recluir. Hombres que esconden su miedo en maneras finas y distinguidas. Pero pánico al fin. En el medio, entre el señorito y el patán del barrio –el mujeriego egoísta, abusador, desalmado, que obliga y trata a las mujeres como basura-, hay todo un intermedio diverso y variopinto. De complicaciones distintas, en coordenadas diferentes que, por ello, sería difícil detallar aquí. Por eso hablo de un hombre normal: el que tiene pensamientos lascivos sin que lleguen estos a obsesión. El que tiene sus miedos, pero los maneja. Y se lanza. El que sabe de sus limitaciones, pero también conoce las ajenas. El que no puede negar sus intenciones, pero deduce las de las que se proclaman santas y puras.

Este relato, que escribo tan fielmente como recuerdo, no es para vanagloria de los hombres. Quizás al contrario, para que tomen conciencia de la fragilidad y los peligros de sus emociones incontroladas. Del mismo sacarán mejor provecho las mujeres puesto que, conociendo las intenciones de sus seductores, mejor podrán desplegar sus defensas. Aunque nada de lo que diga aquí no lo saben de antemano. Algunas lo negarán y dirán que, como siempre, todo depende. Todo depende del hombre, sus intenciones, las circunstancias... Posiblemente no lo saben decir con palabras, pero lo intuyen. La mujer no sabe por razonamiento sino por corazonada. De la misma manera, es la mentirosa perfecta: nunca se desmiente aunque se le arroje a la cara la evidencia, aunque se la apremie con torturas. Si el hombre tiene de ventaja la razón, la mujer tiene la intuición. Si el hombre tiene de desventaja el deseo, la mujer tiene la ilusión.

2

¿Dónde llevarla? El dinero siempre es un argumento. El dinero no es importante sólo para los que nunca pagan. No hay que explicar la razón. Pero para el que tiene que pagar es distinto. Si tiene que pagar. No es opcional. El que quiere, paga. Al que quieren le tienen que pagar. Así de sencillo. Es como la prostitución. El que quiere, que prepare el bolsillo. En esto siempre aparece uno que otro aburrido que quiere aportar un contra ejemplo. Por decir, que hay mujeres que pagan por sexo. Concedido, pero aun así, el numero de mujeres que están deseosas de tener sexo a cambio de dinero es pequeño en sí mismo, y al lado del número de hombres que están en una situación equivalente es tan diminuto que apenas merece mención. Es más, no argumentemos y vayamos a los lugares de amor de paga. ¿Cuántos hombres encontramos ejerciendo la prostitución (heterosexual)? Y la razón no es difícil de investigar: no encuentran compradoras. Todavía más: la mujer que paga por sexo –eso dice ella-, no paga por sexo en sí mismo, como los hombres. Paga, compra, compañía. La que, por supuesto, incluye el sexo. Pero pagar por amor como lo hacen los hombres. Es decir, dinero para allá, trasero para acá, y pan pan pan… No, eso no es de mujeres. La mujer es en esencia continuidad frecuente. Ni siquiera exclusividad. Es reconocimiento, aprecio, atención. El hombre no sabe nada de eso. El hombre descarga su necesidad fisiológica en cualquier lugar. En un rincón, en un baldío o en el monte. Para él el lugar no es importante sino regresar a la neutralidad.

¿Dónde llevarla? Siempre es conveniente empezar en un lugar bueno. Es decir en la medida en que lo permita la moneda. Un lugar bueno: elegante, tranquilo, caro, proyecta las mejores cualidades –por supuesto, no tienen que ser ciertas-, y crea toda suerte de expectativas. La principal: poder, como explicamos atrás. Poder, capacidad, resolución, seguridad. No hay sensación que más guste a una mujer que sentirse segura y protegida. Segura de cualquier agresión –de cualquiera, inclusive de la naturaleza o del Estado-, protegida del hambre, la sed, la intemperie. De la necesidad o el azar. Luego de la primera impresión –para la que solo hay una oportunidad-, se puede ir moderando el asunto. Hasta dejarlo caer al nivel de ella. No le resultará extraño: es su medio y costumbre. Y si frustra sus expectativas, no lo podrá argumentar. En cambio, el peligro del hombre es que siempre está en competencia, aunque no se percate de ello. Siempre tiene rivalidad, envidia en su contra. Y la mujer, pues la mujer quiere lo mejor para ella.

Teniendo en cuenta estos elementos, será en un *Sugar Ray*. Un colmadón. Mejor en un *Drink*, pero es muy temprano. La ruta, entonces, puede ser arrancar en el *Sugar*, y cuando haya que meter tercera pasar al *Drink*. La cuarta ya para los moteles. Por cierto, colmadón es el aumentativo de colmado. Y colmado es una tienda de abarrotes, como hay en cualquier lugar del mundo. Aquí, hasta los ochentas, el colmado era el suplidor eje de los hogares: café, azúcar, pan. Aceite, salsa de tomate, cigarrillos. Todos al detalle. Cerveza, ron, refrescos. Perejil y cilantro. Papas, plátanos –verdes y maduros-, guineos, yautía, tomates, cebolla, limones. Una finca sobre un mostrador. Un bar y un bazar. Todo en el mismo lugar, pequeño, casi siempre en una esquina. Todavía, por si le hace falta, tenemos: escobas, suapes, cubetas, cloro. Brillos, de nylon, y metálicos. Tiza, borra para lápiz. Corta uñas, cartas de naipes, desodorante, aspirina. Chuleta, hielo, helados, papel y toallas sanitarias. Frijoles en lata, garbanzos, sopa china. Galletas, dulce, alcoholado. Alcanfor, desodorantes. Tijeras... La lista de productos es infinita. Con el tiempo sucedieron dos cosas: aumentó la cantidad de gente y el dinero que la gente gana. Es decir, hay más gente con más dinero para gastar. Y se impuso el derecho a gozar. El atavismo de que el propósito en la vida es sufrir: precariedad, calor, continencia. Paciencia, ausencia, soledad, para así ganarse la vida eterna, fue simplemente abolido. Nunca nadie vino del día después a explicar que era buen negocio. Y, en lo que esperamos, parece ser mejor decisión aquí y ahora. Mientras se pueda. Mientras haya tiempo. Preferencia por el presente, le llaman los economistas. Entonces, como hay dinero, pero no tanto como para ir a los bares y restaurantes, se empezó a beber en los colmados. Primero cerveza: hubo colmados que hicieron de la técnica para enfriar sus cervezas su insignia. Cenizas (la cerveza, justo antes de la congelación –que es cuando se considera que está a la temperatura óptima- se oscurece, y en la superficie de la botella se forma una ligerísima película de hielo. De ahí el término.) El colmado se hizo un lugar de pausa y descanso a media mañana y de alterne al final de la tarde. Después de las ocho se declara rumba abierta para el baile. Lo que era una reunión de dos o tres amigos se convirtió en una fiesta diaria, pista y baile incluidos. Las provisiones misceláneas y comestibles dejaron de ser negocio frente a la bebida, sobre todo por la cantidad de tiempo de trabajo que involucran las primeras comparada con ésta. En dos palabras, el ron ni se daña ni se lo comen los ratones. La ciudad se reconfiguró: los colmados en el lugar adecuado –por las instituciones y cantidad de gente en su entorno- se transformaron en bares con cara de abarrotes. Otros, por las mismas razones, se mantuvieron mitad y mitad. Y sólo los peor localizados se aferraron a la vieja usanza. Tenía que ser así: Cerveza para nosotros que queremos gozar. Ron para nosotros que queremos olvidar. Whisky para nosotros que no queremos pensar. Somos una sociedad alcohólica –y hedonista- y lo peor es que no nos damos cuenta. No nos damos cuenta porque estamos borrachos, y si nos damos cuenta, no nos importa, porque estamos borrachos. Por cierto, *Drink* es un anglicismo en la antonomasia para referirnos a una licorería. *Drink* se refiere a *Drink2Go*, una cadena de *liquor stores. Liquor store*, a su vez, significa licorería. De manera que no sólo bebemos mucho y a todas horas, sino que aspiramos a movernos en inglés. Es proyección de conocimiento, experiencia, superioridad. El castellano es idioma de perdedores y vencidos. En cambio el inglés... Aunque quede mocho, cortado en el aire. Aunque hable más de incultura e ignorancia. Aunque no diga sino la falta de razón y propósito. Pero es el mundo de hoy, de partículas urgidas de gozar, urgencia y superficialidad a nivel planetario. La vida por un minuto de verdadero placer. El soñado, el acumulado celosamente en los sueños de muchos años. De todos los años.

-Hola preciosa...

-Hola.

La respuesta seca, incómoda. Cualquiera se desanimaría, pero no yo. Conozco estos temperamentos y genios volátiles y caprichosos. Otro, ignorante e inexperto, se lo tomaría para sí. Donde quiera andan recogiendo errores y derrotas ¿Por qué sería para mí el talante? Apenas la conozco, de forma que no hemos cruzado pleito –no ha habido la oportunidad- y, por otro lado, todo lo que le ofrezco es alegría y diversión. No hay razón.

-Oye, pero que dura se te oye la voz...- Iba a decir "aburrida", pero no conviene.- ¿Pasa algo?

Lo piensa un instante.

-Nada, el jefe aquí que anda encojonado porque se robaron unas piezas ahí. Y anda echándole pestes a todo el mundo. Que nos va a botar a todos, los que fueron y los que no fueron. Que no le importa. Ya sabes.

-Cógelo suave.

-Sí, lo hago. Pero hay días que me gustaría estar en otra parte. Yo que ya estoy aburrida de este trabajo.

Trabaja en una tienda de repuestos en la zona de la 20, Villas Agrícolas. No de las grandes, esta es pequeñita. Tres metros de frente, como mucho. Un mostrador, dos dependientes. A veces uno. Y ella contestando el teléfono y atendiendo la caja. Atrás el almacén con las piezas. Un abanico en el techo que es suficiente en las mañanas pero inexistente en las tardes. El sol muere exactamente sobre el mostrador y pone al local que es un horno para panes.

-Tranquila... Dime, ¿Nos vemos hoy?

Un filo de agitación en el pecho. Adrenalina. No hay como eso, la incertidumbre que genera la respuesta de una hembra. No responde de inmediato. La expectación crece, como la excitación aquella. Hasta que sí, finalmente.

-Bueno... Pero, ¿a qué hora?

Una mujer que se precie de serlo no puede ser ella quien mire. Menos quien busque. No puede ser ella quien llame. No puede ser ella quien invite. Y no puede ser ella quien tome la iniciativa. La esencia del ser mujer es ser deseada. No desear. De hecho, su localización óptima es cuando es deseada mucho y por muchos, a la vez que no desea nada de nadie. Aquí, tiene un control absoluto, pero es un caso raro, muy poco frecuente.

-¿A qué hora sales?

Éxito. Primera prueba superada. La adrenalina empieza a bajar. Más adelante subirá de nuevo con las nuevas metas y propósitos.

-A las seis

-Bueno, a las seis estoy por ti

-Bien.

3

Voy a buscarla. Calculo para llegar a las seis y diez, o seis y cuarto. Llegar muy a punto –peor llegar antes- es señal de deseo, de importancia o desesperación. Y en casos como éste eso es fatal. Como siempre, es un asunto de poder.

Diariamente, a cada minuto, a cada segundo, recibimos una miríada de señales, impulsos, estímulos. La inmensa mayoría no las racionalizamos, pero igual las registramos y reaccionamos a ellas. Por ejemplo, hablamos con una joven en el banco. Racionalizamos lo que vemos y lo que oímos, pero hasta ahí. Quizás su aroma. Vemos su cara, su pelo, su sonrisa. El tono, el timbre de su voz. Percibimos hasta su actitud. Hasta ahí llegamos. ¿Sí? Pues resulta que no. Hasta ahí llegamos *racionalmente*. Esta es la parte que vemos con la mente de arriba. Porque sus ojos cuentan toda una historia. Una mirada serena, brillante, transparente, dice que es una mujer positiva, realizada, feliz. La postura recta pero suave, relajada, habla de su visión armónica de la sociedad, el país y el mundo. Y su actitud, de servicio efectivo pero prudente, cadencioso, placentero, dice que algo espera más allá. Nada de esto se ve con la mente de arriba sino con la de más abajo. Y todavía hay más señales, impulsos, estímulos. Lo mejor es que, como recibimos, emitimos. Y lo mejor de lo mejor es que como percibimos con la mente de más abajo, así mismo emitimos... sin darnos cuenta. A cada paso vamos hablando de nuestras cosas más íntimas sin saberlo.

Ella va a mirar con la mente de más abajo a la hora que llego, cómo estoy vestido y cuál es mi actitud. Sobre esa base va a planificar. Y a partir de su plan se va a comportar. De que va a percibir, de eso no hay duda. Pero ahí no acaba la historia. A una percepción sigue otra, y a esta otra, otra más, y así sucesivamente. Con esto, el plan variará, y con el plan, el comportamiento. Un juego de señales, percepciones y, lo de siempre, poder.

Me bajo a buscarla, está platicando con un compañero ya en actitud y tono fuera de trabajo.

-¡Ey! ¡Hola!

Gira hacia mí.

-¡Ah! ¡Hola!

Noto que está contenta. Buena señal.

-Oye, los tapones están imposibles. Mira que salí con suficiente tiempo dizque para llegar a la hora. Pero no hay manera.

La mentira es inevitable. La mentira es el lubricante de todo lo que hacemos en la vida. La mentira hasta con uno mismo. Alguien dijo por ahí que la única persona a la que uno no puede mentir es a uno mismo. Se equivoca medio a medio. Quizás al contrario, a la persona a la que uno más miente, y que más mentiras de uno se cree, es uno mismo. Si no, sólo pensemos en lo bueno que nos consideramos nosotros mismos. Los demás, bueno, eso es otra historia.

-Sí... Bueno, aquí a la vuelta a veces se arman unos tapones de muerte.

-Sí... Bueno, vámonos.

-Sí.

Salimos y doy la vuelta a abrirle la puerta del carro. Entra. Me subo yo. Nos vamos. Luego de unos instantes de silencio le pregunto:

-¿A dónde quieres ir?

Una pregunta retórica, que abra el panorama. Ya quedamos que era para el *Sugar*, pero no se lo puedo poner así. ¿Qué va a pensar? Y quizás no sea tanto eso, porque ella no está más arriba del *Sugar*. Pero es bueno subir bien para luego ir bajando, ajustando pero de bajada. Se queda pensando. La realidad es que no conoce lugares. Nunca ha salido. Su vida es la del barrio. Los Frailes. Habrá ido a un par de reuniones caseras, una fiesta callejera. Unas cervezas en el parque. Varios asaltos entre los callejones, los zaguanes y las azoteas. Sin alcohol, rápido, a lo que vinimos. Para sacarle las ganas al cuerpo y probar a que sabe. No con muchos, demasiados, pero tampoco con uno solo. En esto hay una regla tácita: se trata de asaltos de reconocimiento. De prueba. Nada serio. Nada formal, importante o duradero. Claro, que a veces se complica. Pero eso depende de cada quien. Es cuestión de cuidarse.

-En la Zona Colonial hay un sitio nuevo que me han dicho que está muy bien…

-¡Ah, la Zona Colonial! –no la conoce pero ha escuchado. Por supuesto. –Sí, eso está bien.

Dejo pasar unos instantes.

- Sólo que antes vamos a hacer una parada técnica donde Luis, un pana que acaba de comprar un *Sugar*. Ya sabes, a los amigos hay que apoyarlos. Pero sólo es un rato. Nos bebemos un par de cervezas y nos vamos para la Zona…

No hay que explicar que ni *Drink* ni Zona. La idea es instalarnos en el *Sugar* a chupar. Hasta que la flaca este suficientemente alegre y dadivosa. Y entonces…, bueno, entonces veremos.

-Bien. Me parece bien.

4

Llegamos. El lugar está vacío. Es decir, casi. No es sorpresa. Si fuera viernes, o sábado, estaría más animado. Los tiempos cambian. Las nuevas generaciones no lo creen –menos lo comprenden-, pero hubo una época en que los jóvenes tenían que volver a sus hogares desde que desaparecía la luz natural. Al filo de la noche. En esto no había argumentos u oposición. De ninguna manera. Era la usanza y la costumbre. Y ya. A los muchachos no había que darles explicaciones. Como en todo, con el tiempo la cosa se fue relajando. ¿Salir? Sí, siempre acompañado por alguien conocido y reconocido por la familia. Y en el caso de las muchachas, con una chaperona y estrictamente hasta las doce. Con los varones la restricción era más floja pues había que darles espacio para el entrenamiento y la experiencia. Una hija soltera no virgen era una desgracia, pero un hijo idiota y cornudo no lo era menos. Así como las mujeres debían proclamar pureza al matrimoniarse, los hombres debían demostrar conocimiento y destreza. Esto de los sexos siempre ha sido una contabilidad por partida doble.

Con más tiempo, más relajación. En los setentas, las fiestecillas privadas en casa de alguna amiga comenzaban a las ocho, y terminaban a la una. No más. Los vecinos que no habían sido invitados se podían quejar. Algo de alcohol. No mucho. Nada de emborracharse. Nada de pistas oscuras ni de bailar pegado. Y si en las fiestas más grandes y abiertas, de los clubes o centros nocturnos, la cosa era, obviamente, mucho más abierta y libre, todavía había que mantener discreción. El chisme vuela, y la mala fama podía constituirse en un estigma imborrable y fatal. Una joven alegre de faldas, luego de todos sus romances y aventuras, podía no casar jamás. Como un *bolsa* podía no ser nunca tomado en serio mínimamente.

En cada época se ha sabido reconocer las distancias y proporciones. Lo que pasa es que hoy estamos tan lejos que parece no haber distancias, y las proporciones son las del surrealismo. Es decir, las que se quieran. Que quiera uno en un momento. Que quiera ese mismo uno en otro momento. Que quiera otro. Proporciones que no son proporciones sino distancias. Y distancias que no son distancias sino el infinito. Hoy, en este país, se bebe y se baila todos los días. El lunes es para curar la resaca del domingo. El martes, porque ya arrancó la semana. Se supone que el lunes es el día serio. El miércoles porque está a la mitad y amerita un receso. El jueves porque se avecina el fin de semana. El jueves es casi un viernes. Y los demás días son... confesión de parte. La gente –el pueblo, la masa, la plebe, como se la quiera llamar- con conciencia de su mortalidad pero no de su vulgaridad. Buscando goce, placer, como forma de realización. Instinto ignorante, bruto, descarriado. Sobre todo eso, vulgar. A beber y a bailar, que el mundo se va a acabar. Comida, bebida, sexo. ¿Qué más hay? Es decir, ¿Qué más hay que no implique reflexión, pensamiento ni esfuerzo? ¿Qué?

Ahora tengo que tomar una decisión. Las coordenadas son: sol, calor. Ruido, música. Y cantidad de gente. Hacia la derecha, junto a la barra, hay un almendro centenario que brinda una sombra excelente. Un árbol enorme, alto, frondoso. Para abrazar su tronco se necesitarían tres hombres de brazos largos. Tupido, las hojas del almendro son grandes y gruesas. Hoja sobre hoja, la luz del sol no lo atraviesa. A su sombra, la diferencia de temperatura con cualquiera otro lugar debe ser no menos de seis grados. A lo que se suma la brisa fresca que sube del Malecón. Definitivamente el mejor lugar para sentarnos. Pero hay un problema. De hecho, dos. Bueno, un problema que se convierte en dos incomodidades. Está justo al lado de la barra lo que significa música alta y mucha gente procurando las bebidas. Y en esta etapa yo necesito un lugar más tranquilo y silencioso para poder hablar. Para poder decir. Para atraer a mi argumento.

Tomando a la izquierda se va a los baños. Tampoco conviene. Esas son las mesas que se van ocupando cuando ya no quedan lugares disponibles. Por cierto, a la izquierda, en la primera mesa, ya están tres individuos. El que parece comandar el pelotón es Pancho Villa, un hombrón grande y gordo. Blanco, velludo, de pelo revuelto castaño claro, casi rubio. Lleva una guayabera blanca que apenas puede con él: a cada lado, donde van las pistolas, se asoma un sabroso y redondeado solomillo. La silla plástica arquea sus patas frágiles advirtiendo de una tragedia próxima. El otro hombre es un *jabao* recto y musculoso, como de gimnasio. Y el tercero un mal estudiante de ingeniería que tras muchos esfuerzos e intentos valerosos no terminará nunca la carrera. No hablan mucho. Parecería que trabajan un camión de carga de materiales, de agregados para la construcción. Villa es el jefe y el chofer, el *jabao* el asistente y chofer sustituto, y el estudiante el ayudante multiusos. Villa se apaga la sed con la cerveza, se baja el vasito de un solo jalón. Luego se relame la espuma que le cuelga del bigote. El *jabao* bebe a sorbos medios: ni largos ni cortos. A la mitad- bien definidos. Seguramente por un asunto de dieta. De su lado el estudiante moja la lengua en la cerveza para simplemente calar su sabor amargo. A más no se atreve. Se queda supervisando a los otros dos a ver si finalmente puede aprender algo.

No, lo mejor es, entonces, ni a la izquierda –ni pensarlo en dirección al fondo y los baños-, ni profundo a la derecha. Mejor la primera mesa a la derecha.

-Vamos aquí.

No me contesta. Entonces sigo.

-Siéntate aquí. Déjame buscar una...

Primera.

Voy a la barra, que está vacía. Ojala estuviera así siempre. La música está inesperadamente baja. Es decir, a un volumen normal. Camilo Sesto se queja: “Siempre me traiciona la razón/ Y me domina el corazón... No sé luchar contra el amor... " ¿Será verdad? Todas las canciones son más o menos lo mismo: el lamento del mal de amores. Bueno, en realidad todas las baladas románticas. No hay una que cante la alegría, la felicidad, la satisfacción de amar y ser amado. Es comprensible. Como dijo el historiador: "la felicidad no tiene historia" No tiene argumento, lógica. No lo necesita. En cambio el dolor es generalizado y ubicuo. De diferentes formas, colores e intensidad. De duración variable. Con resultados diferentes e inciertos. Pero todo el vivo alguna vez, en algún momento y lugar, sufrió de amor. Los cantantes gesticulan queriendo dar forma plástica a un sentimiento particular. Son los mismos movimientos, las mismas curvas. El mismo énfasis. La postura, la mirada, el desplante. Usan la misma fórmula para enfermedades distintas en personas diferentes. Pero no importa porque cada quien se lo toma para sí. Para él cantan, a él le hablan. Se hace su propio traje a la medida. Bueno, debe ser que hay algo más allá, más adelante. Algo más trascendente, maduro. Un placer dulce y tibio, encantador. Seductor. Mientras tanto, sigamos con esto.

Un joven trigueño de mirada pesada y actitud de sabiduría me hace un ademán con la quijada.

-Dame una mediana, *light*...

Se vuelve a buscar la cerveza. Esculca dentro de la nevera fingiendo que busca la más fría.

Finalmente agarra la que tenía pensado desde el principio. La vuelve sobre el pico para que, supuestamente, no se congele. Se acerca y la mete dentro de una bolsa de papel.

-¿Cuántos vasos?

-Dos.

Le enrolla una servilleta en el pico y encima le calza los vasos, como una capucha. Le he dejado el dinero sobre el mostrador. Lo toma y va y vuelve de la caja. Me deja el cambio y se va a otro lado. Para él, esta es una rutina que se repite mil veces al día. La puede hacer con los ojos cerrados. Dormido. La puede pensar enfermo. Amarrado. Desterrado. La brazada de los perros cuando los sacan del agua, que continúa por un rato largo. La repetición que la hace instinto. Camilo Sesto insiste en su teatro: "Vivir así es morir de amor... Por amor tengo el alma herida... Por amor... No quiero más vida que su vida... Melancolía..."

Me sonríe desde lejos. Parece que mis posibilidades son buenas, aunque luego me daré cuenta de que le sonríe a la cerveza, y no a mí. Mi ilusión es que el letargo suave y confortable que induce la cerveza suelte las amarras. Que la lleve a la comodidad, a la tranquilidad de la intimidad. A sesiones secretísimas que no podría reconocer ni ante ella misma. Momentos en que la naturaleza la supera, en que se encuentra con una imagen propia que no conoce. Que no conoce pero que disfruta. Y que se deja llevar. Que se abandona. Sola. Escondida. Invisible. Por lo que se permite lo que nunca imaginó. Al cabo nadie ve, nadie se enterará. Y todo lo hace la seducción de la cerveza.

Mira la cerveza con la actitud de un perro al que le acercan un hueso. Es decir, le fija los ojos. No la pierde de vista. Sonríe. Sólo le falta salivar. Me siento. Le sirvo. Sigue sin quitarle la vista. Esta vez al vasito plástico. Es un hueso carnoso.

-Dime, ¿cómo va el trabajo?

Se dio un trago largo, hasta abajo. Con sed. Con gusto. Al final, una exhalación de satisfacción. Una sonrisa leve y la mano extendiendo el vaso por más. No deja de sorprenderme puesto que no se supone que las mujeres beban así. Le sirvo. Yo apenas he probado un sorbo. Le da de nuevo hasta abajo, pero esta vez deja un dedo. Otra vez la exhalación, la sonrisita. No me ha hecho caso. Insisto.

-Dime, ¿el trabajo?

Se toma unos instantes. No es que el tema le interese mucho.

-Bien... Normal. Ya sabes, de campana a campana, pocos cuartos. Pero eso es lo que hay, la cosa está dura. Bueno, siempre está dura. No recuerdo que alguna vez me hayan dicho que esté buena. Es como... lo normal. Pero, ¿qué más puedo hacer?

Le repongo lo que le falta. Creo que arrancamos un poco rápido, pero eso no es necesariamente malo. Las cosas pueden ir saliendo antes de tiempo. Ahora que lo pienso, lo que dice es así. Cantidad de jóvenes han quedado atrapadas en un trabajo y una vida estrecha, mediocre, insatisfactoria. No ha llegado el galán que se suponía las sacaría de su cotidianidad. Han pasado algunos años. No demasiados pero tampoco pocos. En el horizonte no se asoma nada que valga la pena. Peor: en el horizonte no se ve nada. Entonces la necesidad obliga. Con mucho de pereza y de disgusto, salir a trabajar. A trabajar en labores simplísimas: recepcionista, telefonista, archivista. Cajera como mucho. La culpa no es de nadie: para qué estudiar si se suponía que iba a ser innecesario. Es más, contraproducente. Un hombre que se precie de serlo, tradicional, conservador, caballero, no quiere a su mujer andando en la calle al alcance de la mirada lasciva de tantos vagos, indecentes y provocadores. Un hombre de verdad mantiene a su mujer dentro de la paz del hogar. Que se dedique a él y a sus hijos. Como debe ser. Como manda dios. El único punto es que el caballero de la armadura brillante nunca llegó.

-Bueno, ¿qué te digo? En esas andamos todos. A mí no me va mal, aunque tampoco es que estoy guisando. Sobrevivo. Y gano para mis gusticos.

Le doy un sorbo largo a mi cerveza. Tampoco es que se me puede ir tan adelante. No es bueno. No es bueno porque el hombre soy yo y no se supone que la mujer pueda beber más que el hombre. Aquí no nos confundamos. En esta época tan rápida y confusa muchas cosas lucen invertidas. Pero no es que lo están. Parecen pero no son. Por ejemplo, estemos claros en que un hombre sin dinero para una mujer simplemente no existe. Les llamo los *invisibles*. Porque andan por ahí, para arriba y para abajo, pero ellas no los ven. Claro que no es solamente el dinero, pero es porque es el dinero y algo más. El dinero es un mínimo. Un piso. Un indispensable. Y sobre esta base se erigen otros atributos, otras prendas. Otras exigencias. Dinero y apellido, por ejemplo. Dinero y buen mozo. Dinero y educado. Dinero y divertido. Pero siempre el dinero primero. De igual forma, el dinero no aparece como dinero en efectivo. Llamamos dinero a una situación de bienestar material general: trabajo, salario, solvencia. Clubes, amigos, sociedad. Casa, carro, vacaciones, diversión. También hay que tener en cuenta el tiempo: dinero ahora pero también en el futuro. Muchas veces no hay mucho ahora, pero el muchacho promete. Los planes, las expectativas también cuentan. En cualquier caso, el que tiene que resolver el tema del dinero es el hombre. Si no es el caso, la cosa da la vuelta y gira en redondo, con todo lo que implica. Cuando la mujer es la proveedora, la mujer es el hombre. La que decide. La que dirige. La que manda. El pilar, la responsable. El faro.

Desde que se inventaron el asunto de la liberación femenina el mundo se ha trastornado. No es esto una justificación para el abuso o el sometimiento de la mujer. Siempre ha habido hombres abusadores y enfermos. Los hubo antes y los hay ahora. Y los seguirá habiendo en el futuro. Pero con todos estos cambios la que más ha perdido es la mujer. El error de principio fue postular que hombre y mujer son iguales, por la razón elemental de que los hombres y las mujeres no somos iguales. No somos iguales porque, para empezar, tenemos cosas diferentes entre las piernas. El tamaño es diferente, las características de los órganos son diferentes. El pelo es diferente, la piel, la cantidad relativa de grasa. Estos son los elementos más obvios y evidentes, pero igual secretamos hormonas diferentes. Nuestra comprensión, aptitudes y actitudes. Nuestras expectativas y ambiciones. Para no ir muy lejos, un ejemplo corto y contundente: ¿Cuántas mujeres hay que quisieran hacerse ellas mismas inmensamente ricas y poderosas? Muy, pero muy pocas, si es que las hay. En cambio, hombres…bueno, el estado lamentable del mundo actual es resultado de la ambición desmedida y la estupidez mayor de los hombres. Es decir, de los hombres varones. Y esto tiene su explicación.

En un principio hicieron una tabla rasa: todos iguales. Idénticos. Un mismo molde. Hombre y mujer deben ser estrictamente iguales. ¿Cómo? ¿Debía el hombre moverse en dirección a la mujer, o a la inversa? Ha habido de las dos cosas, pero probablemente más de lo primero que de lo segundo. ¿Convenía ese desarrollo a la mujer? Parece que no mucho. Porque la mujer ciertamente quería mayor libertad de movimiento, pero sin renunciar al sentido de grupo. Sin permanecer todo el tiempo fuera de la casa y de los afectos de cada día. Ciertamente la mujer quería mayor realización, pero sin llegar a desbancar al dueño de su afecto. Quería mayor libertad de expresión, pero su aspiración nunca fue la promiscuidad. Al moverse en dirección al hombre adquirió mucho de lo que no quería ni le interesa, a la vez que tuvo que ceder muchos de sus tesoros más preciados. Porque la mujer nunca aspiró al poder como los hombres. Ni al dinero. Ni al sexo. Ahora tiene poder, dinero y sexo, pero a nadie con quien hablar de amor. Hablar de amor de la forma más romántica, cursi y atrasada. Hablar de amor mirándose a los ojos y con los dedos entrelazados. Las pupilas embelesadas, las almas húmedas. Hoy tiene de todo pero nada de lo que le interesa.

Silencio. No me sigue la conversación. Esto me preocupa puesto que puede estar atando otros cabos. Uno va aportando piezas, apoyos, luces. Espera que la mujer una la línea de puntos. Y que el resultado final sea un "Sí, vamos". El "sí, vamos" no necesita ser verbal ni explicito. Puede ser el hacerse la idiota, la ignorante o la inexperta. Al final funciona igual. Por supuesto, claro, !faltaba más!, de allá para acá es el mismo procedimiento: se sueltan piezas, apoyos, luces, para que este idiota que se las da de genio una la línea de puntos. Hay muchas formas de decirlo. El cazador cazado es una de ellas. El Don Juan herido, el profesor aprendiz... El eterno ajedrez que ha enfrentado a los sexos por siempre. Tengo, pues, que crear expectativas. Es decir, ¿por qué va Joanna a decir que sí? ¿Luce que ando buscando una relación mínimamente estable, por no decir formal, con propósito tan extravagante? ¿Se me ve eso? O ¿proyecto eso? No, por aquí no me va a ir bien. Ni lo proyecto ni lo tengo. Es decir no lo puedo proyectar porque no es mi intención. Entonces, si le hablo de expectativas y futuro puede ser inconveniente porque le estaría hablando de un espacio donde no está ella. Eso pasa con el asunto del dinero. Si ella no se localiza en el escenario que se le crea, el efecto es contrario. Se percata de inmediato de que es una trampa. Un lazo, una seducción. Aquí no es que necesariamente reaccione en negación, pero es una posibilidad. Un punto de incertidumbre. Puede incluso gustarle el juego. Puede estimularla, retarla. Exactamente: seducirla. Pero es un albur. Afortunadamente hay varias aproximaciones al mismo propósito. Todos los caminos conducen Roma. Si anda uno buscando una experiencia rápida y con un periodo de preparación corto, lo mejor es una explosión. Y es, por lo que digo atrás, el sueño de opio de todos los hombres. Una aventura repentina, inesperada, gratuita, con una perfecta desconocida que esté endiabladamente buena. Siempre se dijo de una extranjera. Preferiblemente europea –francesa- que son más liberales y atrevidas. En realidad, más maduras y conscientes de sus derechos, de su espacio en esta vida. De mediana edad, para ahorrarnos los años de entrenamiento. Aunque no hay nada más excitante que una jovencita con urgencias de mujer. La francesita ha acumulado deseo como una olla de presión a toda llama. Apenas se contiene, se arquea, se rebosa por los bordes. Tiene que sacar. Está obligada. No es si quiere. No hay voluntad que se oponga. Es casi una física. Ahora. No hay futuro, como cuando la embriaguez de la seducción hace que bajen todas las barreras. En que el valor de este disfrute compra a cualquier precio cualquier consecuencia futura. En un país extranjero y desconocido, la francesita está en su más secreta intimidad. Entonces se atreve. Lo que no hacen otras. Tímidas, cortas, estúpidas. Siempre pendientes y miedosas de que nos miran y el que dirán. En todos esos años se quedan atrapadas entre los hilos de su propia paranoia. Y lo único que sucede es que la vida se les fue. Nunca asomaron un pie por temor a mojarse. Con lo que nunca disfrutaron el placer de caminar bajo la brisa refrescante. El olor de la tierra mojada, del sudor de los arboles. Nunca supieron perderse entre los caminos anegados y rumorosos, perfumados, de la lluvia en el bosque.

-No me va mal –continúo-, pero estoy firme en que el año que viene me paro parado. Estoy trabajando para eso. Hay varias cosas caminando bien de bien. ¿Tú ves el carro? Pana, ya tengo otro apalabrado. Misma marca pero de un sólo añito de antigüedad. ¿Qué te parece? Nuevo, es decir, nuevo. Está nítido, la dueña es una muchacha que lo usa para ir a la universidad. Ya sabes, con los carros hay que evitar los pie caliente, los que le dan piña todo el día, todo el año. Los carros de alquiler y taxis. ¡Ah!, por supuesto, los jevitos. Estos son los que queman los carros en un año. En un año le sacan la compresión al motor y lo aflojan por todos lados. Lo mejor son las doñas y las señoritas.

En su rostro veo que no me sigue mucho en la conversación. Este es otro tema, lograr mantener su interés. Hay dos títulos que nunca fallan salvo raras, rarísimas excepciones: dinero, adelante, y luego, matrimonio. Si usted quiere capturar la atención total e inmediata de una mujer, háblale de cómo ella va a tener dinero. Ya antes tratamos el asunto de los significados del término dinero. Cómo es que ella va a tener dinero. El caballero, por supuesto, de alguna manera se pondrá de vía, conducto, intermediario a tal propósito por lo que -faltaba más- ella tendrá que pagar un peaje. El otro asunto es el del matrimonio. Para una mujer casarse es... la meta final. Y no debía ser de otra manera porque es: satisfacer los deseos de los padres. Tener el espacio para la procreación, es decir, darle conducto a los instintos. Tener el ambiente para el placer y el amor. La mejor atalaya para la venganza, para lanzar piedras contra las enemigas de origen, forma y pensamiento. Que se quedaron jamonas por vulgares, por feas o por brutas. El anillo brillante que se puede colocar en el tabique de la nariz para estrujarle a los demás su triunfo arrollador, la conquista de la meta. La realización. Que otorga nobleza y derecho. Que da estatura, dimensión. Peso. El matrimonio para una mujer no es cualquier cosa. De manera que háblele de esas cosas y las tendrá como gato mirando una sardina ensartada en un pincho.

En su vaso no queda nada. Y en la botella un dedo espumoso que ya debe estar caliente. Este debe ser uno de los esos cálculos grotescos que hacen mercenarios y mercadólogos para siempre ganar más. Un doce porciento más, un cuarto de centímetro, un decimal. Al punto del ridículo, pero es que la avaricia no mira para los lados a ver quien mira. La avaricia es una urgencia enferma de la misma naturaleza que la del pedófilo. Calcular para que siempre quede un residuo no aprovechable. Para que se vea o se sienta más grande. Más fresco o menos dañino. Que el tiempo sea elástico, que un día dure veinticuatro horas para una cosa y veintitrés para otra. En fin, lo mejor es ir por otra.

-Vengo ahora.

Se me queda mirando sorprendida. Bueno, justo lo que quería. Aparecer con decisión, enfático. Atrevido. Voy por otra.

Segunda.

Voy a la barra. Sigue vacía. Me espera el pana de la mirada ausente y cansada, pero sabia.

-Dame otra

Se vuelve con calma, una vuelta más a la rueda. La música sigue a un volumen razonable, prueba fehaciente de que esto todavía está frio. No arranca. Camilo Sesto ahora anda en si quieres ser mi amante. Pago y vuelvo con mi botella con su pico enrollado y dos vasitos plásticos de campana. Me gusta cambiar los vasos cada vez. Es... como un nuevo inicio. Buena la decisión de quedarnos en la entrada. Ya hay dos mesas ocupadas bajo el almendro. Dos o tres jóvenes, la tormenta apenas en formación. En poco tiempo empezarán a soplar los vientos. Van sumándose de uno. De a dos. A veces de a grupitos, tres o más. Y en media hora son una colmena inquieta, ruidosa y peligrosa. Yo necesito estar donde pueda conversar porque, ¿dime? Hay dos aproximaciones al asunto: la muela, en lo que estoy. O el baile, mucho más complicado y con probabilidad de fracaso mucho más alta. Conversando se negocia con palabras. Bailando, con movimiento. Cercanía, roce, tacto. Mucho más sensual pero, por lo mismo, más proclive al equívoco. Quien sale de bailar pensando que va directo a guisar puede llevarse tremendo fiasco. Mientras que hablando... se arregla todo. Hablando uno ve palabras y oye actitudes. Cuestión de ver y de saber traducir. Por supuesto, hay que saber hablar bonito.

La veo desde lejos. Esta vez no espera con ansiedad. Al contrario, la mirada se le ha ensombrecido. Mira al piso absorta en sus cavilaciones. La vaina de las mujeres. El sube y baja. Ojalá y ésta no se me caiga en picada, porque esa vuelta sí que es incómoda. Una mujer deprimida, triste, derrotada, A veces sufriente, culpable, frenética. ¡Ay no! No, no, mejor pensar en otra cosa. Yo mismo a veces me canso de estos despliegues. De este juego de estrategias. Pero es algo a lo que no tengo derecho. Puedo cansarme yo, pero no mi adversario. La buena voluntad, el cansancio, te lleva a bajar las armas. Y sabes que el otro está en lo mismo, que está cansado y aburrido, que prefiere algo más simple y tranquilo. Y a lo mejor también baje sus armas y levante la bandera de la tregua... Pero a lo mejor no. De manera que uno corre el riesgo de quedar a campo abierto y sin resguardo. Sin armamento. Y el otro haber usado el argumento de la buena voluntad, de la amistad, simplemente para engañarlo. Entonces le reclamo a esta miseria de cuerpo que no deja de pedir. Este cuerpo que no deja de pedir... De todo: comida, sexo, fama. La excitación y el cansancio. El alerta, la concentración. La atención, la presteza. La disposición, la velocidad. Todas condiciones para sobrevivir y para vivir. Porque vivir sin condiciones no lo es. De aquí el cansancio, la fatiga. El aburrimiento, la derrota. Siempre me fijo en la característica principal de un cuerpo sin vida: no busca de comer, De hecho, no busca, no quiere nada. Descanso. Paz. Sobre todo paz, por encima de cualquiera circunstancia.

- Dime.

Bajo el cadáver de la anterior al pie y pongo la nueva -fría y radiante, brillante- sobre la mesa. Pongo vaso sobre vaso los usados y los bajo al lado. Vasos nuevos. Equipo nuevo. Juego nuevo. Le sirvo, y ella agarra el vaso mecánicamente, Voy de nuevo.

- Dime.

- Nada..., aquí pensando...

Ya lo dije, me gustaría renunciar. Pero no puedo. Primero, sería renunciar a la vida, lo que no es sensato. Luego, no soy yo quien me gobierno. Es algo dentro, por encima, por adentro de mí. Más fuerte y seductor. No es nuevo, ya lo había pensado antes: manejar la libido con la mente hasta lograr su control total. En el hombre, el pulso sexual tiene la forma de una curva ascendente de menos a más, creciente, que de repente cae en vertical. Como un diente astillado. Es decir, el pulso sexual masculino es una sucesión de dientes astillados. Primero se sugiere muy sutil, suavemente. Una figura en entresueño, suave, cómoda, somnolienta. Seda y terciopelo. Comodidad y relajación. Que se va subiendo como el agua cuando empieza a sentir el calor del fuego. Candela y candela. El roce es ahora fricción. La lejanía, búsqueda. El entresueño, agitación. Más fuego. Fuerza, dureza, decisión. La tierra hierve en lava incandescente. La vida nace en una explosión. Concentración, fisión, neutrón. Destrucción. Y luego la calma del agua que se condensa en los cristales y se desliza fría y amigable. Quietud. Serenidad. Relajación. La curva va cayendo hasta cero. Motores apagados. En cero no puede seguir bajando y, entonces, descansa. Descansa unos minutos. Media hora, dos horas. Hasta medio día. Pero entonces vuelve y arranca igual, igualito, con el mismísimo ímpetu. De nuevo el corcel a cabalgar desbocado. Una, dos, mil veces. Un millón. Diez, mil millones. Cansancio. Derrota. Pero hay que seguir.

- ¿En qué?

- Nada... En la vida, cosas de la vida...

Le da un trago largo a la cerveza. Esta vez la expresión es neutra. Apagada. Seria.

-Cuéntame...

Deja pasar unos instantes con la mirada ausente.

- No... No sé, no quiero aburrirte con esos temas.

- No, para nada. No me aburres. Nada de lo que me digas me aburre. Cuéntame... ¿Te preocupa algo?

Nada de lo que una mujer le cuente a un hombre a éste le interesa. Puede parecer una aseveración excesiva. Pero no lo es, aunque tiene calificaciones. El interés del hombre va con su interés sexual. Si quiere, entonces le interesa. Y le interesa mientras tenga interés. Mientras tenga interés, su interés es real, genuino. Legitimo. Desafortunadamente se pierde inmediatamente ha logrado su objetivo. Pudiera parecer un argumento de defensa, pero el hombre es mientras tiene interés. El tema es que su ser dura lo que su interés, que por naturaleza no dura mucho. Por esta razón es que el hombre vive a saltos, a ratos, episódicamente. Esclavo de su interés.

Le sirvo. Otro trago largo, hasta abajo. Bebe para olvidar. Pero para olvidar ¿qué? En tan pocos años no se puede acumular tantas penas. Aunque no es tanto los acontecimientos cotidianos, la rutina, sino las distorsiones y multiplicaciones con que llegan al cerebro. Un evento minúsculo, habitual, vulgar -como una discusión acalorada por quien perdió las llaves-, tiene efectos y consecuencias muy disímiles en dos sujetos diferentes. Porque, obviamente, no somos más que la oscilación descontrolada de vibraciones que iniciaron en la infancia, en el ante pensamiento. No en el subconsciente, en el in-consciente. ¿Qué tanto le puede haber sucedido? Más aún, ¿qué tanto que no le haya sucedido a tantos otros, a miles, a millones? Ahora debo admitir que depende. Depende de la dirección y amplificación del dispositivo de resonancia. Hay gente que de nacimiento simplemente no se acongojan. Nada los perturba, ni que el cielo se venga abajo. Generalmente son neutros, es decir, noticia buena o noticia mala es lo mismo. No los conmueve. Otros son exactamente lo contrario: vuela una pluma y se avecina un huracán. Un dolorcito de cabeza es de seguro un tumor cerebral, y un catarro apretado, tuberculosis. Llevan la resonancia a toda mecha, a su máximo, y la dirección en sentido negativo. Lo negativo, tanto como lo positivo, se potencia del lado negativo. Alguien puede preguntarse cómo es que lo positivo conduce a lo negativo, aún más, en medida ampliada, pero hay gente que percibe la sucesión de dos o tres eventos favorables como un pésimo pronóstico: viene de seguro ahora una catástrofe para compensar los buenos acontecimientos recientes. Acaso más grande, proporcionalmente, para reafirmar el predominio del menos sobre el más. O ven lo que le falta a lo bueno como más importante o grande de lo que tienen y no le falta. Y hay, por supuesto, quienes ven el mal pequeño y reciente como la muestra, la avanzada, el mensajero de males mucho peores. Hay de todo...

Le sirvo de nuevo. Si es por cerveza, no vamos a parar. Bebe largo. Pero sin darse cuenta, pensando en otra cosa.

- Es que a veces una se siente sola. Triste, deprimida.

¡Uhm!, señales de debilidad. Es decir, señales de debilidad aparente. La voz es baja, frágil. De niña perdida en el bosque. Aunque ¡cuidado! Lo mismo que anda el cazador tratando de cerrar el paso a la presa, anda la bestia conduciendo al cazador a su matadero. Voces de sirena. Es casi un instinto en las mujeres transmitir debilidad en el conocimiento de que el hombre actuará en lo inmediato como salvador. De nuevo el ajedrez. Ella hace un movimiento. Le sirvo. Bebe, con expresión triste. Yo la imito, es decir, en lo de beber. De su lado, los electrones ya empiezan a agitarse en mi cabeza. Si es por regla de tres, la suya debe estar más revuelta, pero no lo parece. Al menos no capturo el efecto. Sólo los ojos se le han empezado a enrojecer en los bordes. Continúa.

- Los días son iguales. Uno tras otro, idénticos. Levantarte, bañarte, el trabajo. No hay dinero. No podemos vivir más al ras. Mi hermana no trabaja, y mamá, ahí en esa oficina de escrituras públicas ajándose por años...

Esta vez decidí servirle el fondo que antes desperdiciaba. No vi reacción a esto. Se lo bebió como si nada, sin detenerse a catar temperatura. Ya se fue la segunda. Debo ir por otra. Suerte que para la primera vez siempre cargo un presupuesto holgado. Precisamente por esto, uno nunca sabe.

- ¿Cuántos hermanos tienes?

- Sólo una. Somos dos. Pero mi hermana es cuatro años más joven que yo y ya tiene un hijo de un año. Ya sabes, los males de este tiempo...

Otra regla de tres que cae sola. La hermana menor ya parió... Aunque esto no siempre es así. En muchas familias hay un ángel y un demonio. No todos siempre están del mismo lado. Así que hay que investigar. Lo mismo pasa con la mamá. Uno piensa: hijo de gato caza ratón. Que la facilidad de faldas es hereditaria. Más bien congénita. Aunque en esto hay mejor evidencia, el llamado efecto demostración. Que uno acaba reproduciendo lo que vio haciendo a los padres. La mitad de las veces se da en negativo, es decir, uno termina haciendo lo contrario a lo que hizo el padre. Lo interesante es que a final de cuentas no hay un comportamiento original, nuevo. Todo es copia, réplica. Ahora que lo pienso, si, ciertamente, porque papá...

- El trabajo lo mismo. Se me va casi todo sólo en transporte y en la comida. No me queda nada, y entonces tengo que ayudar a mi hermana. Porque el pobre niño tampoco tiene la culpa. Hay días en que lo más difícil es matar el tiempo, porque por ahí no se paran ni las moscas. El jefe anda afuera, en la calle, buscando ventas. Y llega con un genio del demonio. Porque las ventas están flojas. Y tiene que pagar local, la luz y a nosotros. A veces se atrasa. Pero resuelve porque sabe que nosotros tenemos más necesidad que él. A mi si no me paga no tengo siquiera como llegar.

Lo dicho antes. ¿Cómo es que la hermana se embaraza? Una niña de dieciséis o diecisiete años, todavía una adolescente. ¿Qué le pasó por la mente? Mejor, ¿que tiene en la mente? Definitivamente nada. Estos muchachos de ahora hacen las cosas sin mirar. Sin calcular, sin pensar en consecuencias. Como que si me tiro al mar no me voy a ahogar. Probablemente están llamando la atención -y de qué manera-, o lo hacen como rebeldía. Venganza sobre unos agravios que sólo ellos saben y de los que nadie nunca se enteró. O por puritita ignorancia, como el niño que se corta la cara al intentar rasurarse. Fue lo que vio hacer al padre. Pensó que podía hacer lo mismo. En cualquier caso, de lo que estoy seguro es que no lo hace por maldad.

Ahora que lo pienso, otra característica sumamente interesante: las mujeres son incapaces de deducir de dónde sale el dinero. No tienen el instinto, las glándulas para ello. Para las mujeres el dinero se origina... en los hombres. Un hombre no, no puede proceder de esa manera porque ni su entorno se lo permite. Desde el principio tiene que pensar de qué va a vivir y cómo va a mantener una familia. Se lo dice el padre, la madre, y es lo que ve alrededor. Por lo menos entre quienes viven como a él le gustaría vivir en el futuro. Esto no es libre, no es lo que uno quiera. Es como es. De aquí que tenga que aprender un oficio, estudiar una carrera o poner un negocio. Desde temprano tiene que identificar la fuente del dinero. Ir por ella. Aprenderla. Manejarla, mejorarla. Defenderla. Defenderla como fiera herida. La comida no es gratis, se compra con dinero. La comida es vida. Ergo, el dinero es vida. Así de simple. Un hombre joven, un muchacho de doce o trece años, no puede andar pensando en tocar piano o en escribir poesía. Eso es para mujeres, que no tienen que llevar pan a la mesa. El hombre tiene que aprender a ser hábil, fuerte y eficiente. El pan que se lleva a la mesa es el pan hecho de harina, sal y levadura. Tangible, asible, comestible. No es una figura retórica, no es el pan como plática, como consejos o como educación. No, es el pan al que uno le unta mantequilla y dentro le mete una rebanada de jamón y otra de queso. Y se lo come. Pan, pan. No filosofía. Un hombre de verdad está en la línea de batalla por la sobrevivencia diaria. Como los leones. Las mujeres, en cambio, creen en... en la suerte. Que el Señor o el destino le tienen reservado un varón que será la solución a todos sus deseos e inquietudes. Cuestión de tener fe y paciencia. El está a cargo. El tiene el control. El no falla. Y dios, con tantos afanes y tragedias que atender, estas cosas casi siempre se les olvidan. Y es cuando viene la decepción. La frustración, la derrota. ¿Por qué dejárselo a dios y no mejor asumir la tarea? ¿Por qué no pensar por dónde le entra el agua al coco? Las que estudian hacen un secretariado porque no tiene matemáticas, ni física ni química. Tampoco tiene sangre y se saca en dos años si se incluye archivo y caja. Si no, en un año está listo. Y piensan que con esto van a vivir. Sonaría razonable si la idea fuera empezar a trabajar, a ganar dinero desde temprano, y así financiar una carrera o un negocio. Pero no, la carrera no es llegar a ser vicepresidente sino enganchar a un vicepresidente. Este es el verdadero propósito, velado a veces, inconsciente a veces, pero irrefutable. Funcionó durante mucho tiempo, hasta que la libertad y la aspiración de placer se abrieron camino.

- Voy por otra.

Tercera.

Cuando llego a la barra hay dos panas antes que yo. Tengo que esperar. Camilo Sesto se fue a dormir, y es que los viejitos se tienen que ir a dormir temprano. Ahora está Romeo, con su vocecita de niña chismosa copiando el asunto aquel de la propuesta indecente. La verdad es que la moda es cosa seria. E indescifrable, como el espíritu de todo lo que está. La tarde se anima. Ya hay dos mesas llenas, y tres o cuatro que se van formando. Mi turno. La misma seña con el mentón. La misma instrucción. Esto es... gimnasia. Un ejercicio de pesas: diez, quince repeticiones con una mancuerna de veinticinco libras. Regreso. Veo que piensa, piensa en algo. O simplemente deja la mente descansar en neutro.

- Llegué.

Pausa. Sin apenas voltear la mirada me responde.

- Voy al baño.

- ¡Ah, sí! Por ahí.

Y le señalo la dirección. No responde. Agarra su carterita roja, se levanta y se va. La veo de espaldas alejarse. Debo aprovechar para pasar revista. ¿Cómo vamos? La verdad, no sé. No sé si vamos bien o no. Si vamos en la dirección correcta y por dónde andamos. Es una mezcla de cosas que no permite análisis. Puede ocurrir cualquier cosa. Puede que sí lo mismo que puede que no. Entonces, lo mejor es no darle mente. Seguir. Y que sea lo que vaya a ser. Mejor miro alrededor. Pancho Villa y su tropa ya dejaron el claro. En esa zona no hay nadie. Todavía. Aunque día de semana no se espera un lleno en nada, ni siquiera en los trabajos. El jolgorio anda al frente de la barra. Es donde se concentran las luces, el movimiento y la bulla. La noche viene fresca. Agradable. Se empieza a levantar el olor a longaniza y carne frita. Tortura y búsqueda frenética para los perros. De hecho, hace rato vi uno que dudaba sobre entrar a la terraza o quedarse fuera. Subió un escalón sin atreverse y, al parecer, finalmente desistió. Nada tonto. Todavía hay poca gente. Su mejor terreno es cuando está repleto. Entre tanta gente junta hablando, manoteando y moviéndose de aquí para allá, pasa completamente desapercibido. Se mueve bastante libremente por debajo de las mesas, entre las patas de las sillas. Busca en los rincones, al pie de todo lo que está arriba. Esto es tierra de tesoros. Grandes probabilidades de encontrar unos huesos de pollo, un pedazo de tocino descartado o un biscocho por la mitad. Un festín.

Se tarda. Es decir, se tarda más de lo habitual. Ya me serví el segundo vaso. Para las mujeres, el baño no es sólo pipí y las palmaditas con la servilleta. No. De hecho, puede ser más una oportunidad que un propósito. Luego es que viene el verdadero asunto. Practicar frente al espejo. Verse de lejos. De frente, primero. Pausa. Practicar la actitud. ¿Qué se proyecta? ¿Qué se ve? ¿Elegancia? ¿Serenidad, seguridad? Practicar, practicar, practicar... "Espalda recta. Hombros arriba. El mentón arrogante. Bueno, ese es un papel entre otros que hay que tener a la mano. Perfil. De nuevo, espalda recta, hombros arriba. El abdomen siempre debe ir plano. Y los senos erectos. Jóvenes, energéticos, desafiantes. Bueno, hay otros sentimientos que también hay que practicar. Ojos de inocencia: bien abiertos, distendidos, blancos. O de odio: crispados, empequeñecidos, flamígeros. Abrir la boca sensualmente. Grande, redonda. Pasar la lengua por su contorno. Húmeda, lasciva. Bien. Ahora pelar los dientes para asegurar que no hay nada entre uno y otro. Corregir el labial. Listo. Volvamos. Pero, ¡un momento! ¿Con qué actitud salir? ¿Dónde fue que se quedó la cosa? ¡Ah, sí! Este anda dándome cerveza por un tubo y siete llaves a ver si aflojo. ¡Los hombres son tan, pero tan predecibles! Y yo, bueno, ¿en qué estoy? ¿Va o no va? Uhmm, no sé... Vayamos viendo cómo se siente la noche."

Ahí viene. Instintivamente me incorporo en la silla. Me sacudo los muslos –no sé por qué puesto que no hemos estado comiendo- y me arreglo el cuello de la camisa. Reflejos condicionados. Y aprovecho para analizar el material por primera vez. Es alta, casi de mi tamaño. Quisiera pensar que no, pero es flaca. Hay flacas que tienen sus carnes en los lugares apropiados. Eso es... de lo mejor. Lamentablemente este no es el caso. Es flaca, flaca. De brazos y piernas delgadas, torso enjuto. Senos diminutos y aplastados. Pómulos marcados, ojos hundidos. Pasadita de flaca. ¿Es, o es cosa mía? Porque le voy contando las cervezas pero yo también voy bebiendo. Con el trago uno pierde el enfoque, el sentido de profundidad, la nitidez. Por no hablar de la lógica de las consecuencias.

Se acerca. Quiero ir viendo, aprovechar que está a la distancia para examinar con el detalle que sea posible. Trato de enfocar la cara pero no puedo. Veo una mancha movediza, amarilla arriba, roja abajo. Una figura estrellada sobre el cristal, escurrida, transparente. Definitivamente estoy pasadito de contento. Llega. Miro hacia su silla, sobre todo para simular que la venía viendo. Entonces me doy cuenta de que yo solito prácticamente me bajé la tercera. Lo que queda es un fondo tranquilo y sosegado que grita de caliente. La miro: tiene el pelo aplastado agarrado en varios lugares con prendedores. Pelo hirsuto, desrizado, con tirabuzones en las sienes. Teñido de rubio de dos colores, uno casi marrón, otro amarillo pollo. Aquí y allá pequeños rizos de dos y tres pelos se escapan del presidio. La cara blanca, la nariz muy larga. Los ojos pequeños e inexpresivos. Los pómulos altos, muy marcados. Los labios finos, empegotados de labial rojo. Bueno, ¿qué quieres? Esta es otra de las estupideces de los hombres. Cada hombre se siente el más apuesto. El más atractivo, el más varonil. El más deseado. Las mujeres –todas, desde las púberes hasta las bien maduras, nietas incluidas- se atreverán a romper todas las amarras morales y sociales con tal de dar curso a esa pasión desenfrenada que les provoca. Romperán con los padres, con los esposos, con los hijos, con amigos y clubes, todo por gozar aunque fuere por un solo minuto de la pasión frenética que ese hombre les provoca. Turbadas de deseo, enloquecidas. ¿Qué quieres? Pana, esto es lo que hay. Aún más, aquí es hasta donde alcanzas. ¿Qué quieres? Afortunadamente, hay alternativas. Hay cosas que en conjunto no se ven bien, pero que tienen elementos individuales excepcionales. Una casa bien mal diseñada, pero con unas ventanas exquisitas. Un cuadro con el centro memorable, en un entorno desechable. Una cara desagradable, con unos ojos angelicales. Joanna es uno de estos artefactos. De manera que busco refugio... en sus manos. Largas, blancas, delicadas. Suaves como la brisa noctura, femeninas. Su toque debe ser... sublime. ¡Eso es, las manos!

- Bueno, creo que me bebí ésta yo solo.

- Eso veo.

Me sonríe. Viene con el ánimo cambiado. ¡Qué bueno!

- Pues nada, lo que toca. Voy por otra.

Ahora sí el lugar está poblado de gente. Cosa rara para un miércoles. De seguro hubo algo en la universidad. Al fondo, bajo el almendro, jóvenes recostados contra la pared, cada uno con una botella en la mano. Las mesas pegadas unas a otras, se confunden los grupos. Un rumor intenso, no se distingue lo que dice cada quién. Cada conversación a dos pies de distancia. Un hormiguero nervioso en la barra. Y arriba, Romeo Santos sigue cantando como Julieta Santísima, prueba de que todavía es temprano. La música va con el ambiente, de menos a más. Primero las baladas, el corazón destrozado, el despecho, el mal de amor. Luego la alegría, la bachatica alegre, decente, rítmica. Pero todo para llegar a la cima, la embriaguez, el sentimieno profundo. La pasión cerrada y sólida, real, vital. Juan Luis Guerra es para entonar, como las primeras cervezas. Pero de lo que se trata es de Joe Veras, de Anthony Santos, de Zacarías Ferreira. Esta es la verdad verdadera.

Mi turno. El pana de siempre sólo me mira y se devuelve a la nevera. Consigo la cerveza y le pago haciendo espacio entre varios jóvenes que se han quedado varados en la barra. Me encamino triunfal hacia la mesa. Ahora va a ser cada vez más difícil reiniciar el proceso.

Cuarta.

- Bueno, ¿y cómo resuelves el asunto del dinero? Porque no es fácil.

Retomemos por aquí a ver si avanzamos. Proyectar intención de ayuda, en ambiguo. Es decir, nada de mudar, mantener o sostener. Cero compromiso. Ayuda humanitaria, digamos. Un día un par de miles, contribución para pagar la renta, la escuela o para un celular barato. Hay que saber pasar el mensaje para que no se malentienda. Nada de mentiras, de chantaje, de chapeo o de indignación. Como dije antes, puras contribuciones voluntarias, cuando se pueda y cuando se quiera. Si se puede y se quiere. Y si se lo merece. Si no, nada.

- Muchacho, ¡no quieras saber! A mí, que no me alcanza para lo mío, tengo que andar poniendo para la casa. Mi hermana no trabaja. El novio es que a veces mete la mano para que la mujer no se le muera. Mamá gana tres cheles en esa oficina pública oscura y húmeda, olvidada. Pero ahí tiene veinte y pico de años. Ahí ha echado la vida. ¿Qué va a hacer? Vivimos empatando un mes con otro, tapando un hoyo con otro. Pero no hay opción, eso es lo que hay.

- Oye, bueno, tú sabes... Yo desde hace tiempo he querido arrancar esto de las gafas. Venderlas persona a persona en las oficinas. Eso sí, de contado. O en dos pagos, como mucho. Porque ya sabes como es la gente: te coge la mercancía fiada y luego es un lío para cobrarles. Hasta se enojan contigo. Hasta se hacen enemigos. Porque piensan como que uno les va a regalar las cosas. Y con las gafas se pueden vender otras cosas, como corbatas, gemelos, accesorios no muy caros. ¿Sabes?

- ¡Eso puede ser una buena idea!

Me responde con demasiado entusiasmo. Hasta le brillaron los ojos. Celebró con un trago largo. Hasta abajo, como un *shot* de tequila. ¡A lo macho! Con exhalación de gusto al final. Me asusta, esperaba otra cosa. Una opinión dudosa, miedosa. Un sí tembloroso, de esos que terminan en no. Ahora tengo que andar con cuidado porque de nada me dice que arranquemos mañana. Y me pregunta sobre el inventario, el precio y su comisión. Y luego viene que hubo una pérdida, un robo o cualquier cosa: "- Yo no sé, pero se desaparecieron seis gafas. Seguro me las robaron. Lo peor es que no tengo idea de dónde pudo ser." Reposición de inventario, gastos de transportación, de comunicación. Gastos de mercadeo. Capital de trabajo. ¡Ummm, por aquí no es! No. No me conviene para nada. Mejor reculo lentamente, camino hacia atrás como el cangrejo. De manera que agarro el vasito y bebo lenta y largamente.

Tiempo. Necesito tiempo para introducir subrepticiamente otro tema.

A todo esto, uno siempre piensa que tiene el control. Uno selecciona el lugar, el lugar dentro del lugar. La bebida. La conversación: el tema, las perspectivas, los tonos y énfasis, la extensión y la complejidad. El ambiente, las actitudes, las expectativas, de forma que no tiene escapatoria. La res camina en un embudo imaginario, obligadamente tiene que entrar al corral. Pero no hay nada de esto. Las más de las veces las mujeres comprueban aburridas cuan predecibles somos los hombres. Van comprobando cada cosa. Cada sonrisa, cada cortesía, cada roce. Luego de tres o cuatro veces de pasar por exactamente lo mismo, no debe ser difícil predecir el futuro. De manera que no es que no sepan lo que viene sino que no tienen alternativa. Por lo menos si aspiran a conseguir lo que quieren a partir de lo que tienen. En menos palabras, saben pero dejan hacer puesto que lo que quieren está detrás de lo que quieren los hombres. Estos se quedan mirando el cuento corto cuando nunca se han percatado de la historia larga. Saben. Siempre han sabido. Entonces, ¿para qué todo este despliegue de fingimiento y seducción? ¿Para qué pretender ella que no sabe lo que yo quiero, y yo que no sé lo que quiere ella? ¿Por qué el juego amoroso? No sé. Quizás sea un mecanismo de selección natural. Los leones se entran a mordidas para determinar quien se queda con la hembra. Las cabras se entran a cabezasos. El pavo real despliega su belleza y el ave del paraíso su arte bailarín. Y nosotros un juego de estrategias. Gana quien obtiene lo deseado cediendo lo menos de lo apetecido por el otro. Quizás. Porque, además, si hubiera un acuerdo directo y simple desde el principio sería bastante aburrido. Doy un trago y cambio el rumbo.

- Dime, y entonces, ¿estás viendo a alguien? ¿Tienes novio?

Pensó un instante y entonces dibujó una sonrisita irónica en su boquita de labios finos. Diría: "- Ya sabía. Ya arrancó." Lo dicho, los hombres somos tan predecibles. Ya sabía, y ya sabe adónde voy. Resignada, contesta.

- Uhmmm, no... -esta confusión fingida le salió muy bien.- Bueno, sí. Es decir, estoy... estuve saliendo con un jevo hasta hace poco, pero nos dejamos. Bueno, eso creo. En este momento no se si sí o si no, si seguimos o no. El no me ha vuelto a llamar...

Parte de la defensa. A la mujer la existencia de un rival del hombre le sirve para varias cosas. La primera y más importante: para hacer saber al presente que es deseada y apetecida. Para esto, no solamente da a conocer la existencia del rival, sino sus dones y gracias, las que está en capacidad y deseo de entregar con tal de tener la fruta deseada. En menos palabras, pone al hombre en competencia. Competencia atroz, predatoria.

Cruel. En muchas ocasiones fatal. Para la hembra no hay regalo más sublime que el hombre desgracie su vida por su solo amor. El sacrificio máximo, el goce superior. Por otro lado, el rival –real o ficticio- sirve para mantener al pretendiente a raya: si se acerca mucho, y en este momento no es lo que ella quiere, lo aleja instrumentando al rival. Hay muchas formas: si es un asunto físico, de fuerza, violencia: "- Sabes, Rolando es sargento del ejército. Ese hombre tan bruto y áspero. Violento, eso no me gustaba de él. Le tenía miedo..." Ahí mismo se siente el frenazo. Por cierto, hay rangos y cuerpos que tienen fama de violentos y arbitrarios: cabos y marinos. Así, el cabo de la Marina es el más malo. Los generales –o sus equivalentes- son políticos, huidizos como los políticos, ambiguos y desabridos. En el otro extremo, los rasos son brutos y desechables, como debe ser. Los coroneles sí hacen el trabajo. Hacen el trabajo y saben guardar silencio. Aguantan como aguanta el clavo al martillo. Los tenientes son limpios y teóricos, idealistas. Y los sargentes buenos para los cuarteles. Y para la guerra, si aparece la guerra y no se le encojen los cojones.

- Y yo –continuó-, no es que lo voy a llamar. Aquí la que está buena soy yo.

Y se largó otro vaso tipo Hidalgo, "que chingue su madre el que deje algo", como dicen los mexicanos. Buen síntoma. Decía: el rival también sirve para comerle la cena sin entregar nada a cambio. Hay hombres que en su desesperación nunca alcanzan a ver esto. Buen síntoma que sea orgullosa. Las mujeres orgullosas facilitan las cosas porque no pueden pedir o dar lástima. Cuando hay que huir, tanto más fácil porque no hay sentimiento de culpa...

- ¿Qué pasó?

Otro Hidalgo para coger fuerza, y ya se acabó ésta también. Entonces es que lo pienso: ¡coño, la flaca bebe! La miro tratando de imaginar dónde es que guarda tanta cerveza. Siento el temblor: los párpados que jalan hacia abajo, hormigueo en las manos y en los pies, y el enfoque que no se está tranquilo. Se acerca. Se aleja. Se pierde en los lados. Voy a decir algo y siento que la lengua se mueve lenta, torpe, pesada. Un trapo de flecos y mojado. Mejor no, callar. Finalmente logro calmar la mirada. Fíjate, no solamente son bellas las manos sino los brazos. La piel es muy blanca y sedosa, homogénea. Con muchos vellos diminutos y muy negros, suaves, dóciles. ¿Por qué no seguir? ¿Por qué no seguir hacia los hombros y el cuello? Bajar a los pechos y dar la vuelta. Sus senos deben ser igual de blancos y limpios, con dos pezones perfectamente rosados. Subir a la mandíbula, las orejas. La boca. Si los labios son finos, los dientes son cuadrados, grandes, perfectamente blancos. Ya ves, la belleza está en la mirada. ¡Qué maravilla! Entonces voy a cambiar de posición y, ¡mierda!, le doy a la mesa con la rodilla. La mesa se estremece, la botella baila como vedette enloquecida. Voy a agarrarla para que no sea caiga, y en vez de agarrarla lo que hago es manotearla con lo que cae al piso y rueda con todo el estruendo del mundo. Bueno, es lo que pienso. Se me sube la cerveza a las orejas mientras veo la botella brincar, rodar y luego quedar contra la pared. Me siento absolutamente abochornado. No quiero mirar alrededor, menos mirarla a ella. Me paro como autómata y voy a recoger la botella. Me imagino que todo se ha detenido a verme, que todos esperan a que yo recoja la botella y la ponga sobre la mesa. Luego, quizás, que yo me retire. Por impertinente. Y que la fiesta continúe. Cuando vengo de regreso miro de reojo, culpable y tímido. Entonces me doy cuenta de que nadie, absolutamente nadie, oyó o miró cuando la botella se cayó. Aquí cada quien está en la suyo. ¡Qué maravilla! Me vuelvo a sentar. Pongo la botella en el piso, al lado de una de las patas de la mesa. Para evitar más percances. Joanna mira hacia adelante. Hacia donde estoy yo. Pero no me mira a mí. Mira al vacío. Anda vagando entre sus pensamientos. A lo mejor le desperté el recuerdo del galán. Aunque más probablemente no piensa en nada. En realidad Joanna no piensa. Está aturdida. Boba. Ausente. ¡Qué maravilla!

- Voy... voy por otrra...

¿Quinta?

Esta vez me tardé más de la cuenta. Creo. Creo, porque empiezo a confundir las escalas del tiempo. La sabrosa cerveza. Aunque subjetivamente, el tiempo tiene lapsos, períodos. Por decir, diez minutos es el doble de cinco. Seis períodos de diez minutos hacen una hora. Y así por el estilo. Además, lo de antes va antes que lo de después. O, al revés, lo de después va después que lo de antes. La cosas tienen un orden de sucesión. Pero en este trajín todo eso se mezcla. Bien. Ya vine. Tengo la cerveza en la mano. Ya voy. ¿Cuánto tenemos aquí? No sé, como unas dos horas. Creo. Miro el reloj. ¡Carajo! Cosa curiosa, no sé leer la hora. Bueno, tampoco es que tengo que saber la hora ahora. ¿Para dónde es que voy? ¡Ah, sí! Para allá. Fijo objetivo territorial, reviso que no hayan escalones u otros obstáculos. Y entonces, y sólo entonces, camino hacia donde voy. Esto se está mezclando. Se está confundiendo. Pero bien sabroso.

Llego. Me siento. Ella sigue en Belén con los pastores. Mira hacia adelante con los ojos apagados. Los ojos se le han hundido entre un maquillaje muy oscuro que contrasta con las luces de las mejillas y la boca. Además como que todo se le empieza a escurrir, como a derretir.

- ¡Epa! ¿Qué pasa? ¿Más cerveza?

Tengo que darle ánimo a la tropa. Intenta sonreir. Asiente con desgano. Más bien con cansancio. Y me acerca su vaso.

- ¿Cómo es la cosa con lo del novio? Explícame.

Sentado las cosas tienen mejor nivel. Mejor horizonte.

- Nada. Terminamos. No sé, creo que se consiguió otra.

Se consiguió otra. Buen síntoma, según mi análisis.

- Aunque no sé, me han dicho que lo han visto por ahí solo, dizque triste.

- Pero, ¿qué fue lo que pasó?

- Nada, la cosa se fue enfriando.

- Enfriando, ¿cómo?

- No sé... Empezó a buscarme menos, no me llamaba. Cuando salíamos se mostraba ausente, callado. No mostraba interés.

Una ruptura reciente puede ser buena noticia. Sobre todo si hay despecho. Aunque no necesariamente. Si, por ejemplo, terminaron porque el novio le pegó cuernos o salía con otra. Las mujeres de carácter pueden estar dispuestas a cobrarse una con otra. Si el marido se acostó con otra, ellas se acuestan con otro y así están empate.

Iguales. Y ahí entro yo. ¡Genial! Este es mi mejor escenario. ¡Ojalá! Aunque eso es si la mujer es de carácter. Si no es así, o si la relación con el ex marido fue romántica o satisfactoria, la cosa se complica mucho. Mucho, mucho. Entonces hay que meterse en la historia largo y profundo. Son horas y horas de terapia y psicoanálisis en que te va a contar desde que lo conoció hasta el momento en que se sintió más feliz en la vida. Eso no falla. La mujer enamorada siempre tiene un evento, un momento, una cúspide de felicidad que le sirve de faro, de ancla, de atracción y de consuelo. Primero en el duelo, luego en la separación –que a veces es desgarramiento-, y finalmente en la distancia. Lo mira con profundo dolor y melancolía. ¿Por qué no pudo ser así siempre? ¿Qué pasó? ¿Por qué murió el amor? Y muchas veces elige el dolor como terapia. Sólo el amor que duele es verdadero amor. Aunque Joanna anda muy lejos de esos tormentos. Es muy simple y superficial para siquiera plantearse estas alternativas. ¡Menos mal! El punto es que quien se mete a rescatar una mujer enamorada del desamor bajo la idea de que él es el siguiente al bate tiene que estar conciente de que es un proyecto complejo y a largo plazo. Y que, mientras tanto, de aquello nananina. Lo otro es que al final se puede llevar tremenda sorpresa al darse cuenta de que el malo no era el marido. Y de repente, sorpresivamente, va a sentir una genuina identificación y comprensión por él. Pero volvamos a esto.

- A ver, explícame, ¿cómo es que un hombre deja a una mujer tan bella?

Me dedicó una mirada punzante, irónica, acompañada de una sonrisita maliciosa. Ella sabe, sabe adonde voy. Simplemente me deja hacer. Ella tiene el control. Sólo me queda... gustarle, resultarle divertido. O simpático. No me contesta. Me acerca su vaso en silencio. Quedan rastros de espuma en el fondo. El borde está pintado de labial. Ya se empieza a derretir. Esto, como todo, es bueno y malo a la vez. Bueno porque a partir de ahora nada de lo de ella es propio. Ya presta y regala pródigamente, sin problema. Malo porque el borracho de nada daña el juego. Habrá entonces que caminar sobre el filo de la navaja. Que no se baje pero que tampoco se vaya del otro lado. Aquí, ahí, derechito, sin desviarse. El otro problema es que tampoco yo ando bien.

- Entonces, ¿tú lo dejaste o él te dejó a ti?

Quiero explorar a ver si estimulo su despecho. Lo que dijimos atrás, pero no parece interesarle. Parece que el tipo no fue importante.

- ¿Qué se yo?

Habla con real indiferencia. Vuelve a ponerme el vaso. Le sirvo y me sirvo. Honestamente, no puedo seguirle el paso. No a este paso. Así que se vaya adelante porque el que no se puede caer soy yo. Y ya no ando bien. Esto como que se va a dañar, no le queda mucho. No avanzo, así que nuevo cambio de rumbo.

- Ahora yo también estoy solo. Tenía una novia pero la dejé. Por lenta, desabrida.

Un código evidente, extraordinariamente fácil de descifrar: "ahora estoy solo", es decir, es algo temporal. Yo también levanto, tengo recursos. Y dejé a la novia..., bueno, por lenta, por sosa. Por un desempeño muy pobre. Me repitió la mirada y la sonrisita de antes. Entiende perfectamente. Ella tiene el control. Es más, está jugando conmigo.

- ¿Anjá?

Responde con absoluto desinterés. Hubiera esperado que preguntara: "lenta, ¿cómo?", y así yo tendría la introducción para explicarle el perfecto amante que soy. Pero nada. Ahora lleva el nuevo vaso más despacio. ¡Suerte! Y si no me lanza la pelota, pues me sirvo yo mismo.

- Sí, yo la llamaba mucho. Pero era una dificultad salir. Siempre tenía un montón de oficios en la casa. Y el papá, que era muy jodón. Y la mamá que le condicionaba las salidas a que dejara la ropa lavada y planchada. La cena. Y entonces cuando salíamos era un rollo que hiciéramos algo. Quería pasarse la noche de bar en bar. Así no me conviene...

Esto último se me chispoteó. Pero ya está dicho. Tampoco la sorprendió. Ella lo sabe. Es más, creo que si sigo con metáforas y rodeos tratando de envolverla va a resultar coantraproducente. Joanna es del tipo que hay que aproximarla de frente, directamente. Y que sea ella quien decida. Aparte de todo esto, sigue enpeñada en su cerveza.

- ¿O sea que nunca te lo dio?

Me sorprende la crudeza la expresión. Como todo -volvemos atrás-, tiene su parte buena y su parte mala. La buena, ya estamos montados en el tema. ¡Aleluya! La mala, la grosería, el lenguaje vulgar, no es que me gusta mucho en una mujer. Me da una forma como de asco. Me intimida. Me inhibe. Pero para lo que dure este cuento, no importa.

- ¡Sí, claro! Lo que pasa es que no se qué problema tenía. No lo buscaba sino lo contrario, lo evitaba. Yo le preguntaba que qué le pasaba y siempre me respondía con evasivas: que no era yo, que ella no se sentía bien. Traumas de juventud, de familia, me imagino. Pero mientras tanto yo me quedaba encendido y sin descanso. ¿Y para qué es que uno tiene novia?

Otra vez se me salió. Pero tampoco le sorprendió ni le importó. La misma indiferencia. Me muestra el vaso vacío en un código ya conocido.

- ¿Otra? Yo ya ando algo quemado.

- ¿Y a qué fue que vinimos?

Me paro como puedo a buscar la próxima. Ahora sí que todo anda medio movedizo y tembloroso. El reto es ponerse de pie. Luego uno anda en piloto automático. Cuerpo y alma tienen memoria, y a ellos se puede dejar los movimientos. El truco es programarles el objetivo. Empiezo a caminar en dirección a la barra.

- ¡Ah, los hombres! Al final todo lo que quieren es metértelo.

Me imagino que esta vez fue a ella que se le chispoteó. Lo bueno es que a mi tampoco es que me importa. Concedo, satisfecho, dos cosas. La flaca sabe. Y la flaca bebe.

Sechta… ¿O quinjta?

Aquí estoy. ¿Dónde es que andábamos? ¡Ah, sí! Mucha gente. Ya esto es un tumulto. Este es el mejor país del mundo. Aquí se bebe y se rapa todos los días. Ahora, la cerveza… ¡ah, sí! Para allá, allá anda la flaca. Deja ver si no me llevo una mesa por delante. Porque todo está tembloroso. Tantas luces, tantas voces, tanto ruido. Tanto movimiento. Tengo que pisar con cuidado. El cuadro se me mueve ahí adelante. Pero busco y encuentro, el piñón se sale, pero vuelve y encarrila. ¿En dónde andábamos? ¡Ah, ya! Ya puse el tema. Lo cual es otro de mis disparates. Aunque no sólo mío, pensar que una mujer va a aceptar acostarse con uno de manera deductiva. Lógica. Que va a aceptar el sexo como conviene en la causa clara y nítida de un fenómeno obvio. Como aceptar que dos más dos son cuatro. Y eso no es así. Por decir lo menos, muchas mujeres van a la cama sólo bajo la falsa conciencia de que no es que ellas van sino que las llevan. No es que quieren, es que las están engañando. Y piensan esto antes de ir. Es decir, que la están engañando, pero aún así van. Caminan. Sin embargo, esta idea no es tan absurda como pensamos: esta idea es la preparación de la coartada. De la defensa. "Yo no fui, a mí me llevaron." Y, obviamente, no es lo mismo. Esta perspectiva les permite mantener un pie afuera del carro. Evitar la culpa y el señalamiento. Por otro lado, ir a la cama como resultado de una deducción lógica es... ser hombre. Tener sexo bajo los mismos principios con los que se orina es cosa de hombres. De machos, de animales. El hombre se acuesta para coger, la mujer para hacer el amor. En otros términos, la mujer siempre va a la cama engañada. No sólo engañada por el hombre, engañada por sí misma. Inevitablemente va envuelta en sentimientos. No nos confundamos: sentimientos, no sensaciones. El hombre también tiene sensaciones pero es incapaz de sentimientos. Por lo menos como los tiene la mujer.

Llego bien. Menos mal, porque ando flameado. Bueno, ella no está mejor. Ahora parece un payaso recién sacado del agua. Tantos colores aplastados... Bueno, es lo que veo. Pero, afina. Controla. Si lo mejor de esta nota es que puedes ver lo que quieras. Ese cerebro que vibra, que bulle, déjalo huir. Que vaya donde quiera, que busque lo que ha estado deseando tanto tiempo. Que imagine. Al cabo, aquí tiene infinidad de apoyos, estímulos que sirven de resorte para su despeque.

Le sirvo, me sirvo. Si ya andamos en esto, pues vámonos al parejo.

- ¿En qué andábamos?

Busco entre las pestañas del recuerdo. De la memoria corta, aquí, ahora, hace quince minutos. Pero se va a quien sabe donde. Lo peor es que no regresa con imágenes definidas sino que es un vagar entre esferas efervecentes y un volver de idiota.

- ¡Ah! ¡Ya, sí! Bueno, es como tú lo pones... El sexo es parte de una relación. De hecho, es parte importantísima de una relación adulta. De gente madura...

Iba a decir "como nosotros", pero sería demasiado evidente. Por lo menos ya hemos desmitificado el asunto. Y lo he traído al momento presente. Ya no queda como una posibilidad –extravagante, exótica- para más adelante –eventualmente demasiado adelante-, sino que estamos sobre la cosa. El tema..., es decir, la teoría. Lo lógico es que después de la teoría... Avanzo.

– Tú eres una mujer bella, atractiva, deseable. Además de eso eres inteligente...

Cuando dije esto último abrió los ojos de la sorpresa. No lo esperaba. No pensaba que llegaría a tanto. Lo otro no, lo otro es el discurso convencional. Esa se la sabe de envés y de revés. Pero dicen que quien no llora no mama: como quiera hay que pedirlo, aunque se lo nieguen a uno. Y si ya llegamos hasta aquí, vamos a completar el verso. Total, lo difícil era lo primero. Desembuche todo y olvídese del resto, que no pasa nada.

- Por ejemplo, tú a mi me gustas y no te niego que me gustaría mucho estar contigo. Pero eso es cuando tú quieras. Claro que, si fuera por mí, esta misma noche. Ahora mismo, pago y nos vamos.

Tan, tan, tan... ¡Coño, se la solté! ¡Yo soy un verdugo! Ahora siento como el corazón se me acelera y la sangre tibia infla mis manos. Expectación. Adrenalina. Me falta un poco de aire. Se queda pensando largamente, tranquilamente, con actitud ausente. Increíblemente, su vaso descansa sobre la mesa. Está tranquila, serena. Aunque pintarrajeada. No responde. Mal síntoma. Se me fue por el camino que no es. Echemos algo de agua al vino. Aunque no mucha. Todavía. Insisto.

– El sexo es bueno, todo depende con quien lo hagas. Yo, por ejemplo, mis intenciones contigo son serias. A mi me gustaría que tú fueras mi novia. Y más adelante, quién sabe, las cosas pueden salir bien e irse lejos.

Le poso suavemente mi mano sobre la suya. Con delicadeza. Con calma. Se deja, pero insensiblemente. Todavía anda carburando. Yo sigo. Insisto. Enfatizo lo que me parece que le puede interesar más.

- Uno nunca sabe.

Ha pasado un rato largo. Entonces, de repente, sale de su ensueño. Y me llega por donde menos me lo esperaba.

- Quiero ir al baño.

Una respuesta decepcionante. Entonces todo este tiempo ésta ha andado por otra parte, divagando entre recuerdos. O, lo que es peor, revolcándose mentalmente con su viejo amor. O ausente, porque muy brillante no es. Y yo, aquí, perdido, incapaz de tranquilizarme entre mis sábanas mojadas. La verdad es que el idiota soy yo. Bueno, sacar ventaja de la derrota. Es la inteligencia en la guerra, según Sun Tsu.

- Bien. ¿Quieres que te acompañe?

- Sí, creo que no me estoy sintiendo bien.

Ciertamente, el blanco cera de su rostro tiene ahora un amarillo opaco. Y la mirada que se cae.

- Ven vamos, yo te ayudo.

No es que yo estoy muy bien. Cuando me levanto me doy cuenta de que mis piernas no tienen fuerza. En las rodillas. No soportan bien el peso, mi cabeza es demasiado grande para el tamaño de mis pies. Además, los destellos, el exceso de colores y la falta de nitidez y contorno en las cosas. Nada se está tranquilo. Demasiados sonidos. Olores. Demasiado movimiento. Pero me las apaño. Apoyarse en la mesa. Pasitos cortos. Me acerco. Deliberadamente me le pego a un hombro. Ahora vamos a iniciar la etapa del contacto y el roce a ver si el proyecto prende. Aunque en estas condiciones... Error tipo dos: fracaso por exceso. Le tomo de la mano y el hombro, cuidando de quedarme pegado. Quiero que me sienta.

- Ven, vamos...

Ahora me doy cuenta de que ella también está bien pasada. Es levantar un saco de ropa largo: no tiene rigidez arriba, por lo que tiende a doblarse hacia abajo. Y abajo no tiene sentido de rectitud o movimiento. El tronco de un árbol cortado en secciones, cada segmento se sale de la vertical. Un lío. Y yo, que por mí mismo tengo que caminar con la conciencia, porque la mente la traigo inundada. Piloto automático.

Trastabilla y sin querer empuja la mesa. La botella baila, pero no se cae. Estaba preparado para dejarla caer. Los vasos no, se quedan pegados. Hago camino, y ahí vamos. Renqueando, pero vamos. Encogidos como dos viejitos, pero vamos. Pasito a pasito. No me pierdo. La llevo bien asida por la cintura, y que me sienta el cuerpo entero. Mi calor. Estas son cosas que se transmiten en otro código. Luego el recuerdo viene y perfuma el ambiente, endulza el alma. Abre las piernas. Al fondo un anuncio pintado en la pared con una letra terrible en blanco sobre azul claro: "Baños", y debajo lo que pretende ser una flecha hacia la derecha. Aquí el piso es de cemento pulido. A unos pasos se abre de par en par una puerta rústica pintada de blanco. Arriba el cartelito de la señora con moño y abanico. Adentro un baño diminuto alumbrado en exceso por un bombillo desnudo. Llegamos. Cuando la voy soltando para que entre se me ocurre que mi proposición debe ser más enfática. Más clara, segura, determinada. Y le dejo caer una mano a lo largo de la franja que divide la cadera de las nalgas. No, mejor hacer la petición final. Y le meto la mano entre las nalgas. Hasta adentro, donde está más húmedo y caliente. Que me llene la palma. Aprieto hacia arriba, que agarre, que sienta. Y la vengo sacando lenta, suavemente. Despacio. Mano valerosa, decidida, audaz. Es cuando explota. De repente se voltea girando sobre sí misma. Actitud agresiva, ojos inyectados. La cabeza hacia adelante, como cascabel preparando el ataque. Y arremete:

- Coño, tú, buen pendejo. Lo fresco que eres. ¿Qué pensaste? A esta estúpida me la llevo a un colmadón, le invito dos jumbos y se lo meto. Eso dijiste, ¿verdad? La verdad es que ustedes los hombres son toditos iguales. Tooodos –cuando dijo esto trazó un gran círculo con el brazo-. El mismo discursito de mierda: que tú si eres linda, que qué bonito pelo. Que qué bonitos ojos. Que yo soy bueno, que yo te ayudo. Que yo te pago. Y todos se creen que uno se los cree. Mijo, yo te leo como a un libro...

Sólo alcanzo a dar un paso hacia atrás, echando la espalda aún más atrás. Niego con la cabeza, miro alrededor. Ha parado la música. Todo se ha hecho silencio para ver el espectáculo. Creo que hasta los dos perros que andan por ahí han detenido su exploración para mirar la escena. Continúa.

- Cuando tú vas, yo vine tres veces. ¿Tú crees que no te estoy contando los pasos? Sigues una linea que parece un cuento. Lo mismo, lo mismito que dicen todos. Para caer al final en, que no es lo que quiero, pero si me lo das...

Avanza un paso, el mismo que yo reculo. La gente mira, atenta. Algunos comentarios por lo bajo.

- Pero, ¿sabes qué? éste es mío –se agarra la vulva con la mano derecha. Fuerte, grosera-, y se lo doy a quien yo quiera. Cuando yo quiera, como yo quiera. Es mi propiedad. Pero se pide de boca. Eso de andar topando, como los niños... La verdad es que eres un perfecto estúpido... Pero no te sientas tan mal –mira, buscando entre el público-... ¡Ese, ese que ves ahí –señala a un hombre joven, trigueño, con cara de profesor-, si se lo doy. Si se lo regalo. ¿Tú crees que va a decir que no? No. Nooo. Todos los hombres son lo mismo. El pendejo aquel. Tú. El. Toodos. Son perros. Y además estúpidos, porque se creen que nadie los ve. Que nadie lo sabe. Perros. Perrísimos.

Se da la vuelta y entra al baño. Cierra con un portazo tras de sí. Yo estoy absolutamente turbado. Antes de dar la vuelta y enfrentar la multitud, quiero pensar qué voy a hacer. ¿Les explico? No. Estoy demasiado avergonzado. ¿Me voy sin pasar por la mesa? Tampoco. Sería muy cobarde. Además, la gente se daría cuenta. Y, además, ¿qué con Joanna? ¿La dejo botada? ¡Imposible! No sería... decente. ¡Coño! ¿Qué hago entonces? Entonces doy la vuelta y regreso a la mesa caminando muy despacio. Estoy derrotado. Vencido. Abochornado. Todo mundo me mira y me señala. Empieza un murmullo que se va diseminando y subiendo de volumen. Algunas risas. Casi al instante algunas carcajadas. Comentarios, en lo que cada quien regresa a lo que estaba antes. Se acabó la función. Me siento y sigo pensando. ¿Qué hago? Ahora que vuelva, ¿qué le digo? ¿Le pido disculpas? ¿Me hago el desentendido y le recrimino el espectáculo? Que yo no hice nada, que ella lo imaginó todo. ¿Andará suficientemente borracha como para comprarme ésta? ¿Me le subo y la mando para la mierda? No sé, además de que no puedo pensar con claridad. Mi mente es como aceite pasando por filtros. De diferentes calibres, materiales diferentes. Disolventes distintos. Entonces la puerta blanca del baño se abre y deja salir la luz brillante a borbotones. ¡Ahí viene! ¡Coño! Me pongo en alerta. ¿Qué le voy a decir? No sé, todavía no me decido. Se acerca, lo noto por los pasos. Pero no puedo separar la mirada del piso. Estoy avergonzado, como niño reprendido. Por los sonidos, me doy cuenta de que se sienta. Pero no dice nada. Espero un instante. Espero pero no dice nada. Entonces me decido a levantar los ojos. La miro. Está exactamente como antes. Mechas hirsutas y onduladas de amarillo sucio le salen por las sienes. Los ojos de negro hundido y la boca de rojo aplastado. La tez de amarillo palúdico. No se siente bien. Es ella la que me habla.

- Quiero ir al baño, creo que no me siento bien.

- ¿¿??

Ahora es que estoy más perdido. ¿Pero no acaba de...? ¡Guao! Creo que yo estoy peor, esta mentecita mía se está divirtiendo conmigo... Deja reacomodar los acontecimientos. ¡Diablo! Esto está del carajo.

- ¿Al baño?

Quiero confirmar.

- Sí. No me siento muy bien.

Espero otro instante. ¿Le pregunto si no acaba de venir del baño? Mejor no, voy a parecer un loco...

- ¿Quieres que te acompañe?

- No, está bien.

Agarra su carterita roja que estaba sobre la silla de al lado. Se levanta y se va. Un primer pasito inseguro, pero luego camina de lo más bien. Al fondo, la luz brillante del baño se vuelve a ocultar cuando cierra la puerta. ¡Cuántas vainas! ¿No?

¿Unaj máj? ¿Laj júltima?

No creo. Ya no es lo quemado que estoy sino que no me apetece. ¡Menos mal! El sabor, el olor, no me da ganas. Al revés, lo rechazo. No me gusta. ¡Qué bueno!, porque por ese camino... Ahora no estoy seguro tan siquiera de poder levantar. Lo dicho, error tipo dos. Sale uno a buscar agua y muere ahogado. Afortunadamente esto se baja. Tengo bríos, soy joven. Se baja. Más si paro ahora. En quince minutos, en media hora como mucho, estoy nuevo. Listo para la batalla. Tan es así que lo pienso y siento el pulso. Ahí viene. Delgadita, derechita, caminando recto sobre la línea. Limpia, nítida, arregladita. Los colores de nuevo en su sitio. Las pestañas hacia arriba, el pelo recogido. La línea del labial corregida. El cuello planchado, la blusa tersa. Perfume renovado.

- Y bien, ¿otra?

- Nooo, yo creo que ya estuvo bien. De hecho, yo creo que estoy medio borracha...

Vuelvo a la carga. Los hombres son incorregibles. Es como el cuento aquel de la tarántula: la naturaleza se impone. Se siente uno descubierto y avergonzado. Apenado. Derrotado. Y si borran la pizarra, en un minuto estamos como antes. Empujando, argumentando, peleando. La naturaleza trabajando. Ciertamente se la ve cansada. Los párpados pesados. Los hombros caídos, la actitud de quietud. Un último intento, que el último tiro no se quede en la recámara.

- Yo no te puedo llevar a tu casa así. De hecho, yo mismo debo descansar antes de llegar. Lo mejor es irnos a un lugar más tranquilo, más cómodo, donde podamos descansar un poco. Donde podamos estar solos tú y yo. Hablar, conocernos.

De nuevo la adrenalina al esperar la respuesta. Soy adicto. La siento estallar en mi pecho. Dispersarse, correr. Las manos se hinchan. Las piernas hormiguean. Los latidos... Sin esto no hay vida. Para mi total y absoluta alegría triunfal asienta con la cabeza. Los ojos cerrados, casi dormida. ¿Sabrá lo que dice? Es decir, ¿sabrá lo que está aceptando? ¿O no? A lo mejor no entendió. A lo mejor no escuchó nada. Está dormida. Pero dijo que sí. Que vamos. Seguro, claro que me doy cuenta de que me ha salido el lado perverso pero, ¿qué puedo hacer? ¿Voy a entrar ahora en disquisiciones morales para arrepentirme mañana mismo? ¿Para enterarme en unos días que otro baboso fue quien se comió la papaya? Nooo. Yo también me las sé: las mujeres adoran a los caballeros, pero se van con los más tígueres. ¡Fuego!

- Vámonos.

Debo aprovechar rápido el sí que me robé antes que se arrepienta. O se le ocurra clarificar. Rectificar. O lo que sea. Me levanto de la silla lo más normal de lo que soy capaz. Siete u ocho lingas imaginarias me aseguran la vertical. No quiero que ella lea desesperación. Me acerco y le ayudo a ponerse de pie. Igual, está entumida. Las piernas le flaquean. Se erige débil, insegura. Le cruzo una mano por la cintura. Limpia, fría, respetuosa. No quiero que la ensoñación de hace rato regrese en una coordenada de realidad. Empezamos a caminar hacia el carro. Inocentemente me ofrece su cara, de lado. Los ojos cerrados. Ahora soy su lazarillo. Está a mi merced. De nuevo, circunstancia que debo aprovechar con sosiego y decencia. Con caballerosidad. Pero aprovechar porque, como dijimos antes, si no va a venir un extranjero a comerse la torta.

- Vamos, por aquí...

La voy ayudando hasta el carro. Un poco como a un maniquí. Surge un nuevo problema: está ausente como nunca antes. Se deja sin voluntad, esto no es... sin decisión propia. ¿Un secuestro? Pero es como los borrachos cuando tienen un accidente, que no pueden alegar que estaban borrachos y, por ello, no eran concientes de lo que hacían. Manejar borracho es el primer delito. Transportando esta lógica, andar conmigo... Mejor lo dejo ahí.

La acomodo en el sillón del pasajero. Un baño cálido y plancentero me recorre por dentro. Parece que se me va a dar. Doy la vuelta al carro bien contento, medio corriendo, casi a brincos. Ocupo mi lugar. Prendo y arranco rápido. Rápido caigo en el Malecón, y le doy para los moteles.

- Bonita la noche, ¿no? Está fresco. Mira el mar, qué bien se ve el reflejo de la luna...

El comentario no es inocente. Quiero que vea hacia donde vamos para que confirme. No quisiera después de toda esta travesía un error tipo cuatro: "¿adónde crees que me llevas?", gritado aplastada contra la puerta del carro, con cara de histeria demencial. La verdad, más que cualquier cosa, estoy cansado. Estoy muy cansado, me gustaría irme a dormir. Pero no puedo abandonar el expediente. No es... correcto.

Llegamos. Entro rápido. Bajo el portón. Entro a la cabaña y prendo el aire. Las luces, la penumbra adecuada. Que se vea, pero que no se vea. Que obligue a buscar el ángulo. Que obligue a la fantasía. Que deje en la ignorancia. Que deje para después. Pero rápido, que se queman los frijoles. Voy a traerla. Abro la puerta. Está dormida. Aunque ligeramente, porque tiene mucho color en la cara. Y cierra los ojos con empeño.

- Ven, llegamos.

Le meto una mano por debajo del brazo y le giro las piernas para que pueda salir. La jalo suavemente para que se me pare al lado. Sigue dormida. Avanzamos un paso. Giro. Cierro la puerta del carro. Y así vamos, de nuevo, pasito a pasito. Duerme. Pero no tanto, porque los dormidos no caminan. A menos que sean sonámbulos, y ella no lo es. Ella... quiere. Seguro que quiere. Finalmente la recuesto suavemente en la cama. Salto a quitarme la ropa. Rápido, antes de que se hunda en un sueño profundo. Entonces me doy cuenta de que la borrachera se me ha borrado por completo. ¡Ah los milagros que hace la adrenalina! De hecho estoy bien, bien despierto. ¡Fuera zapatos! Cuando estoy en esto suena el puto timbre y hace que brinque del susto. Se me había olvidado. !Cuánto jode este hombre! Ahora nada más falta que no tenga efectivo: error cincuenta, debe ser. Y estos chinos que no cogen tarjeta. Pero no, como dije antes, en estas excursiones, mejor que sobre el dinero a que falte. La falta de efectivo puede ser la diferencia entre el triunfo y un rotundo, absoluto y permanente fracaso. Pago y dejo el resto con tal de que el pana no vuelva a joder. Sentí su alegría detrás de la pared. Una propina espléndida, él sabe bien porqué. Por fin puedo volver a lo de quitarme la ropa. Los zapatos en dos segundos. Camisa, pantalón, los tiro sobre el sillón. Sobre el espaldar, el asiento del sillón... no me gusta. Mucha gente que se sienta y hace cosas ahí. Mucha gente, desconocida, seguramente poco limpia... Mejor no pensar en esas vainas.

Me le acuesto al lado. Bien pegado, rústicamente pegado. Para que me sienta, para que sienta mi calor. Tiene la cara vuelta al otro lado. Respira larga, profundamente. Plácidamente. Ahora se ve... bella. Hermosa. Como una virgen estilizada. Alargada, firme, perseverante. No puedo dejarla puesto que el proyecto se me escapa. Éxito y fracaso andan a la misma distancia, son igual de probables. Así que empiezo a besarla ásperamente en el cuello. A casi morderla. Abajo, luego arriba, pasando el filo de los dientes. Si se queja, tanto mejor. Es lo que quiero. Luego puedo bajar la intensidad. Nada. Entonces me voy para la mejilla, la mitad de la boca. Vuelvo al cuello. Arriba, a la oreja. Le muerdo el pabellón, le meto la lengua en el canal y resuello. Nada, todavía duerme. Apenas me aparta con una mano, que deja sobre la oreja. Necesito hacer algo más audaz. ¿Me atreveré?

¿Así, dormida? Bueno, esto es extensión de lo de antes, no estoy haciendo nada diferente. Acuérdate lo del extranjero comiéndose el pastel. Le desabotono la blusa, esta vez suave, delicadamente. Entonces voy a zafarle el brassiere, pero no es tan fácil. La empujo despacio hasta ponerla algo de lado. Entonces es mejor. Puedo. Cuando ando batallando con los ganchillos, hace un brazo hacia atrás y ¡colabora! Se acomoda para que la blusa y el brassiere salgan con facilidad. Persiste el problema: sigue dormida. De hecho, esboza una sonrisa angelical pero sigue dormida. Bueno, no es momento de duda ni debilidad. Debemos ser decididos y firmes, perseverantes. Vuelve a estar de espaldas, la cara a un lado, con el pecho completamente desnudo. Veo hombros perfectos, torneados y definidos. Firmes, con la fuerza exacta que toca a una mujer. El vientre plano y en el centro un ombligo bello en forma de almendra. La cintura en una línea convexa suave pero bien marcada. La piel es seda pura color miel sin un solo defecto. Es lo que veo. Sus pechos son dos mangos fabulosos. El tamaño perfecto, la forma perfecta, el sabor perfecto. La beso con pasión, con fuego. Empiezo a despegar yo solito. Muerdo. De los senos al vientre, a cada lado, donde empiezan las caderas. Le acaricio la vulva. Le quito el botón del pantalón. Entonces..., ¡entonces ella misma se lo empieza a bajar! Esto lleva mi expresión al máximo. ¿Habrá mejor muestra de deseo? Ella misma se baja el pantalón. Aunque sigo con el mismo problema: continúa dormida. ¿Será? Porque en ocasiones uno se abandona a esa forma de entre sueño para alcanzar mayor relajación y comodidad para hacer las cosas. No está uno dormido sino relajado. Y más que dispuesto. Aunque a veces la mente escapa algo más allá hacia el sueño. Ahí ya no estoy muy seguro. Lo que es seguro es que justo en el umbral del sueño es donde encontramos las imágenes más agradables y placenteras. Bueno, lo que sea, pero aquí y ahora, está claro que ella quiere. Eso es lo importante. Eso de ella es puritito trance, crearse el ambiente interior para el mayor goce. Además, así me deja a mí toda la responsabilidad.

Prácticamente le arranco las bragas, que dejan al descubierto un pubis perfecto de vello negrísimo, largo y suave. No aguanto más. Se acabaron las dudas, vamos a ejecutar y mañana vemos a cómo nos toca. Le aparto las piernas y voy a montar. Es cuando oigo un ronquido largo y fuerte, con intermitencia en la inhalación. ¡No puede ser! Desesperado espero confirmación. ¡Aguanta un segundo, tampoco así! Confirmado: un segundo ronquido más largo que el anterior, con una cascada rompiente en el diástole. Otro más. Tres, y cuatro, y cinco. Ahora un sonido de masticación de salida. ¡Coño, se me está yendo! ¡Rápido! Me meto en el bosque con brutalidad y busco la fruta. Torpe, animal, el más despreciable de los amantes. Hago para dañar. Que duela, que despierte. Y todo lo que logro es que se cierre como una concha y se ponga de lado. Fetal. Los párpados bien acomodados, las mejillas sin color. La misma sonrisa en los labios. Está rotundamente dormida. ¡Coño!, y ahora, ¿qué hago?

La Muerte de John De los Santos, Alias *El Terror*

1

He visto calles que son un sueño. Calles hechas de piedra volcánica. Dados lisos y tersos con ondulaciones telúricas sobre la piel. Formando figuras aleatorias, fugaces, eternas en el suelo movedizo. Al paso de tantos años, siglos, desde los romanos, que nunca llegaron hasta aquí, a la colonia española en que apenas habían carros. Las calles empedradas se recorrían a pie, tres amigos ya entrados en tragos, trompicando hasta debajo del balcón. Ahí empieza la canción. A dos guitarras, aunque casi siempre con una. Muchas veces con ninguna. A capella. Siempre una aventura memorable, independientemente del resultado. Más de una vez apagaron la luz. Entonces nos íbamos más contentos que antes, parlanchines y escandalosos, tropezando con los desniveles, por más agua de fuego.

La calle estrecha, las paredes blancas de cal. Los balcones de madera barnizada inundados de flores. Rojas, blancas, moradas, amarillas... En los maceteros adosados, sobre el alféizar, frente a la fachada. La calle es una cinta cincelada que se derrama hacia adelante, hasta donde llega la mirada, hasta donde se convierte, entonces, en dos huellas de cascajo y fango. El cielo de azul intenso, con algunas nubes colgadas con alfileres. El aire grueso, sabroso. Limpio y frío. El silencio lleva el tiempo. Tranquilo, despacio, infinito. Es otra época. Pero sucedió, antes de que enterraran los templos y por encima le echaran los cimientos de edificios y calles. Ahora es otra cosa.

Dicen que como anda la calle anda el país. Nunca un juicio fue más acertado. La calle como el espectro que empieza en el peldaño de cada puerta. Hacia adentro, la riqueza, el orden, el cariño. Hacia afuera, la basura, los desperdicios, el desprecio. Hacia adentro, yo, lo mío. Hacia afuera, tú, lo ajeno. Lo nuestro siempre es un proyecto posible, pero largo, lejano, complicado. Demasiadas reuniones, interminables, confusas, en que nunca se sabe con qué comenzamos, menos en qué terminamos. Demasiadas discusiones, negociaciones. Demasiados procedimientos. Reglas, pasos. Mío y tuyo o, mejor, mío y no mío parece ser la distribución ideal. Clara, precisa, concreta. Ejecutable. Lo mío... déjamelo a mí. Lo no mío..., pues no sé. No es mío. Lo que sea.

La calle resume la vida como el poder saca todos los demonios. Mientras el pobre hace ruido empujando una carretilla imposible, el rico le pisa los pies con un automóvil que parece un avión. ¿Poder? ¿Qué poder tienen los desarrapados sino el de molestar? El de dejarse morir y apestar. El poder se abre paso como un cuchillo entre la carne: filoso, frío, decisivo. Ese es el único, el verdadero orden. Para los pobres tener poder tienen que ser muchos. Y nunca son muchos. Es decir, son muchos pero no lo son. No lo son porque piensan como los ricos. Nunca se han detenido a pensar –y nunca lo harán: son pobres- que para ellos el posesivo *mío* no existe. Nunca ha existido, nunca lo hará. Para el pobre no hay mío ni hay yo. A lo más que pueden aspirar es a lo nuestro, y a un yo adocenado, multitudinario, colectivo. Animal. Y eso no les gusta. Se resisten. Piensan como ricos.

Siete y treinta de la mañana, Santo Domingo dejar salir toda su barbarie. El monstruo –el tapón- crece en su esplendor. Cada minuto se adosan a su cuerpo uno, dos, cinco partículas nuevas. Un imán que jala con una fuerza irresistible cualquier cuerpo metálico que ande cerca. Se lo adosa al cuerpo como medallas multicolores, centelleantes, vivas. Primero al pecho. Luego al abdomen. Más adelante a las piernas. A sus muchas piernas. Piernas amorfas, largas, serpenteantes. Móviles. Avanza la ansiedad, la desesperación. Es que ya somos muchos. Demasiados. El otro día la ciudad era una aldea. Bueno, todavía lo es en la mayor parte de las cosas. Habían tres carros. Todas las calles eran de doble sentido. No había semáforos ni señalizaciones. Era vivir en un pueblo. Y uno podía llegar de aquí hasta bien lejos en diez o quince minutos. Se podía visitar, salir en las noches. Pero llegó esto.

Avanzar, ¿qué?, treinta centímetros, ¿nos hace sentir que llegaremos más rápido? A veces es para no dejar que otro se meta. Y el problema no es que se meta uno, es que si entra uno vienen todos. Bloquean el paso y luego hay que bravear de a duro para restablecer la circulación de este lado. Pero sí, también es crear la sensación de que avanzamos, aunque sea para frustrarla de inmediato. ¡Qué fastidio! ¡Qué país! Aquí nada funciona, menos el tránsito. Pegar defensa con defensa es cualquier cosa menos inteligente porque anula la posibilidad de maniobra. No permite al de adelante retroceder, y no permite al de atrás salirse de su posición. Aquí, empaquetados como palos de fósforo. Las voladoras y los conchos se meten por la derecha, por la holgura que queda entre la fila y la acera. No importa, avanzar a como dé lugar. Como sea. Si se llevan uno que otro zafacón, es lo de menos. Invadir las aceras, menos. El poder de la grosería. Siempre se trata de eso, justamente, de poder. Y desde bien atrás vienen invadiendo el carril contrario para colocarse adelante. A la brava, a lo *fucker*, como se dice actualmente. Si un funcionario se roba el presupuesto nacional y no pasa nada, ¿por qué no puede él ponerse adelante. Sólo deja atrás a una fila de pendejos que tienen miedo a las soluciones de fuerza. Cobardes. Sólo que a veces la naturaleza actúa en contra de las barbaridades que comete el hombre, y un carro se aparece en sentido contrario. Con esto se aprieta el nudo, el nudo de un nylon muy fino. Ahora nadie se mueve.

A la cola llegan con diferente actitud. Desde lejos oteando el resquicio por dónde se pueden meter para llegar más adelante. La abertura exacta, que la experiencia ha enseñado por donde puede pasar el carro. Pero no hay esperanza. No hay paso, ni en sentido contrario. Todo está cerrado. Entonces, detenerse. No hay alternativa. Al principio, con los dedos de los pies tecleando esperando la salida rápida de nuevo. La estampida, salir adelante. Ganar la ventaja. Beber agua limpia. Pero nada, no avanza. Hace unos minutos sonaron algunas bocinas. Al principio, tímidamente. Luego con más insistencia. Pero no hubo coro, señal de que es inútil. Nadie se mueve. La fila es larga, por lo menos quinientos metros. Y nadie se mueve. Algunos han apagado la marcha. Abren la puerta y se suben al estribo. Tratan de ver en la distancia. Está muy lejos, pero allá, en la intersección, se ve que pasa algo. Hay un remolino de gente, y más gente corriendo hacia un mismo punto. El tapón es más denso hacia ese centro. ¿Qué será? Lo que es seguro es que es serio porque nadie se mueve. Acerquémonos. En los carros, la gente se acomoda resignada. Saben que la espera va a ser larga. Unos hablan aniMadamente al celular. Otros abren un periódico. Otros más simplemente esperan pacientemente mirando hacia adelante, a la nada. A la derecha, un restaurante chino con sus colores vivos, el rojo dominando: *Expreso Pekín*, comida china y criolla. Algunos caracteres indescifrables en dorado y los infaltables tomates colgantes de la buena suerte. Olor a pollo frito. Al frente, una ferretería famélica, parecida a una bodega de *batey*. Están empezando, todavía no cala, nadie la conoce.

¿Qué pasó? Un corro apretado de gente mirando un cuerpo tendido cerca de la intersección. Es un joven delgado, de pelo negro y muy lacio, facciones finas, de algunos dieciséis o diecisiete años. Yace boca arriba, con las piernas paralelas recogidas en noventa grados, mirando el cielo. Respira trabajosamente inflando mucho el tórax, y a cada exhalación emite un silbido ronco y largo. Lastimero. ¿Qué pasó? No se le ve sangre por ningún sitio pero sí la mirada vacía del que muere.

- Mano, ¿qué pasó?

- Yo no sé, acabo de llegar. Pero parece que fue un asalto. Y a éste le dieron pa'bajo.

Ciertamente, un intento de asalto. Esquina de la calle José Contreras con Alma Mater, siete y treinta de la mañana. Por cierto, José del Carmen Contreras y Alonso fue un héroe de la Restauración, fusilado por Pedro Santana, el anexionista. En este país, todas las calles tienen un nombre. De un prohombre, se supone. Debía ser el reconocimiento que le hace su sociedad, por su sacrificio, sus hazañas. Sin embargo, ahí queda la cosa. En nada, porque no aprendemos ni nos enseñan quiénes, cómo fueron, qué hicieron. No tenemos hombres que dan nombre a calles sino calles con nombre. Nombres que no sabemos, quién, cómo, por qué. La grandeza de nuestros héroes. Por si fuera poco, las grandes calles le quedan a extranjeros. ¿Sabía Churchill de esta isla en El Caribe? ¿Leyó Washington alguna vez sobre La Hispaniola? Mejor todavía, ¿qué hizo Kennedy por la República Dominicana? Yo mismo, si llegara a tener alguna vez otra hija le pondría *star spangled banner*. Un monumento a la genuflexión. Calles sin trazado lógico, nombres desconocidos, vida sin rumbo ni propósito, esto es nuestro delicioso caos.

- ¿Cómo fue?

- No sé, yo acabo de llegar.

- Nada –contesta uno de al lado-, le quitaron la cartera a una señora que venía caminando y salieron corriendo en una motocicleta. Eran dos, pero alguien les tiró y le dio al de atrás. Ese que está tirado...

- ¿Quién les tiró?

-¡Ah!, eso yo no sé.

A lo muy lejos se oye una sirena. Los tiros son el sonido más elocuente de cuantos se hayan inventado. Un tiro es una orden, enfática, clarísima, tiránica. Al sonido imperativo de un tiro todo mundo se pone en atención. Alerta, enfocado, concentrado. Localizar el origen y ponerse a resguardo. Ya, de inmediato, rápido. La vida está en juego. Y los tiros tienen una propensión maligna a salir en todas direcciones. Por supuesto, no son los tiros por sí mismos, son los tiros sin dirección precisa en el fragor de la acción. Que se disparan antes, o después. O más arriba. Al bulto. Para intimidar. Para hacer ruido. Para huir. Para hacer brincar la adrenalina. Y todos matan.

En la acera de la esquina hay un quiosco metálico pintado de azul. Afuera, un revistero de alambre contiene los periódicos de la mañana, que revolotean con el viento. En la primera plana se lee: "Violencia reina calles SD". La noticia comienza:

> SD, a 15 de septiembre del 2012. La ciudad de Santo Domingo se encuentra arropada por una ola de violencia a la que las autoridades no tienen respuesta. En menos de una semana han sucedido no menos de quince muertes por armas de fuego, de las cuales por lo menos la mitad a manos de la policía mediante los desprestigiados "intercambios de disparos". Distintas personalidades han llamado enfáticamente la atención sobre el asunto. Dirigentes comunitarios atribuyen el fenómeno a la situación de pobreza y marginalidad en que vive la mayoría de la juventud dominicana, a lo que se añade el tráfico de drogas. Pastores evangélicos piden al gobierno mayor atención a la juventud y la difusión de los valores cristianos. Por su parte, el cardenal pide al jefe de la policía que

> "apriete la tuerca" a los antisociales y algunos congresistas llegaron a solicitarle que "les dé para abajo", por supuesto, cuando la prensa no se encuentre presente. El presidente no se ha referido al tema. El hecho cierto es que...

Mientras tanto, John se revuelca con un dolor de cabeza endemoniado.

- (Maldito dolor de cabeza, hijo de puta...)

Las sienes le palpitan, el cerebro le hierve. Lava incandescente, carne envenenada. Apretado, caliente. Lo siente mover, apretarse en el centro y luego ir contra las paredes. Más lava caliente, más veneno. Se agarra la cabeza por los lados. La aprieta. Cierra los ojos con fuerza, arruga la cara. ¿Cómo sacarse el cerebro de adentro? ¿Cómo descansar? Un temblor le sube por la espalda y luego a la cabeza. No tiene fuerzas para evitarlo. Sólo lo siente caminar. Y se mete a la sopa hirviendo, que ahora está más caliente.

- (¡Hijo de puta, maldita madre!)

Se coge las rodillas con las manos. Si se está tranquilo y a lo mejor se va...

- (Eso, va bajando... Cabrón... Tranquilo... *Easy*...)

Si se está tranquilo a lo mejor se va, por lo menos hasta mañana. Y lo deja dormir un poco. Ya va bajando, va cediendo...

2

Lucrecia cierra la ventana para que el ruido no despierte a los niños, pero entonces se mete un calor endemoniado. Afuera se oye un martilleo decidido sobre latón. Vigoroso, sólido, la cabeza pesada del martillo contra el concreto. Y en el medio una lata de aceite o de salsa de tomate. Las abren y enderezan a golpes para hacer anafes, bateas o embudos. Empiezan temprano, a las cinco de la mañana. Y no hay quien les diga nada. Tampoco hay a quien decirle pues esto es territorio apache. Otros días es la carga de las pacas de cartones. Otros más, los huacales de botellas con su tintineo interminable. Estas veces lo peor es cuando se cae un huacal de lo alto, que suena como si se fuera a acabar el mundo. La hora de más ajetreo es ésta, de madrugada, cuando despachan lo que recogieron del basurero el día anterior. Ya a las siete vuelve el silencio, un silencio ancho y profundo, de cementerio, pues ya todos se fueron de buzos.

La ventana no es más que dos pedazos de tabla cruzados por otras dos más delgadas. No hay bisagras, se sostiene por dos pedazos de goma claveteados contra la pared de madera. La ventana no tiene color, pintura. Como la rancheta toda, donde puede aparecer el fragmento de un letrero en rojo, una tabla en marrón, un brochazo blanco. Haces de luz se filtran por entre los intersticios formando una pantalla. Ahí se ven las partículas flotando en el aire. Miles de miles, grandes, pequeñas, diminutas. Polvo, papel, plumas, heces. Todo lo que pueda volar por sí mismo y mantenerse en el aire. La basura es grande allá, visible, apreciable. También aquí, pero aquí no se ve. Sólo se respira.

Miguelín vomitó en la cama. Apenas se dio cuenta. Está desgonzado, con los ojos medio abiertos. Lo llama y no despierta:

- ¡Miguelín! ¡Miguelín!

Nada. Por eso es que se asusta. Ya se han muerto varios niños por aquí. A uno le empezó una irritación en la piel. Un sarampión que se fue escamando hasta convertirse en una cáscara marrón con manchas oscuras. Y terminó muerto. Otro, que con dengue. Vinieron del ministerio. Pero es lo de siempre: evitar que los muertos se conviertan en epidemia. Pero, sobre todo, evitar que se conviertan en noticia. Logrado esto, se van. Que todo siga como siempre. Como hasta ahora. Nadie lo cambia. Nadie lo puede cambiar. Es el destino de cada quien. De todos, del país.

- ¡Miguelín! ¡Miguelín!

Ahora le grita. Lo agarra de un brazo y lo zarandea. Lo jala hacia arriba. Nada. Tiene la laxitud de los que se han muerto. Entonces, enfática, se vuelve hacia la mesa y agarra un vaso con un fondo de agua.

Aquí no hay de nada. En esto, los primeros economistas ingleses tenían la razón cuando idearon la teoría de la renta de la tierra. La tierra del centro, la fértil, la buena, la accesible, cercana, ésa es cara. Por el contrario, la tierra lejana, remota, árida, perdida, ésa es gratuita. La llamaron tierra *marginal*. El nombre es evocativo: margen, lindero, límite, borde. Allá, donde nadie vive ni quiere ir. La rivera cloacal de los ríos, los monumentos abandonados, la tierra de nadie en la cintura de la ciudad. Más allá, en los kilómetros donde no hay agua corriente ni luz eléctrica. A donde no llegan los caminos. Allá van a vivir los desafortunados. Al lado del vertedero, como Lucrecia.

Le tira el chorro de agua en los ojos. Parte le entra en la boca. Entonces se despierta asustado, tosiendo, con los ojos bien abiertos y expresión de sorpresa.

- Cof, cof, cof...

Del susto, se pone a llorar.

- ¡Coño, muchacho, un día de estos me vas a matar de un susto!

Y ahora es Lucrecia que se pone a llorar. Es más de lo que pueden sus fuerzas. No por ella porque, bien que mal, ya vivió. Pero estos dos muchachos, que no le pidieron venir al mundo. Vivir así. El agua hay que traerla en galones plásticos de una toma que abrieron unos vecinos como a un kilómetro. La electricidad, igual, hay que engancharse de una red cimarrona que viene dando brincos por el monte. Todo para tener prendido un bombillo en el cuarto y una neverita desvencijada. Con nada adentro. Rogar por ayuda, porque ella es una mujer sola. Sola con dos hijos pequeños. Y en la miseria hay mucha crueldad. Tantas veces que le han pedido favores sexuales a cambio de cualquier servicio práctico. Pegar una tabla, tapar una gotera. Hacer un pestillo de madera, traer dos galones de agua. Empatar el alambre de la luz. En fin, en una casa, por pequeña o pobre que sea, hay un millón de pequeñas condiciones, circunstancias o facilidades que hay que tener a punto para hacerla mínimamente habitable. Como hay problemas que son más grandes. Como dónde dejar a John y a Miguelín mientras ella trabaja. Aquí no hay Estado como orden, aunque sea relativa. Aquí el Estado es la fuerza, la astucia, el miedo. Como en la selva. Entra quien quiere. Mira quien quiere. Se queda quien quiere. Nadie osa decir nada. Hace lo que quiere. Nadie viene. Esto está fuera de jurisdicción, de conocimiento. Se queda si quiere. Si quiere se va. Vuelve si quiere. Y puede pasar cualquier cosa. Muere cualquiera. Muerte violenta o natural. Oriundo de aquí o de afuera. En la noche o en el día. Esto es como un destino que vamos descubriendo cada día. Que no conocemos pero que está escrito. Aunque hay que decir que también aquí ha recibido las muestras más grandes de amor y solidaridad. Empezando por sus hijos, que a pesar de ser tan pequeños parecen tener conciencia de todo.

Los niños son inocentes, dicen. Aunque más bien son ignorantes. Ignorantes en la verdadera acepción del término. Es decir, carentes de información. No de inteligencia, como a veces se interpreta. O se puede decir que son inocentes como esto, como que no saben porque no tienen la experiencia. No son brutos como no son santos. Simplemente no han visto. Aunque intuyen... Los niños no se cuestionan, no tienen los recursos para ello. Pero intuyen. Salen a jugar en la tierra pelada. Sin nada. Bajo el sol. Desnudos. Entonces el polvo es un país que se extiende mucho, muchos kilómetros hacia allá, hacia donde ven los ojos. Hacia la montaña. Lejos, lejos, que se puede caminar muchos días hacia allá sin llegar nunca. Y sobre la tierra hay una gran laguna: una tapa de mayonesa boca arriba hasta el borde de agua. Sobre la laguna flotan troncos de árboles: briznas que ha volado el viento, pelos de animales, pedazos de hojas. Y en el fondo hay grandes rocas, grises y marrones. Hay corales y plantas acuáticas, algas. Peces, muchos, de colores. Pequeños, alargados, con vetas en los lados y cara de alegría. Mueven la aleta dorsal para hacerse notar y jugar. Pero viene un enorme tiburón: un pedacito de rama, y todos los peces salen huyendo hacia los corales.

No piensan en el hambre. El hambre en los niños es una sensación de peligro, de abandono. Por eso la lloran. Los niños lloran el hambre como una expresión del cuerpo físico. Pero jugar es lo principal. Comer es necesario para poder jugar. El juego es la fuente de toda gratificación. No hay información, no hay experiencia, conocimiento. El placer reside en el solo ser, en estar en el pequeño círculo que ven sus ojos. Moverse aquí, en este pequeño universo imaginario. No falta nada más. Absolutamente. Nadie es feliz como un niño.

Abrió la ventana. El ruido se aleja y el mal olor se fue a dormir. Duerme de día. Miguelín volvió a dormir. Y John nunca se despertó. No se dio cuenta de nada.

3

La noche es de los poetas. Eso creen ellos, que no saben nada. No, la noche es de los amantes. También eso creen ellos, que tampoco saben nada. La verdad es que la noche es de la verdad. Y de nadie más. Lo demás, pura ignorancia. La noche es un espacio de un solo sentido: la pasión. Cuando una persona pierde un sentido, la vista, por ejemplo, se le agudizan los demás. De aquí que ciegos sean grandes músicos, perfumistas o masajistas. Pero hay otro error. La gente piensa el acto de ver como reproducir la imagen de los objetos externos en el cerebro. Lo que les permite, por ejemplo, navegar en ese espacio exterior. Y así es. Lo que no conciben es que mediante otro mecanismo se pueda hacer exactamente lo mismo. Aún más, de mejor manera. Que se pueda replicar la imagen con nitidez en sus contornos, con perfecto sentido de profundidad y con la más variada paleta de colores. Pero que, a la vez, se pueda percibir la vibración del objeto, su origen y su propósito, todo en una habitación oscura. Muchos animales no tienen ojos, y ven perfectamente. Mejor que si los tuvieran. Porque ven con mejores recursos. Sin embargo, no todos tienen el mismo talento. A muchos, la mayoría, la oscuridad los detiene, los paraliza, los pone a temblar. No saben manejarse con el puro instinto, con la imaginación. Peor, el silencio los adormece y pone fuera de guardia. Así son presa fácil.

La necesidad lo lleva a ella. Aunque no la necesidad, la evolución. La oscuridad es su naturaleza. El espacio en que los demás son ciegos y sordos, ignorantes y torpes, miedosos, cobardes. Y en que él se desplaza fino, frío, preciso, cortante como la hoja de un cuchillo. El mejor color es el rojo, que es negro de noche. Con algunas letras, para que parezca casual. El pantalón no importa, porque en la noche nada se ve de la cintura para abajo. Gorra grande, el pelo suelto. La camiseta holgada. Tenis, patas de goma. La pisada cuidadosa, silenciosa, como los gatos. El cuerpo flexible. La actitud serena, paciente, objetiva. Visión nocturna. Invisible en la noche, como los gatos.

Espera adosado a la pared, fuera del foco de luz que proyecta la bombilla del pasillo. La luz se corta en todas direcciones y se difumina a lo lejos. Aquí, alrededor, su brillo hace a las sombras más oscuras. En cualquier caso, el secreto es la quietud. Hay animales que sólo perciben el movimiento. Puede algo estar frente a sus ojos, y si no se mueve, no lo distinguen. Unos buscan el olor. Pero más peligroso es el ruido, porque el ruido delata una presencia de cierto tamaño. Entonces, tranquilo, manso, quieto. Se baja la visera como baja la mirada para que el brillo de los ojos no refleje. Y se hunde paciente en la nada, en esa sensación de serenidad oceánica a que lo ha tirado la vida. Si se le cansan las pantorrillas, entonces de cuclillas. Igual no se ve nada. Arriba las palomas hacen un sonido ahogado, de tranquilidad gozosa. Algunas caminan sobre el zinc. Estamos en un *car wash*, es decir, en un lavadero de autos, que se ha convertido en otra cosa resultado de la pérdida del lenguaje y de las viejas costumbres. Ahora el carro es la principal proyección del yo, un yo corto, superficial, infantil y resentido. Que el carro esté reluciente aunque yo no sepa hablar. Y decir en inglés es... como ser inglés. Es decir, americano. Igual que ellos, que no debe ser poca cosa. Para muchos, es la cosa. Al principio, había unas sillas de plástico todas curtidas y rotas en los que las gente esperaba mientras lavaban el carro. A alguno se le ocurrió vender refrescos, cervezas y papitas para hacer la espera más agradable. Con el tiempo crecieron ambos, más la venta de la cafetería que los ingresos por el lavado. La cafetería llevó al bar, y el bar a las chicas. Un lugar que no es, pero no deja de ser. En que no hay, pero te lo consigo. En que no soy, pero me convierto.

Veinticuatro horas. Lo más sorprendente es la oscuridad que se puede lograr al mediodía. Absoluta, perfectamente oscuro, como si afuera fuera de noche. Porque, además, el aire acondicionado anda a toda mecha. Adentro hace un frío de sucursal bancaria. Está abierto desde el mediodía, hasta las dos o tres de la madrugada. Hasta que el consumo de los clientes valga la pena. Entonces la ecuación cambia porque ya el oficial anda de civil y la Madame no se mete en los asuntos privados de las chicas. Aunque promueve ciertas virtudes. Aquí no hay prostitutas sino meseras. Meseras que a veces son novias. Una advertencia importante: ser novia de un cliente no impide que otro cliente salude efusivamente, de beso sonado y escandaloso, y manita muerta bajando por las caderas. Ni lo puede impedir ella ni puede ofenderse el novio de turno. En realidad, todas son novias de todos, mientras a cada uno le van dando la atención y el cariño que en ese momento pague su cartera. Claro que en la transición de uno para otro hay que tener cierta sabiduría, prudencia, porque hay hombres que están dispuestos a matarse por la mentira más gruesa y evidente. Y eso hay que tenerlo en cuenta. Un negocio de percepción, equilibrio, decisión y... dinero. El que no gasta, no existe. Es más, el que no tiene, que no venga. Este negocio es la otra cara del dolor: placer. El placer que compra el dolor. No otro. Aquí no hay tonos ni escalas, todo es blanco o negro. Aquí se viene a disfrutas el placer a que da derecho.

Las ventanas están tintadas, les ponen esas láminas oscuras que no dejan pasar la claridad. Un frío calculado. Intenso, suficiente para refrescar la euforia. Una oscuridad dominante, ubicua, cómplice. Aquí no nos conocemos. Mejor, somos *canchanchanes* desconocidos. Nuestro secreto más querido y atesorado. Lucecillas aquí y allá. Mínimamente, para dejar servir. Para indicar el baño. Para guiar los pasos cerca del suelo. Para dejar ver el mostrador desde donde dirige la Madame. Pero nada más. Y una música explosivamente alegre. Los graves a toda máquina. Que vibre, que tiemble. Que se sienta. Y los agudos de la bachata que se meten como tirabuzón por los oídos. Pin, pin, pin, como tintineo de monedas, como moneda contra cristal de botella: *Tú me dejaste/negra/por un fatal. Pero fatal tu destino/negra/Sin quien te quiera/Como yo.../ Como yo.../ Como yo....*

John sigue adherido a la pared perfectamente camuflado. Aquí afuera no hay nada. La noche. Las palomas. Acaso algún gato prieto que hace equilibrio sobre los laberintos que va encontrando. Entra en una forma de trance, un estado del cuerpo y el espíritu que le permite estarse inmóvil y sereno por horas. Catalepsia. Le baja la velocidad a cero. Se va apagando, encogiendo, metiéndose para adentro. Baja la mirada al piso y se escurre en cualquier rincón, en cualquier resquicio. Increíble por donde se puede meter. Y ahí se queda petrificado el tiempo que sea necesario. Cuando llega el momento despierta y se levanta al punto como un resorte. Nada de esto lo calcula. Le sale. Son de esos atributos que despierta la necesidad y que se van conociendo con el tiempo.

Reynaldo es un hombrón grandote. Unos seis pies de estatura y unas doscientas cincuenta libras de manteca bien repartidas. La camisa siempre se le anda reventando y el cinturón apenas puede contener la barrigota. Lleva un bigote abundante y vigoroso, y alrededor una barba de dos días que siempre parece igual. Chofer de equipo pesado, tosco, áspero, mal genioso, como cabe en los trabajadores de oficio. El bar es su diversión. La única que tiene pues todo lo otro son problemas. Viene casi a diario. Cuando no lo hace es porque anda trabajando fuera de la ciudad. Por dinero no falta, porque gana bien. Más que suficiente para manejarse aquí. Y si cualquier día no tuviera –lo que ha sucedido un par de veces-, tampoco es problema puesto que la Madame tiene ojo clínico para diagnosticar a los buenos clientes. Y a los malos. Este no va a dejar de venir por un par de pesos. Y exactamente así ha sido: crédito que ha tomado, crédito que ha pagado a la primera oportunidad. Antes de una semana. Y, de nuevo, a gozar, que esta vida se va a acabar.

Lo más maravilloso que tienen los prostíbulos es la sensación de poder que crean en los hombres. Para un hombre sentirse apuesto, atractivo, deseado, no tiene precio. Por supuesto que saben que es por el dinero. Pero no importa, la sensación se siente igual. Sólo hay que ponerle un poco de imaginación. Con unos tragos en la cabeza, ya es verdad. Con la luz amarilla del baño, la imagen que devuelve el espejo es... significativa. Seguramente no bella, distinguida o interesante. Pero sí con mucho carácter. Con firmeza, decisión. Siempre hubiera sido mejor haber nacido inmensamente bello. Un hombre que las mujeres volteen a ver en la calle, que comenten por lo bajo mientras se ríen pícaras y cómplices. Que le envíen un papelito con el sobrino con su teléfono escrito a lápiz. Que aflojen desde los primeros cinco minutos de la primera vez. Apagar esa sed contenida durante tantas noches de insomnio. Un hombre al que las mujeres le arrojen las bragas cuando camine por la pasarela, como algunos artistas mexicanos. Ese es el sueño. Aunque luego se da uno cuenta de que tener guevos y dinero es lo que cuenta puesto que muchos de esos cara bonita terminan en pájaros o en monigotes. Mejor un hombre que tenga plata para gastar y vida para vivir. Esos son los que buscan y les gustan a las mujeres. Aquellos otros son para las telenovelas y la sección de farándula de los periódicos. Y, bueno, aquí Reynaldo lo tiene todo. Todas juntas. Bellas, preciosas. Todas para él. Licor, buen ambiente. Todo a cambio de lo que bien consigue y que se va dando con buena facilidad. Brinca de novia en novia. Así no se aburre. Y ellas todas tocan. Todo mundo feliz.

Hombre de malas pulgas –Reynaldo- y peor bebida, sin el menor sentido del humor. Seco, torpe, bruto. No obstante, sin ninguna agresividad. Todo a lo que llega es a un empujón, más porque se cae de la borrachera que por hacer daño a nadie. Un elefante con cuatro pies izquierdos. Cuando saluda da unas palmadas que hacen resoplar a cualquiera. Y cuando lleva una de las chicas a bailar, tomándola del brazo, medio se lo desprende. Luego que tiene un par de horas bebiendo, hay que abrirle paso. Camina como el buldózer con el que trabaja, abriendo camino entre el monte. Empuja y tumba todo lo que alcanza hasta que llega a su mesa. Entonces se deja caer pesado, enorme. Aunque indefenso.

Afuera se oye el rumor contenido de la música. Los graves. De repente se abre la puerta con un sonido de cascabeles y la música se escapa veloz hasta bien lejos. Con la música salen haces de luz de colores, sobre todo azul oscuro. Centellean. Pero es poco lo que se puede distinguir hacia adentro. Sale una chica con paso apresurado. A lo lejos se oye el claxon de un taxi. Aquí, el repiquete metálico de sus tacones contra el piso. Pasos rápidos y cortos, de falda corta y apretada. En un instante ya se fue, es lo que dice el sonido lejano del motor del taxi.

Al poco rato sale Reynaldo caminando atolondrado por los tragos. Tapa la puerta, sale el sonido y apenas se proyecta la luz diagonal de adentro. Cuidado con el escalón. Mira el llavero en su mano con curiosidad: "- Y ahora, ¿cómo encontrar la jodida llave en este oscuro?" Otra parte de la cabeza va pensando en el camino. Porque no se ve nada, y si se sale del pasillo y rueda... Bueno, la caída de un hombre tan grande siempre es peligrosa. Como con los viejos. La bruma deliciosa del alcohol en la cabeza. No hay dolor. No hay ansiedad. No hay prisa. De repente, todo bien. Todo junto formando un sueño tranquilo –a veces- y fantástico. Todo tiene solución. Y el cansancio va provocando cosquillas por sobre los brazos y la espalda. (- Miñññ..., las llaves... Ven acá, ¿yo cené?)

- Pssst, ¡ey!

John le sale por detrás. Reynaldo como que oye. Los ojos entrecerrados, la boca arrugada.

- ¿Fue a mí? ¿Hay alguien aquí?

Y gira en redondo para ver. Abre los brazos para refrendar un "¿qué?". John ya está justo en su frente, debajo de su mentón. En un instante salió de la nada y ahora está ahí rígido, firme como un poste. Lo mira con ojos fríos, vacíos, indiferentes. Curiosos, puede decirse. Reynaldo no entiende nada. Va a decir un "¿qué fue?", como pudiera, pues la lengua no está para palabras, cuando siente el hierro hirviente que le sube por la garganta. Se le escapa un sonido sibilante, aire entre árboles, que se desinfla rápido. Los ojos muy abiertos, la cara muy roja e hinchada, un tomate a punto de explotar. En lo que puede, John lo ve con extrañeza. Lo sostiene con la pura mirada. Hasta que de repente se desploma como si le hubieran cortado las piernas. Se disuelve en la oscuridad. Nadie vio ni oyó nada. Se dieron cuenta de Reynaldo cuando otro borracho tropezó con él en el pasillo. Decían que una vez había matado a una de las chicas. Pero no es verdad. Chismes. El problema es que John es como esos fiscales que actúan por el solo rumor.

4

El peor enemigo del maleante es la culpa. Primero, porque siempre la carga encima. Luego, porque la culpa ve donde no hay. Por eso es de lo primero que se tiene que deshacer. Al cabo, no hay porqué sentir culpa. Aquí nadie se duele de nadie. Esto es pura sobrevivencia. Si pones más de lo que es, no tienes descanso. Muchos ojos te miran, ojos en muchas caras parecidas. Pero no hay nada, es gente moviéndose en su pequeña burbuja de todos los días. Si piensas que te ven, si sientes que te ven, entonces tienes que salirte de ahí. Plantar la huida. Bien. Pero no es algo que puedas hacer a cada rato, cada media hora, porque terminas extenuado cuando todavía no has hecho el primer peso. Así que tranquilo, que nadie está mirando. Nadie te está mirando a ti. Miran por encima, a la superficie, a la silueta. Para ubicarse, para evitar obstáculos, para moverse. Nada más. Deja la paranoia o vas a entrar a la trampa.

En realidad no hay culpa. Nunca la hubo, desde el principio. Lo que se hace se asume como justicia. O como venganza. Como quehacer cotidiano. Necesidad. Oportunidad. Sabiduría. Es la paranoia, el miedo a caer. En este juego, la vuelta más fracasada termina en nada a la vez que el tropezón más estúpido termina con todo. Nunca se sabe. Es una maraña de hilos jalando en distintas direcciones. A lo que se suma la simple casualidad: un semáforo que se pone en rojo. Una vieja que cruza la calle demasiado lentamente. Una puerta de carro que se abre de repente. Un guapetón que quiere probar la pistola que recién le entregaron. El resultado es simplemente imprevisto. Cualquier cosa puede suceder. Lo que no cambia, lo que nunca ha cambiado, es que los de arriba nunca caen. Los de abajo ponen el trabajo y la sangre. Los de arriba son los dueños del juego. Nunca les pasa nada. No sufren ni se acongojan. No se lamentan ni sienten miedo. Totalmente indiferentes, nadie sabe quiénes son. La mano oculta.

Por eso nada mejor que una casa abandonada. Claro, después que se han expulsado a los indigentes y a los adictos perdidos. Provee el ocultamiento y la protección necesarios para sacarse de arriba el peso del alerta. Yacer en una esquina sin ventanas, el hierro al alcance de la mano. Afuera silencio y un vigilante advertido. Algo en la barriga y fumando un tabaco. Echando cuentos con *El Flaco* y *El Enano*, no se puede pasar mejor. Está recostado sobre una colchoneta hecha de dos o tres hojas de cartón.

- Hubo un tiempo en que tío Ruperto ayudaba a mamá. El era cabo de la policía...

Estas historias de John son muy tristes. De su mamá y el tío. Se acuerda de muchas cosas, con mucha vividez. Cuenta como si estuviese dentro de la escena, algo que ha pasado muchos años antes. Pero a la banda le gusta. Los devuelve a cierta inocencia, al sentimiento de que no tiene que ser así. De que no en todas partes es así. Y ¡qué bueno! Porque esta vida, así, es una mierda.

- Llegaba en la noche con panes de agua, un poco de mantequilla en un papel de estraza y algo de salami. Se sentaba en una de las dos sillas que teníamos frente a la única mesa, todos hechos de madera vieja recogida en las calles y clavos enderezados. Partía los panes uno a uno muy lentamente en lo que parecía un culto. Los ponía uno al lado de otro haciendo una fila de seis, porque él y mamá tocaban de a dos. Luego los untaba de mantequilla igual, muy despacio. Cuando terminaba de eso, cortaba el salami finito, bien finito, lo que era una labor delicada y el cuchillo tenía que tener buen filo. Distribuía el salami entre los panes haciendo una ronda, para que ninguno tocara a menos. Finalizaba cerrando los panes y apretándolos contra la mesa, y nos alcanzaba uno a cada uno, a Miguelín y a mí.

Cuando mataron a Lucrecia, John tenía apenas seis años. Y a nadie más en el mundo. A Miguelín, que entonces tenía tres. Nadie alrededor. El tío Ruperto hacía rato que había desaparecido. Entonces su vida era literalmente Lucrecia. No era una cuestión simbólica, indirecta. No, dependía materialmente, totalmente de su madre. En cuerpo y alma. Eran dos bebés. Lo interesante es que cuando murió, Lucrecia tenía apenas veintitrés años. Era la vida de niños abandonados.

Lucrecia era su interpretación del mundo. Era quien le enseñaba las palabras y cómo se llaman las cosas: “silla”. “Mueve la silla”. “Mesa”. “Mantel”. Porque no es que había mucho ahí adentro. Era quien hablaba y decía las historias. Contaba muchas cosas del campo, la mayoría inventos. Pero eso entretenía a los niños. Y la entretenía a ella. Inventar cuentos bonitos alegra el alma. El calor de su madre era la vida, y su cara el mundo. No necesitaba más, sólo a su madre. Con ella no sentía frío ni calor. No sentía hambre. Con ella estaba conforme y satisfecho. Contento. Con ella siempre. Por eso, cuando matan a Lucrecia, John cayó en un pozo hondo, hondo, hondo, sin fondo. Nunca pudo evitar esa sensación de caer de espaldas desde una altura impresionante hasta un fondo desconocido. Todo oscuro, sin tener de qué agarrarse. Un pánico físico, animal, de peligro y muerte. Todo se cerró. Se fueron los colores y se hizo de gris oscuro. Silencio y frío. Frío en el Caribe. Se volvió hacia adentro como un calcetín, como un molusco que se da la vuelta y deja hacia afuera su caparazón de granito. Nunca jamás volvió a salir. Nunca jamás lo perdonaría. No es que lo pensara puesto que un niño de esa edad no piensa. Era un instinto, una decisión definida que se formaba dentro y que todo lo dirigía. (- Me la van a pagar...) ¿Quién? Pues todos. Todo y todos. De ahí en adelante todo será dañar, molestar, herir, matar. Quizás de esa forma se vaya gastando el odio que siente por dentro.

- Nosotros lo mirábamos absortos, toda la atención puesta en él. Dos cachorros esperando ser alimentados. Nos sentábamos uno frente al otro sobre la cama y comíamos en silencio masticando lentamente cada bocado. Se sentía tan bien el pan hecho pasta en la boca, la grasa de la mantequilla y el sabor del salami. Traían calma y tranquilidad.

Afuera se oye el sonido de palos y botellas explotando contra una pared. Pero no hay que temer: hay vigilancia. Es la euforia tras algún pase. Hay que dejar que la manada se desahogue. *El Flaco* y *El Enano* escuchan con gran atención e interés. Es una historia increíble porque quien habla es el modelo de valor. De guapura, de cojones. Entonces se le murió el miedo. No es que se lo aguante, como dicen que hacen los guapos y valientes. Que sienten la culebra fría subiendo por la espalda y alojándose en el pecho. La respiración agitada. La mente a todas las revoluciones. Entran en una segunda dimensión, como si estuviesen viendo en una película. Y el mecanismo se quiere trancar, cuando sienten el zumbido de un tiro cerquitica de la oreja. Un airecito rápido, caliente. Mortal. Y el mecanismo se quiere trancar. Si lo dejan, si dejan que el miedo los paralice, pues ya se murieron. Tienen que dejar fluir, montarse en la película. Actuar, hacer su papel. Seguir el guión, mientras más fielmente, mejor. Entonces les salen las cosas... Eso es lo que llaman ser guapo. Aguantarse a lo macho. No sentir dolor ni temer a la muerte. Al cabo, como quiera nos vamos a morir. Morirse del corazón o morirse arrollado por un carro es lo mismo. El primer muerto está entero, este último hecho papilla, pero ambos están igualmente muertos. Muertos igual. Y luego de muertos nada duele. La gente se asusta cuando ve los muertos feos, pero todos los muertos son igual. El susto es antes, después no hay nada.

John no, John no tiene que aguantarse de nada. No tiene la glándula del miedo. Hay sicarios que con el tiempo se van endureciendo. Lo impone la profesión. Al principio sienten miedo. Vomitan. Tienen que ahogar la memoria en alcohol porque, si no, andan nerviosos todo el día. No duermen. Claro que se ayudan con coca. Con el tiempo, la sangre se hace costumbre. Y sangre es sangre, mucha o poca. Es lo mismo. La diferencia importante es que no sea la tuya. Lo demás, todo es igual. Pero hay quienes nacen así, hay a quienes el pleito los excita y la sangre les produce un placer sexual. Es un cénit, una cima, un máximo. Un orgasmo. Luego viene la relajación después del orgasmo. La tranquilidad, la soltura, la quietud. Y el sentimiento de gratificación, de realización. Al rato, a por más.

John tampoco es así. Ninguno de los dos. Ni de los que sienten miedo pero se lo aguantan, ni de los adictos a la muerte. John es... una fuerza de la naturaleza. Un dios olímpico poniendo orden con una fuerza descomunal. Tomando venganza. Haciendo justicia, que es lo mismo. Frío, vacío, sin plan ni propósito. Sólo cortar, cercenar, trozar, picar, porque todo lo de este mundo es pecado y hay que destruirlo. Hay que borrar todo lo que se encuentre por delante. Es el deseo y el mandato de dios. Así, no hay miedo. Como tampoco hay culpa. John puede picar y al instante hablar de cualquier otra cosa. No registra, no reconoce. Contra alguien así nadie puede.

- Y un vaso de agua. Templada, porque la neverita no es que enfriaba. Era más tenerla por tenerla. Por tener algo eléctrico en la casa. No había nada más de comer. Azúcar. Y a veces galletas, de esas de colmado. Mamá traía algo de la calle, todos los días. Arroz y habichuelas. Unas tiritas de repollo. Y muy de vez en cuando una alita de pollo. Lo traía en una cantinita abollada de mucho tiempo atrás. Creo que de antes de yo nacer. Aquello era bonito, tan bonito. Las noches eran tranquilas...

Porque el mundo de un niño está en el corazón de su madre. Si un niño está dentro de su madre, no le falta nada. Como cuando no ha nacido. Cualquier carencia le resulta indiferente. Donde la vecina duró menos de un año. Fue a dar a la cañada, junto con otros niños abandonados huele cemento. Fue su época de incendiario. Su objeto de mayor valor: una caja de fósforos. Rayaba uno y se quedaba mirando ensimismado la llama. Azul en la base y amarilla en la flama. El olor punzante del combustible con que bañan la madera. Si lo pone diagonal, la flama corre rápido y se lo come. "-¿Hasta dónde puede correr la flama sin quitar el dedo?" Si lo deja vertical, dura mucho más, todo. Pero la flama es más débil. Se puede apagar. De ahí pasó a calentar cosas de metal para pegárselas en la cadera a los compañeros distraídos. Daban un brinco de dolor. Se soltaban a correr, llorando. A prender la yerba quemada por el sol. Logró uno que otro pequeño incendio de malezas. Nada serio. Pero ninguno se atrevía con él. Ya se le veía en la mirada la seriedad de su misión.

Esta es una competencia de todos los días, a quien es más malo. Una pelea animal por la hembra en celo. A muerte. Una competencia en la que intervienen valor, maldad, serenidad, crueldad, liderazgo. Al que no le tengan miedo de muerte no es líder. No es jefe. A la inversa, el jefe tiene que demostrar su capacidad moliendo a otro con sus propias manos. Hay cosas que no puede encargar, que tiene que hacerlas él mismo. No delegar o retirar la cara. Más bien al contrario, pedir que se las dejen a él, que él se encarga. Entonces el mensaje es claro. El jefe tiene que estar en capacidad de pasar de una carnicería reciente, fresca, a fumarse un cigarrillo recostado cómodamente en un sillón mullido. Mientras platica animadamente de futbol con los colegas. Al principio todos sienten miedo, pero se aguantan. Es más fuerte el deseo de entrar, la necesidad, que el impulso de correr. Luego se van acostumbrando, se van curtiendo. El miedo cede, y la adrenalina que queda se va convirtiendo en diversión. Llega a hacerse adicción. Un juego macabro. Claro que se sabe que va a llegar un día. Pero va a llegar un día para todos. De lo que se trata es de hacer en lo que llega el día.

Llega un día en que el jefe tiene que poner a prueba su mando. Se lo exige un subalterno sublevado. No tanto porque tenga éste don de mando, ni quiera engrandecer la empresa. Sencillamente no está dispuesto a seguir acatando órdenes. Entonces, para no hacerlo, lo mejor es que sea él quien dé las órdenes. Las miradas enfrentadas como puñales puntiagudos. Los puños crispados envolviendo las puntas. El corazón golpeando, la sangre caliente corriendo a chorros. Hasta que se desata la tempestad. Giran como trompos de colores. La cabeza rapada, el torso desnudo. Sudan, la luz centellea sobre su piel. Una vuelta, que el otro esquiva. Al revés. Es sólo un segundo, el segundo de un traspiés, un error de cálculo, un brazo que se va demasiado lejos. Entonces viene la estocada. El error se paga caro, muy caro. Lo mejor, siempre, rematar, para que no queden resabios, menos deseos de venganza. Nuevas rebeliones. Después de cada guerra, lo justo es la paz. Si gana el jefe, todo el mundo baja la mirada. Al padre no se le desobedece. Duro es el castigo, pero está en la Biblia. Si pierde, una pequeña andanada de júbilo: a todo jefe se le quiere con mucho de odio. Y luego a lo mismo, que jefe es jefe.

Lo mejor de John es que hace sin nada, sin amor y sin odio. Una fuerza de la naturaleza que obra por disposición divina, por impulso de los astros. Como el viento del huracán que arrastra los cultivos. O, mejor, como la fuerza del terremoto, que remueve las vísceras de la tierra. Una fuerza inimaginable a la vez que silenciosa. Sólo cruje. A quien pasa de la violencia del combate, de la exigencia del verdugo, a la tranquilidad fresca de la palmera, hay que tenerle respeto. Otra manera de llamar al miedo sumiso y diligente. Al terror.

- Mi tío era un hombre joven que aparentaba mucho más viejo. En aquella época tendría, ¿qué?, unos veinticinco, pero parecía de treinta. Le llevaba un par de años a mamá. Era muy delgado, no muy alto, de color ocre, como la tierra. El pelo negro y lacio, un poco despeinado. Y una nariz muy fina. No parecía dominicano, parecía como egipcio, o hindú. Siempre en un uniforme gris oscuro que le bailaba en el cuerpo y que se ajustaba con el cinturón. No hablaba mucho. Parecía siempre pensando, siguiendo un plan. A mamá le hablaba por ráfagas intermitentes, reprendiéndola. Mamá, por el contrario, le hablaba mucho, demasiado. Lo cansaba. El le decía: "- Ya te dije.", y volvía a su silencio de animal en guardia. La oía sin darle importancia ni perder el hilo de sus cavilaciones. Siempre me decía: "- Nunca te dejes dar. Si es más grande que tú, métele un palo en la cabeza, que él cae. Y si no puedes darle el palo, métele un cuchillo en la garganta o dale un tiro en la cabeza. ¡Que se acuerde de ti!." ¡Guao!, cuando eso yo era muy chiquito...

5

A John le estalla la cabeza mientras se revuelca en el piso. ¿Secuelas del cemento? El dolor no lo suelta. (- El problema es el olor, el mal olor, la peste... El aire lleno de partículas en descomposición, mierda hecha polvo volando en el aire. Y no tengo dónde ir, dónde esconderme. Pienso en huir, pero entonces me sigue. Donde quiera me sigue la peste. Ahora humo, el humo negro y sofocante de la quema de llantas. Se me mete por las narices, por los ojos. Se mete entre el pelo, se aloja debajo de las uñas. Si me saco los mocos, vienen con una capa de sucio. Lo mismo que si me estrujo los ojos o me palpo la cara. Ahora se mete en la garganta y me tranco. No lo quiero respirar, no me lo quiero tragar. Rehúso. Entonces no puedo evitarlo, porque me hace falta. Por lo menos el poco de aire en que viene envuelto. No lo puedo evitar. Empiezo a jadear, la respiración fatigosa, el asma que no me deja dormir. También yo vomité una vez en la cama. Ahora la basura viene con plumas y desperdicios de pollo. Cáscaras de fruta y víveres podridos, jícaras de coco, animales muertos. Aquí no hay quien respire. Me voy a morir. Parece mejorar, que va aflojando. Lo mejor es estarse bien quieto y tranquilo, relajarse. Dejar el cuerpo inerte y suelto. No pensar en él, no darle el gusto. Y el dolor se irá solo.)

Cuando mataron a Lucrecia, John se quedó literalmente en el aire. Era su única ancla con este mundo. Nunca conoció, ni siquiera supo quien era su padre. Ruperto ya había desaparecido. Miguelín era un bebé... No hay nadie más. El miedo más atroz de cualquier niño es ser olvidado, abandonado por su mamá. Está dispuesto a cualquier esfuerzo, a cualquier maltrato, a cualquier dolor, con tal de mantenerse a su lado. Porque él es un brote de su madre, como un segundo... corazón. Y su madre es el cuerpo original, el origen del calor, del alimento, de la vida. Cuando a un bebé lo alejan del pecho materno, llora. Llora por esta misma razón. Porque la distancia es muerte. Cuando mataron a Lucrecia John ya no era un bebé. Pero igual lloró inconsolablemente. No entendía lo de muerte, pero sí lo de distancia. Peor, también lo de nunca. Un susto grande, como un fantasma frío y vacío, lo recorrió por dentro. Pánico. Pánico por los cuatro costados, a todas horas. Una sensación gélida de soledad y abandono. De debilidad. De indefensión. Y así duró muchos días. Días que se hicieron semanas, hasta que las semanas se hicieron meses. Pero lo meses no llegaron a hacerse años. Antes de eso se volvió hacia adentro, y el miedo se convirtió en lógica. Se transformó en un recurso del universo, un elemento que recompone las proporciones perdidas por la ignorancia del ser humano.

John cruzó donde la vecina, y ella llamó a la policía. Llegaron. Un cabo y un sargento. Miraron alrededor. Pero, ¿qué ver en la pieza de un pobre? No hay nada que ver. Es decir, nada. Ningún objeto, ningún color que llene los ojos. Una cama vieja, desvencijada, rota, sucia, apoyada sobre seis blocks de cemento. Tiras de tela que hacen de sábanas. Esto aquí, al frente, a dos pasos. Hacia allá, algunas tazas de aluminio colgando de un clavo. Una neverita que es una ruina. Encima, un papel de estraza manchado de grasa y con migajas de pan. Pegado a ellas, una silla de madera en un estado lamentable. Dos sillas torcidas y remendadas con alambre y cabuya. Y un cuerpo tirado en el piso, boca abajo. No se ve sangre. Es decir, no es que no haya. No se ve porque está muy oscuro.

Entraron dos hombres y cargaron a Lucrecia sobre una camilla rígida, color naranja. Se la llevaron. Ya se iban, cuando el cabo comenta:

- ¿Y los niños?

- ¿Cuáles niños? – se sorprendió el sargento.

Y el cabo levanta el brazo despacio para señalar con una libreta que tiene en la mano. Sobre la cama, entre los harapos, John y Miguelín. Dos perritos despeinados y sucios. Miguelín todavía duerme. John está estupefacto, ausente, mirando con ojos de sorpresa e ignorancia. Es decir, de inocencia.

- Déjemelos a mí –saltó la vecina-, yo me quedo con ellos.

El sargento asiente sin decir nada, de la nada surge una solución a lo que prometía convertirse en un problema mayor.

- Ahí está, la doña se queda con los muchachos...

Y empezaron a salir. Se llevaron a Lucrecia, se fue la policía y la vecina se llevó a los niños. Al final, la pieza se quedó oscura y en silencio, como si allí nunca hubiese sucedido nada. Y no sucedió, porque las cosas no hablan.

6

Lucrecia es una joven atractiva. Sin ser bella. Alta, robusta, generosa de carnes. Blanca, pelo y ojos claros. Facciones finas. Pero con la rusticidad propia del campo: el pelo crespo, empajonado. La piel rojiza y reseca, pequeñas arrugas prematuras. Las manos y pies hinchados. Y la grasa que tempranamente empieza a acumularse en nalgas y piernas. Lo que antes hubieran llamado una mujer hermosa. Una mujer símbolo de la fertilidad y proliferación. Caderas anchas y fuertes, un vientre fecundo. Promesa de una numerosa y sana descendencia. No es mentira, antes la mujer se escogía como se selecciona el ganado: por la raza. Por el fenotipo, el tamaño, la corpulencia, la piel. La dentadura. Barco grande, ande o no ande.

Esta isla tiene la forma de un rizo de caramelo: baja en la costa, montañas en el centro. Las montañas no son monumentales, como los Andes. Son más bien suaves y dóciles. Todo para dejar el espectáculo a la costa y las playas. Las plantaciones de caña de azúcar se localizaron en los llanos áridos, de tierra seca, árida y pedregosa. Al cabo, la caña es una yerba mala: crece sobre la piedra caliza. Pero es dulce. Hacia el centro –el Cibao- está la mejor tierra. Negra, húmeda, rica. Hacia el Cibao se fue, entonces, la agricultura de víveres y frutas. Los españoles de la conquista trajeron a los negros africanos al Caribe para trabajar en las plantaciones de caña. En Estados Unidos fue para trabajar en las plantaciones de algodón. Y ese tráfico de gentes fue que pintó de colores la población de la colonia: negro alrededor, blanco en el centro. Por eso Lucrecia es blanca, rubia, quinientos años después.

Todavía a la muerte de Trujillo -1961-, el país era eminentemente agrícola. Esto es decir, la mayoría de la gente vivía en el campo. Santo Domingo era una ciudad pequeña –un cuarto de millón de habitantes, cuando más-, y las ciudades del interior eran aldeas. Los más vivían todavía más al interior. Había mucha pobreza y precariedad. Los índices de analfabetismo eran enormes. La gente vivía... en el pasado. Bueno, en la República Dominicana siempre se ha vivido en el pasado. De distintas maneras. Pero siempre en tiempo pretérito.

En el campo la vida es lenta como un caracol. No puede ser de otra manera. El espacio es grande. El silencio. El tiempo es más grande. Pero todo es relativo. La tierra gira a una velocidad de mil setecientos kilómetros por hora, y nos resulta imperceptible. Quien lleva prisa es el ser humano. Las plantas o, a este efecto, los animales, nunca se han quejado de la lentitud en el campo. En cambio, sí de la velocidad en la ciudad. En el campo, y con el tiempo, el espíritu se hace más liviano y etéreo. Más simple. No hay muchos estímulos ni temas para el pensamiento. La mente vuela sin obstáculos para, finalmente, posarse sobre cualquier poste a contemplar el paisaje. Uno se va, lejos, flotando sobre la nube fresca del silencio, la armonía y la tranquilidad. Llega un punto en que esto se hace un vacío. Imperceptiblemente, inconscientemente. Se sueltan las amarras con el más allá. El más allá que puede estar a media hora de distancia caminando a pie. Pero que no se puede ir porque está muy lejos. O porque no hay tiempo. O porque ¿para qué? Esto es todo. Este es el universo. Aquí alrededor, aquí y ahora. A veces, en el pasado, recordando cosas o haciendo cuentos, que no hay más nada que hacer. Porque futuro, en el campo nunca hay futuro.

Además de físicamente atractiva, Lucrecia tiene una voz hermosa. Grave, ligeramente ronca. Tiene en la boca una caja de resonancia que lleva lo que dice a terciopelo negro. Pero en el campo no se ven estas cosas. Algo estudió en la escuela del pueblo. Aquí no es como allá, que hay aulas y cursos. Y profesores para cada materia. Aquí hay, por decir, tres aulas y dos profesores. Los estudiantes se agrupan por edad: los pequeños, los medianos y los grandes. Y se les va enseñando lo que dice un libro, más o menos. O lo que sabe el maestro, más o menos. O lo que surge ese día, más o menos. El ambiente, eso sí, es de pura alegría. A los ocho años, más o menos, Lucrecia ya sabía leer y escribir. Ahora lee bien, con algo de dificultad. Es decir, no es que puede ir muy rápido porque confunde las palabras y, sobre todo, al final no sabe de qué se trata la lectura. Escribe aún con más dificultad, con una letra que parece hormigas retorcidas. Una de otra separadas a distancias distintas, letras faltantes, desalineadas, con un sentido que hay que deducir. O, mejor, adivinar. Aunque todo esto le resulta sumamente divertido.

Desde el campo se ven brillantes las luces de la ciudad. No hay rincón, por remoto que sea, donde no lleguen las noticias: la magia está allá. Aquí no sucede nada. Ni va a suceder. Aquí las niñas se embarazan para tener oficio. A veces dicen quienes no saben que es por ignorancia. Serían capaces de decir que por lujuria, pasando ellos a ser ellos doblemente ignorantes. Aquí se toma mujer como se selecciona una vaca: por la forma y el tamaño. Y se dejan las mujeres de los hombres como se deja un obrero del patrón: por el menos peor. Para ir juntos, para acompañarnos. Para tener con quién hablar, qué hacer. Todo lo demás no tiene importancia. Más bien, no hay nada más.

Llegan las noticias: allá hay gente. Hay diversión. Hay dinero. Allá se vive de otra manera. Allá se es otra cosa. Aquí no pasará de ser la madre del becerro. La hija de la vaca. Lo que ha sido una tras otra por generaciones. Una mancha en el paisaje. Una brizna de pasto en el espacio sideral. Nada. Hay que irse. Así fue que llegó a Santo Domingo para trabajar en el servicio doméstico. ¿Qué otra cosa podía hacer? No sabe hacer nada. Y para barrer y trapear no hay que saber nada. Más bien al contrario, para barrer y trapear es imprescindible no saber nada. Esta es la base y el origen del síndrome de la mucama.

-Rubia, ¿y esos ojos son tuyos?

En el Caribe rubia vale por blanca. Si una mujer tiene el pelo negro pero es blanca, igual es rubia. Está mal dicho, pero igual nos entendemos. Ramón es un hombre joven, de unos veinticinco años de edad. Tamaño medio alto, fuerte pero no musculoso. Blanco, facciones finas, muy velludo. Seguramente viene del Cibao, de la misma región de donde llega Lucrecia. O de Baní, que tiene tradición de colmaderos, es decir, de comerciantes de provisiones al detalle. Viste una camisilla de interior blanca, sin mangas. Algodón, por la frescura. Sobre los hombros una maraña de vellos largos y muy negros. Bermudas amarillo, a cuadros. Sandalias.

- Mira, ¿y cuándo fue que llegaste? Porque yo no te había visto por aquí... ¿Dónde es que estás trabajando?

En un instante ya la ha radiografiado. De arriba abajo, en vertical, deteniéndose en los senos y en las caderas. Blanca, grande, hermosa, núbil. Tierra negra y abierta pidiendo semilla. Entonces estaba Lucrecia en ebullición, en ese tránsito entre la adolescencia y la juventud en que las hormonas brotan por cada poro. Caderas y senos quieren estallar. La boca se ofrece sabrosa, como fruta madura. El pelo baila. Su paso es una canción al amor y el placer. A la dicha de vivir.

Ella se ruboriza un poco, todavía está nueva. Y se hace la desentendida.

- Dame cuatro huevos y seis panes.

Juega a la indiferencia. No se ríe, nada insinúa. Mira hacia el frente con gesto de fastidio. Por supuesto, por dentro es otra cosa. No ha nacido la mujer que no se envanezca al gustar. Ramón se abalanza. Le mira a los ojos. Se le acerca. Le agarra levemente una mano que ella ha dejado serena sobre el mostrador.

- Pero belleza, dime por lo menos cómo te llamas...

- ¡Mira, muchacho! ¡Estate tranquilo! ¡Dame los huevos esos, que me voy!

- Está bien, rubia. Pero no te me pongas así –da la vuelta y va a buscar los huevos y el pan-. Oye, pero que mal genio tiene esta belleza.

Le entrega el pedido mirándola a los ojos. Toma el dinero. Va de nuevo atrás, tira el billete sobre la caja y toma el cambio. Vuelve con ella. De nuevo la mira fijamente a los ojos. Deja las monedas sobre el mostrador. Ella sigue mirando hacia el frente -a las botellas de ron- pretendiendo enfado e indiferencia.

- Dime, ¿cómo es que te llamas?

- Después te digo.

Y se da la vuelta. Y camina. Y de espaldas es una yegua de pura sangre, hembra, fuerte, fértil. Paridora.

Antes de que esto se convirtiera en el caos que es hoy, es decir, antes de la "postmodernidad", cualquier familia de clase media podía darse el lujo de tener hasta dos sirvientas. Pobreza absoluta en la punta de abajo y riqueza relativa en el relativo medio, eso permitía una comodidad que no tenían los ricos en los países ricos. Por supuesto, hablamos de la comodidad de los patrones puesto que, por definición, la de los siervos es menor que la del señor. Era una sociedad de sobrevivencia. Lenta, aburrida, sin muchas ambiciones. En esa época en que las clases medias tenían una muchacha para la cocina, otra para la limpieza, y todavía otra para el lavado, había una segunda modalidad: la de traer una muchacha del campo para criarla. El concepto era relativamente claro –y conveniente-. Una muchachita joven, sin maldad –

todavía-, sin mañas –todavía-, sin vicios –todavía-, para moldearla al gusto de la señora. Se la lavaba, para quitarle un poco la tierra del campo. Se la vestía, muy humildemente pues la diferencia con el resto de la familia debía deducirse al vuelo. Se la instruía. A hablar moduladamente. No muy alto, como en su antiguo campo. Tampoco susurrando de miedo o timidez. A redondear las palabras. A expresar las ideas con relativa claridad. A comportarse cuando hay más gente. A arreglarse el pelo. A cortarse las uñas. A caminar. A arreglar las camas. A cocinar. Sería casi de la familia, en lo que hay que entender la preposición. Comería en la mesa, pero en una esquina particular, relativamente alejada. No puede comentar nada durante la comida. Al final, por supuesto, le toca levantar la mesa y lavar la vajilla. Iría de vacaciones con la familia, también en una esquinita del carro. Podía hablar cuando se le preguntara, pero no iniciar conversaciones. O hacer observaciones, o comentarios. Muchas de estas instrucciones no eran explícitas, se le enseñaban en la práctica. Finalmente, se la enviaba a la escuela, algo que nunca hubiera podido hacer en el campo. La idea es que eventualmente cursara una carrera técnica –enfermería, por ejemplo- y entonces pudiera dejar su trabajo de mucama. Un salto que ella, por sí misma, nunca podría dar. Entonces buscarían otra muchacha en el campo, y el ciclo reiniciaría por el principio.

En todo esto había un gran problema. Cuando la muchacha llegaba del campo era un saquito pardo de huesitos de perro flaco. Pesaba setenta libras, más pelo, pellejo y sucio que otra cosa. Desde que llegaba empezaba a mejorar, a recuperar. Ahora estaba bañada, limpia, brillante. Cogía unas libras. La instrucción en etiqueta y protocolo daba frutos. El progreso era evidente. Y hasta aquí todo bien..., hasta que llegaba la pubertad. Entonces, lo que era un pecho liso como una tabla empezaba a hincharse. No sólo a crecer sino a tomar forma. Los pezones se abren como pétalos rojos, saltan de los pechos. Estos engordan redondos y firmes. Las caderas se arquean, las nalgas se inflan. Los muslos se llenan, con lo que la cintura queda estrecha. Las carnes aumentan como batidas por levadura. Y con esto saltan las feromonas alrededor, esporas del huevo maduro que huele el macho a la distancia. El deseo no lo dice la cara. Lo grita el cuerpo. Entonces, si la patrona es sabia, un día temprano la llamará a consejería, antes de que sea tarde.

- Linda, ven, que quiero hablar contigo. Siéntateme ahí...

- Dígame, señora, ¿pasa algo?

- Nada, mija, tú tranquila.

Y se queda ella con sus rodillas bien juntitas, sentada sobre la mecedora hecha hacia adelante sin mecerse, mirando el piso. Un animalito asustado temblando en su escondite imaginario.

- Mira, tú sabes lo que es el desarrollo en la mujer. Ya te han hablado de eso en la escuela. Yo lo sé...

Levanta la mirada triste por un instante para volverla a clavar en el piso. Ya sabe por dónde viene la cosa. No es tan malo. Ni puede ser, porque no ha hecho nada. Nada se le ha roto, nada se le ha quedado por hacer. Todo bien, como siempre. La patrona es buena. Siempre ha sido buena. Decente, considerada, amable. A menos que hablar con esos tígueres del colmado... De repente siente un sobresalto que la hace estremecer. ¡Eso es! Eso está mal. No es asunto de la casa sino de la iglesia.

- Ya tienes tu menstruación y todo eso. Y sabes de dónde viene la menstruación y lo que significa. Tú ya tienes capacidad de parir, de tener hijos. Buenos, tú no, tu cuerpo, que es diferente.

Siente el rubor que la inunda por dentro. Aprieta las rodillas entre sus brazos. Ahora no se atreve a levantar la vista.

- Tú has visto cómo has engordado, cómo te han crecido los senos y las caderas. El trasero. Tú sabes que llamas la atención en la calle. No me digas que no.

En su mente se envuelve en un manto para que nadie la vea. Quiere hacerse pequeña, una hormiga redonda que nadie pueda ver.

- Mírame.

Niega con la cabeza, avergonzada.

- Mija, mírame. Eso no es nada. Nos pasa a todas las mujeres. Les pasa a todas las jóvenes de tu edad, ahora mismo. Ahora mismo, en otro lugar, dos mujeres están teniendo esta misma conversación. Es lo más natural y normal del mundo. Ahora bien, sí tenemos que estar conscientes de la situación y saber manejarla. Y, por supuesto, asumir las consecuencias de lo que vayan a ser nuestras acciones.

Aquí empieza a no entender nada. Ciertamente en la escuela le han hablado –por cierto, muy rápidamente, muy por arriba- de la pubertad, la menstruación y el sexo. Recuerda que le han dicho que si menstrúa, ya puede quedar embarazada. Eso se le quedó grabado. Pero son temas difíciles. Que están en los libros y ya. Los libros siempre cuentan historias que no son reales. Uno no las ve en ninguna parte.

- Mírame

Finalmente levanta la mirada. La patrona es buena. Es dulce. Es sabia.

- Ya eres una mujer…

La mira con admiración. Con amor. Ella y sólo ella la ha sacado de esa caverna que es el campo.

- Y los hombres, mi amor, los hombres lo único que quieren es acostarse contigo. Por supuesto, te van a hablar bonito. Te van a decir que eres preciosa, que eres única, que eres la mujer de sus sueños. Que quieren pasar toda la vida a tu lado. Pero lo único que quieren es sexo. Desde que se acuesten contigo la primera vez, inmediatamente salen a buscar otra. No pueden estar sólo con una. Y si quedas embarazada –porque no es que ellos te embarazan sino tú la que quedas embarazada-, ¡adiós! No lo vuelves a ver, a menos que te metas en fiscales y demandas. Lo que siempre es molesto y complicado. Esto, hija mía, es ley. Ellos, cada uno, te va a decir que no, que no es cierto. Que ellos son diferentes. Y al final se impondrá la ley, como siempre sucede. Tú misma vas a sentir una tentación muy fuerte a pensar que no es cierto, que no es ley, que no siempre es así, que no siempre se cumple. Y más adelante vas a comprobar con dolor que ley es ley.

Tranquila, serena, todavía mirando el suelo. Escucha muy atentamente.

-¿Entiendes esto? ¿Entiendes lo que te estoy diciendo?

Asintió con la cabeza.

- No, mírame.

Levanta la cara. Tiene los ojos vidriosos pero no la expresión de llorar. Como si un aire de sabiduría le hubiese golpeado el rostro. Dibuja una sonrisa muy fina y leve. Aunque seguramente anda más entre los jardines del agradecimiento que en la solemnidad de lo que le explican.

- Si entiendes, ¿me puedes repetir lo que te dije?

Pensó un instante.

- Sí, que los hombres sólo quieren acostarse con una. Que después que lo logran, se buscan otra más. Y que si la embarazan a una, salen corriendo.

- Muy bien, veo que lo entendiste bien... Ahora termina de poner la mesa, que las muchachas no tardan...

- Sí señora...

Se levanta y se va hacia la cocina. Por extraño sortilegio, todo el discurso que le acaban de impartir, que le han hecho repetir para asegurar su entendimiento, desaparece al instante. A los pocos meses de esto, Lucrecia estaba embarazada de John. Todavía era una niña.

7

(- Este dolor de cabeza. Este malditísimo dolor de cabeza...)

Lo del dolor de cabeza fue siempre una debilidad. Se le meten cuatro agujas en la cabeza, una por cada lado. No, mejor cuatro barrenas que dan vueltas, pasando la carne blanda como mantequilla. Y se encuentran en el centro, acero con acero. Cruje hueso con hueso. A veces la sensación es de punción, de herida larga y profunda, el músculo expuesto temblando al aire. Otras, de compresión, como si le metieran el cerebro en una prensa. Hierve como lava, bulle como estofado. Late. Duele como una herida abierta. Cada minuto aprieta media vuelta. Así, hasta que el cráneo estalle. Pero no estalla. Suda. Y se queda justo al borde de la inconsciencia. Quizás sea este dolor la condensación de otro más hondo y desconocido. Afortunadamente estas son crisis, aunque siempre lleva una molestia en la cabeza como un recuerdo terrible que no hay forma de que se borre.

El dolor de cabeza vino con el primer cigarrillo. Se lo dio un compañero al que apodaban *El Sucio*. Cosa curiosa, porque todos están igualmente sucios. Todos tienen apodos, es un principio. Debe ser algo representativo, evocativo, característico del sujeto. De su figura, su cuerpo (*Costillita, El Flaco, Patica*), de una costumbre (El *vago*), de un vicio (*Coca*). Pero no siempre llega así. Muchas veces es algo circunstancial, o estrategia de grupo. Porque *El Sucio* no es más sucio que nadie, ni *El Flaco* más flaco que ningún otro. Motes que surgen en el momento y por alguna razón se quedan. *El*

Terror no, ese es un apodo que John se ganó con absoluta suficiencia de méritos.

Hacer lo que ve. Sin miedo. Más bien con prisa. Aspira el humo con fuerza y trata de hacerlo pasar hacia adentro. Pero se le queda trabado en la garganta: ni para adentro ni para afuera. Entonces tose con estruendo. Se le pone la cara toda roja. Los ojos también. Con la tos suelta un par de hilos de saliva.

- Al principio es así, pero después es bien *jevi* .

Vuelve a intentarlo. Pero ya está advertido. Esta vez aspira menos humo, y lo pasa rápido. No lo deja jugar en la garganta, que ya está irritada. Bien. No tosió. Y, como decía *El Sucio*, la sensación es divina: un mareo ligero al par de una relajación profunda que entran al instante. Los ojos se entrecierran, el cuerpo afloja. La mente se pone lenta y amigable. La ansiedad cede. Otro copazo y la sensación crece. Aunque con el cigarrillo llega a un tope. Rápido, de una vez. Una vez ahí no hay forma de subirlo. Por mucho que se fume. Es decir, mientras se trate de cigarrillos. Porque cada material tiene su ocasión.

Como siempre sucede, una cosa lleva a la otra. A la siguiente. Pero no es que los cigarrillos lleven a la mariguana, y ésta a la coca, o al crack. No es así. Es que el primero –los cigarrillos- dan la idea, crean el camino. Y, abierta la puerta, vencidos los miedos y los escrúpulos, todo llega por gravedad.

Ya no le tiene miedo uno al camino, a las sorpresas, a los peligros. A la vida.

Los cigarrillos son gratis. Porque los levantan del piso: hay quienes los tiran luego de dos o tres chupadas, nada más. Pero, sobre todo, aparecen cajetillas olvidadas por todas partes. Bajo una silla, en un colmadón. En un muro. Bajo un árbol. Y hay cajetillas de las que han usado apenas dos o tres cigarrillos. Esa es su principal ventaja, porque luego no es que sirven para mucho. Para echar humo, para pasar el tiempo. El cemento es otro negocio. También es gratis. Es decir, lo venden, no lo regalan. Pero es muy fácil robárselo de cualquier ferretería. Es una lata pequeña que cabe en cualquier bolsillo, o en cualquier lugar de un pantalón ancho. El cemento embrutece, que es lo mejor. Pone la mente en cero. En nada. Vacío. No se piensa. No se siente. No se ve. No se oye. No duele. El cemento mata las neuronas por millones, como mosquitos rociados con insecticida. Caen muertas secas al contacto. El cemento es bueno para no pensar. Para que no duela. Con el cemento no hay pasado. Ni futuro. De hecho, tampoco presente. Con el cemento no hay nada. La cabeza es un bloque de granito. Igualito. El cemento fue lo primero. Sin embargo, hay un problema con el cemento, y es que hay que trabajar. Por eso nadie se puede quedar aquí.

Por su lado, la mariguana es puro placer. Pero tampoco con la mariguana se puede trabajar. Su solo olor aturde y transporta. El cerebro reverbera, tiembla empujado por una fuerza misteriosa. Se enlentece, se embota, por lo que las figuras se hacen lejanas y fantasmagóricas. Cambiantes, amigables, porque la mariguana es tabaco del fuerte. Los sonidos igual, se van y pierden en lo lejos. Pero sobre todo se hacen armoniosos, dulces, pacíficos. Lo mejor con la mariguana es seleccionar el momento: horas que se tengan libres y vacías. Que se puedan utilizar para eso. Claro, también hay que tener el derecho y el motivo. Descansar, por ejemplo. Ahora buscar un lugar seguro y poco accesible donde pueda uno esconderse y no ser encontrado. Con la luz repentina de la flama ya empieza el espectáculo de la calma silenciosa.

La mariguana no se puede robar. Hay que comprarla en la calle. Pero con la mariguana no se puede trabajar. Para trabajar lo mejor es el crack. Bueno, ni siquiera es lo mejor. Es sencillamente imprescindible. Es lo que da agudeza. Sensación de propósito. De capacidad. De fuerza. De valor. Con suficiente crack en la mollera el enemigo más grande y peligroso se ve del tamaño de una cucaracha. De hecho, no es que se ve: tiene el tamaño de una cucaracha. Mejor: es una cucaracha. Para trabajar hay que estar *yompiao*. No hay otra forma.

8

(¡Coño, ¿qué voy a hacer con este maldito dolor de cabeza?! ¡Aaaahhhh!)

Se vuelve al otro lado hecho un ovillo, agarrándose las piernas con los brazos. Aprieta a ver si afloja. Intenta llorar. Dicen que llorar hace salir el dolor. Pero no le salen las lágrimas. Es un dolor seco y filoso. De polvo del desierto. Hirviente. Lejano. Solo. Un dolor de muerte. Todo lo que logra es arrugar la cara, ponerla como la corteza de un árbol. De todas formas la consigna es quedarse quieto, quietecito. Esperar que pase, que él va a pasar. Aguantar. Quieto. Tener fe, que él va a pasar...

El tío lo lleva levantado de un brazo de manera que sus pies apenas rozan el suelo. Con una prisa que sólo él conoce. Tiene sus motivos, hay lecciones que se deben enseñar muy, muy temprano. Y con dolor, para que calen profundo, para que no se olviden. Lo que se ve y aprende antes de la consciencia nunca jamás sale de la memoria. Lo que es mejor, se aloja en un lugar desconocido adonde no puede ir a buscar el recuerdo. Curioso: no se olvida lo que no se puede recordar. Pero así es. Recordará más adelante –eso sí-, que no sentía miedo, nerviosismo o aprehensión. Si acaso simpatía, armonía, por haber encontrado tan temprano su destino. Porque sabía lo que venía en instantes. Un *déjà vu*, ya había estado ahí. Lo había vivido antes, quizás en otra vida. Leía este libro por segunda vez.

El tío lo identifica a la distancia. El no alcanza a ver tan lejos. Sigue jalando su muchacho del brazo. John se deja. No le queda de otra, pero tampoco es que todo esté muy claro. Estas intuiciones son intermitentes. De repente llegan claras y precisas, y en un momento se esfuman para no aparecer nunca más. Entonces no se sabe si fue un recuerdo, un pensamiento o los espíritus hablando desde el más allá.

Cuando el amigo se percata de que vienen hacia él se queda de una pieza, petrificado. Pálido como una vela. El que pega siempre debe pensar en la posibilidad de la venganza. Es cierto que esa posibilidad puede nunca hacerse efectiva. Porque la víctima es cobarde –siendo éste el mejor escenario. Porque no tiene los recursos. Porque piensa en la venganza de la venganza. Porque se sabe más débil. Como es cierto que hay quienes en su ofuscación no reparan en consecuencias. Su ira los ciega, los aturde, los cierra. Ven por el ojo del túnel. Por él salen hirviendo, incontrolables, destructores. Cuando toda esta erupción lo que dura son minutos. El amigo no había visualizado ninguna de estas posibilidades puesto que todo se resumía a un tropiezo con el resultado de un chichón en la frente. No es para tanto.

El tío lo coloca frente a frente al amigo, a un paso de distancia. Este empieza a temblar.

- Ahora coge una piedra y pártele la cabeza.

El amigo sigue petrificado, no se atreve a moverse. Tiembla con los brazos abajo, amarrado por los hilos invisibles del miedo. Empieza a llorar. John obedece mansamente. No olvidemos que esto ya había sucedido antes, es una repetición, como finalmente fue toda su vida. Con toda tranquilidad mira alrededor buscando. Rápidamente encuentra una piedra del tamaño adecuado. Camina hacia ella, la agarra y retorna a su posición inicial, de frente, a un paso de distancia. Lo mira a los ojos. El amigo ya llora a lágrima viva resignado a su destino. Primero lo ve con curiosidad. Y luego como presa de la sobrevivencia de otros, como la gacela que debe morir para que vivan los leones. A él le tocó estar de este lado. Mala suerte la suya, la de su amigo.

Le propinó un golpe contundente en el centro de la frente con toda la fuerza de que es capaz un niño de su edad. Ve la sangre saltar inmediatamente tras el golpe. Para el amigo fue la señal de huida: sale corriendo despavorido gritando con toda la fuerza que tienen sus pulmones. John se queda recto, los brazos abajo, en posición de atención. La piedra sangrante todavía en su mano. Espera instrucciones.

- ¡Bien hecho, así se hace! Vámonos...

Se vuelven de regreso. El tío ya no lo arrastra. Va uno al lado del otro, cada uno en sus pensamientos. El tío lleva una sonrisita de satisfacción, pero por dentro. Por fuera, la misma cara de palo chamuscado de siempre. Así es como se siembra: con decisión y dolor. Con valor. Esta no se le olvida. Antes que nada, el respeto. Es espacio limpio y abierto, propio, exclusivo, que se tiene que ganar en base a hombría. Cojones. Nada de astucia, estrategia o inteligencia. Nada de eso, en base a puros cojones. El que haga eso, se ganó el mundo. Y el que lo haga temprano luchará menos en la vida. Así será para John. Por primera vez ve sangre. Que le parece fascinante por su viscosidad de leche roja y brillante. Su asociación con el miedo, y éste, con la muerte. Sangre, miedo, muerte. Miedo, sangre, muerte. Se pueden decir en cualquier orden y es lo mismo. Dicen lo mismo. Se siente lo mismo. Ahora lo vio en la cara de su amigo. Más adelante lo verá donde quiera. La repetición de la escena será en más de un punto. Quizás él mismo sea más presa de la sobrevivencia de otros que su pobre amigo.

9

Si en la pubertad la mujer siente un deseo irrefrenable de ser cubierta, el hombre lo siente de cubrir. Es decir, no de tener relaciones sexuales. De embarazar. De cambiar, modificar. Invadir, trastornar. Revolucionar la vida de la mujer. El hombre básico, primitivo, instintivo, no tiene sexo. Embaraza. El sexo es un vehículo, un medio. Su fin último –instintivo, por supuesto, involuntario, desconocido para él- es preñar a la hembra. Afirmarse en la marca que hinca a su alrededor. Como buen macho, preña y se desentiende. La madre y la tierra se deben ocupar del resto. La sexualidad activa –aquella que debe ser estimulada para contar con su presencia- le regala este privilegio. El macho se siente importante porque es importante. Sin él, sin su precioso concurso, la vida concluye. De manera que al síndrome de la mucama corresponde punto a punto el síndrome del bruto.

Hasta ahora los días se le hacían interminables. En un colmado se empieza a trabajar a las siete y media de la mañana, y se termina pasadas las diez de la noche, entre semana. Desde el viernes se sirve hasta que haya gente, porque frecuentemente llegan grupos de bebedores que facturan bien y se pueden querer quedar hasta mucho más tarde. Entonces se extiende la jornada hasta las doce, las doce y media, que hombres borrachos son sueltos de bolsillo. Hay que aprovechar, y estas son las leyes del negocio. La calle es peor. El desempleo, la precariedad, la incomodidad. La delincuencia. Y eso que antes se empezaba a trabajar a las seis y media. Las familias iban al colmado a comprar el desayuno. Aunque también hay que decir que cerraban a las diez sin mancar. No había muchos comercios abiertos tarde en la noche. Era otra época. El dependiente dormía dentro del colmado, entre sacos de frijoles y el calor de las neveras.

Pero ahora tiene un aliciente: Lucrecia. Desde que abre los ojos piensa en ella. Las hormonas andan en el cielo. Tienen hambre. Le exigen. Y el pensamiento vuela impulsado por roces y piel sensible en la turbación del entre sueño. La imaginación lo lleva a ella, a sostenes apretados que apenas pueden contener el deseo. Bragas transparentes e innecesarias. Carne trémula que se hincha de deseo. Brotes latientes, desconocidos, palpitantes. Cercanos, disponibles, ofrecidos. La fuerza del deseo caminando junto a la fuerza de la curiosidad y la sorpresa. Hasta que estalla en una explosión de... de realidad. Hay que abrir el colmado, que pasan cinco minutos de la media. Pero ahora está embarazada.

- ¿Qué vamos a hacer?

- Nada, seguir...

Una mujer embarazada no se puede embarazar otra vez. Para eso hay que buscar otra. Para el macho una mujer embarazada no es sexualmente atractiva. Se deforma. De las curvas redondas y lascivas pasa a la hinchazón. A la dificultad, a la sensiblería. Hay que buscar otra. Es cierto que el producto de ese crecimiento será un retoño, el orgullo y vanidad del padre, pero eso es –si es- más adelante. Y en esto siempre hay una brecha grande de incertidumbre. En cambio, el instinto es aquí y ahora.

- ¿Cómo que seguir? ¿Qué tú quieres decir? Mírame, ya se me nota la barriga. ¿Cómo que seguir? Yo necesito que tú me resuelvas...

"Resolver", un dominicanismo mordaz que sustituye drásticamente el término solucionar. Se contrapone a varios conceptos: parlotear, enredar, parafrasear, escabullir, confundir, eludir, huir. "Resolver" significa solucionar de cualquier manera, de forma efectiva y final. Ya, ahora. La barriga empieza a ser inocultable. Es notorio el cambio de proporciones. Ya no se puede atribuir a que engorda o a un cambio en el tamaño relativo de extremidades y tronco. ¿Cuál puede ser la secuencia de acontecimientos? ¿Hablar con la señora? Pero si ella se lo había advertido tan claramente hace cuestión de meses. ¿Va a quedar -además de idiota- de aprovechada? Si se lo advirtió y ella conscientemente le pasó por arriba a la lección. Lo que toca es poner pecho a lo que viene. ¿Volver al campo con un hijo de quién sabe quién? ¡Por favor! Si problemas tienen ya en el campo. Si lo sabrá ella. Tantos otros –mujeres y hombres- que salieron a la ciudad a buscar soluciones y volvieron llenos de problemas nuevos y enormes. Ella no se va a sumar a esa ola de fracasos. Ramón –que tanto habló cuando lo quería- tiene que resolver.

Una pieza en lo más remoto de Sabana Perdida renta quinientos pesos. Ya todo es caro, sobre todo para los pobres. Porque los de arriba calculan los precios como si fueran lo mismo para todo mundo. Y es cierto que son lo mismo en el sentido de que se cobra lo mismo sin importar quien compre. Pero mil pesos no es lo mismo para quien gana seis mil que para quien gana trescientos mil. No hay que ser muy sabio para darse cuenta de la diferencia. El precio depende de lo que uno tiene que desprenderse, en trabajo y en sacrificios, para conseguir cualquier cosa que necesite. La pieza es un cuadrado –en realidad un rectángulo- donde caben apretadamente una camita individual y una mesa. Ya. Nada más. Las paredes son de madera y el techo de zinc. Es un recorte de la casa de la dueña. Afuera, a unos diez metros, un baño común, tan común que no se sabe quiénes tienen derecho, y quiénes no. Es un cuartito con un inodoro roto en un lado, la puerta en el otro, y una ducha en la pared. La ducha es un tubo galvanizado de media pulgada que sobresale de la pared, y la puerta, tres tablas podridas por debajo de las cuales se ve si adentro hay gente. Cemento pulido en todas direcciones. El inodoro no tiene tanque. Ni le llega el agua, por lo que tampoco es necesario. La ducha está tapada. La gente se baña con una cubeta y un jarrito, el agua viene de los tanques que se llenan cuando llega agua a las llaves de afuera. La cocina también es común: una caseta con dos fogones en cemento. Pero es poco lo que ahí se cocina. ¿Pobreza? Sí, pero no miseria. La misma de millones en las favelas alrededor de la ciudad de Santo Domingo. La misma de millones de millones en los campos y ciudades de todo el mundo.

Ramón llega los sábados en la tardecita, a eso de las seis. Lleva algunas provisiones: arroz, frijoles, café, azúcar, sardinas. Pan, carbón. Y algo de dinero. Lo mínimo para que pueda pasar la semana. Deja las cosas y se va a dar la vuelta. Con el embarazo Lucrecia ha adquirido una belleza virginal: las formas se han suavizado. La piel es todavía más blanca. Pero sobre todo ha adoptado un cierto aire de ausencia, de transportación a un plano más trascendente y espiritual. Sus movimientos son lentos y mágicos, su sonrisa comprensiva y divina. Un aura angelical la sigue. Duermen juntos pero no tienen sexo. El no quiere y ella no lo desea. Ramón clava la mirada en el techo hasta que el cansancio lo duerme. Esto es algo inesperado. Tiene que responder, tiene que estar allí porque no tiene muchas alternativas. Ahora hay tribunales y esas cosas. Puede ser peor. Así que a capear el temporal, a superar el trance. Lucrecia es otra historia: se le recuesta sobre el hombro y sueña. Sueña que serán felices. Son jóvenes, se quieren mucho y ahora tendrán un hijo. Eventualmente él podrá tener su propio colmado. Ella ayudará. Con las compras, con los números, con la casa. Luego de éste podrían tener otro hijo. Mandarlos a la escuela. Que estudien. ¡Que estudien mucho! Para que no tengan que pasar lo que sus padres. Llegarán a tener una carrera, y hasta más, estudios fuera del país. Llegarán a ser funcionarios, o ejecutivos. Pasearán orgullosos alrededor del parque del pueblo. Dejarán el carro a un costado, a la sombra del impresionante samán. Que la gente los vea. Y saludarán con el afecto de siempre, el éxito no se les subirá a la cabeza...

El hecho es que el embarazo enternece a las mujeres y las localiza en una realidad paralela. Como les suaviza la piel les dulcifica el carácter y la capacidad de juicio crítico. Durante el embarazo la envidia no existe. O el rencor. Ni siquiera el mal temperamento. Todo ven alegre y esperanzador, auspicioso. ¡La alegría de vivir! De ser felices. Pero ese mundo es sólo de ellas. El mundo real, el de todos –es decir, el del resto-, sigue siendo el mismo. El mismo mundo agridulce, claroscuro, paradójico, irónico, de todos y todos los días. Pero ella sueña, y soñando se queda dormida. Con cara de virgen iluminada a la que cuidan tres querubines voladores.

Vivir sola no es fácil, y vivir sola en estas condiciones es todavía más difícil. La precariedad material no es la principal dificultad. Nunca tuvo mucho, y su carácter es el de las personas que no sufren lo que no tienen. La falta de comodidades, pues simplemente no se da cuenta. Su mundo siempre ha sido éste, más o menos. Cambiando aquí y allá, esta mesa por otra más o menos igual, esta cama por otra igual de vieja y dañada. Lo mismo de cosas diferentes. Lo que resiente es la soledad. A eso no está acostumbrada. A pasar tantas horas sin hacer nada. O casi nada. Este es un mal común a todos los pobres: no saber qué hacer con el montón de tiempo que les sobra. El tiempo es su único exceso. No puede dormir hasta tarde por el calor. De manera que se levanta temprano. Además, es lo que toca. Lo educado. Levantarse temprano, ¿para qué? Luego lavarse, asearse. Peinarse. ¿Para qué? Porque no va a ningún lugar. Al rato se recuesta y duerme de puro aburrimiento. Más adelante intenta coser, pero es que no tiene mucha idea de cómo. Y así. Comer algo que no necesite fuego porque no le queda carbón. Sentarse afuera, a la sombra que deja un alero que tapa el sol. Sentir la brisa que todavía vuela fresca entre los callejones. Dejar el tiempo pasar. Mejor: abstraerse del tiempo que pasa. Afortunadamente, la soledad hace justamente eso: atonta, embota, embrutece. El tiempo vacío y el silencio hacen perder la noción de los sentidos y los pensamientos. Se vive en un sopor, en un estupor, en un espacio lento y viscoso.

Un día, al regresar del baño, encontró en el piso de la pieza un papel que habían deslizado por debajo de la puerta. (- ¡Qué raro! –pensó-. Por aquí pasa muy poca gente y..., casi no se ven papeles. Ni siquiera afuera tirados en el suelo. A lo mejor una promoción comercial...) Lo recogió. Era un pedazo de página de cuaderno que habían escrito y borrado varias veces. Y luego arrugado, alisado y vuelto a escribir. Sucia, tiznada, decía en letras muy defectuosas escritas a lápiz: “Pendeja, ese dizque marido tuyo tiene como 20 hijos.” Leyó pero no entendió. O no quiso entender. Necesitaba tiempo. Entendió pero se quedó atrás. Volvió a leer. (- No puede ser....) Mantiene la calma, como si le hablaran de otra cosa. (- Pero, ¿esto es para mí?) Como si le hablaran de lejos, a otra persona, de otra persona. Por dentro retumbaban tambores, la intuición que despierta. (- Ese hijo de...) Entonces un frío punzante le sube por la espalda. Está tan sola. Tan, tan sola. En la vida sólo tiene a este hijo que todavía no nace. No tiene nada, a nadie. Lo único que le espera es hambre, carencia y maltrato. Humillaciones, desprecios, abuso. El caminar cansado, vencido, de los indigentes. A lo que siguió la ira: (- Si lo sabría yo, todos los hombres son lo mismo. Lo mismito. Ya lo decía mamá conociendo los pasos de papá: la mayor debilidad de los hombres es una falda nueva. No por falda, que falda tenemos todas. Por nueva, porque nueva uno sólo es una vez. Ese cabrón...) ¡Tanto que se lo advirtió la señora! La había agarrado desprevenida. Ciertamente no había contemplado la posibilidad de que Ramón tuviera otra mujer –o mujeres, ahora no sabe-, mucho menos que tuviera otros hijos. ¿Por qué? Como la había enamorado a ella podía enamorar a otra. Aún más, como la había enamorado a ella seguramente que había enamorado a otras porque está claro que no es nuevo en el asunto. Y ¿cómo es que lo pasó por alto? Por algo dicen que el amor es ciego, porque todo esto estaba al alcance de la vista. Claro, lógico, simple. Y no lo vio. Quizás no tanto porque confiara en él –hombres son hombres, y de alguna manera lo sabía- sino porque sentía que era demasiado pieza para Ramón. Blanca, alta, grande. Bella. Todavía más, elegante. Ramón es un... colmadero. ¡Un colmadero! Simpático, carismático, es verdad. Pero un colmadero. Sin más dinero que para pasar la semana a nivel de misericordia. ¿Qué mujer se fijaría en él? Y en eso la aplastó todo el peso de la lógica: justamente otra como ella. Es decir, blanca, grande, elegante y, sobre todo, estúpida. De manera que pasaba sucesivamente desde la sorpresa y la curiosidad: (- ¿Será verdad?), al franco escepticismo: (- Naahhh, es que no tiene manera, recursos para hacer tal cosa). Del análisis: (- Bueno, la verdad es que sólo viene los fines de semana, y se va el domingo antes del mediodía. Tiempo puede sacar para cualquier cosa...), a la indignación y la ira: (- Ese hijo de la gran puta...) Para caer, finalmente, en el ensueño romántico: (- Es que me quiere mucho. Y yo a él. Hay tanta gente envidiosa en este mundo...) Una y otra vez. Una tras la otra. Muchas veces en el día. Todos los días en la semana.

Cuando llegó, entró la fase de ira en automático:

- Oye, ¿y cuántos hijos es que tú tienes que no me has dicho? ¿Cuántas es que somos?

Iba a poner la bolsa con provisiones sobre la mesa, pero la sostuvo en el aire un instante. (- ¿Y ahora?) Pensó rápidamente. Esto lo coge completamente por sorpresa. (- ¿Qué pasa? ¿Por dónde viene el golpe? ¿Qué le dijeron a ésta?) Si bien se sorprende, vuelve inmediatamente a la calma. Baja la bolsa despacio, mostrando exactamente que no ha perdido la calma.

- Y ahora, ¿cuál es el chisme?

- Ningún chisme, contéstame.

Ante la bravata, el hombre pequeño huye. El no es pequeño. Sin embargo, hay circunstancias. Lo que toca es revisar rápidamente el expediente: ¿Hay faltas graves? ¿Hay faltas graves *conocidas*? Esto último es clave porque la culpa del victimario es su condena. La culpa -insistente, ubicua, tenaz- lo convence de que todo mundo conoce su secreto. Y no son más que ilusiones. Claro que el que investiga siempre dice que sabe. Que sólo quiere confirmar, pero que ya sabe. Simple estrategia. Por otro lado, si las faltas son venales, esa es la sazón de la vida. Los pequeños pecados, los pequeños olvidos. Travesuras. Le dan humanidad, diversión a las cosas y, lo mejor, la oportunidad permanente de reconciliación. Por aquí es que anda el asunto. Entonces, ¿por qué tanto alboroto?

- ¿Que te diga qué?

- Lo que te pregunté, no te hagas el loco. ¿Cuántos hijos es que tienes? ¿Cuántas mujeres es que somos?

Mejor revisar de nuevo. Hay algo en el aire pero que todavía no se da. En cualquier caso, no hay manera de que Lucrecia se entere. Pero, sobre todo, no se ha dado. Entonces, ¿cuál es la falla? A menos que alguien le haya dicho. Pero es tan poco probable... Uno no conoce a nadie, a la vez que tanta gente conoce a uno. Es decir, todo esto aquí, en la ciudad. Porque en el campo, eso es otra historia. A menos que las noticias vengan de allá. De tan lejos. ¿Será posible?

- Dime, ¿qué es lo que te dijeron?

- Tú sabes bien. Que tú tienes más hijos.

¿Qué es verdad? ¿Qué es mentira? La verdad es relativa, porque no existe allá afuera, como si fuera un árbol o una piedra. No hay verdad absoluta. La verdad depende. Y más relativa es la verdad cuando no se puede demostrar. Entonces, más verdad será en lo que uno más crea. En lo que tenga fe. Por eso en estas cosas es tan importante convencerse de su verdad.

- ¿Y tú les crees? Esos son chismes.

- Uhmm, ¿chismes? Ustedes los hombres son todos lo mismo. Yo ya lo he pensado. Así como me enamoraste a mí puedes enamorar a otra. Mejor dicho, como me preñaste a mí. O ya habías preñado a otras, y tienes dos o tres hijos por ahí.

¡Bingo! Pero dice el manual que cuando se es sorprendido en la falta es imprescindible no demostrar sorpresa. Mantenerse neutro. Ambiguo, indescifrable. Se queda quieto. Quizás demasiado. Petrificado. Lo que es una forma negativa de afirmar. De aceptar, conceder. También perdió color. De todas maneras, a seguir el manual.

- Lo mismo te puedo preguntar yo, ¿cuántos hombres es que somos? –le dirigió una mirada a la barriga-. ¡Ten cuidado…!

- Ahora quieres tú voltearme la tortilla. Piensas que soy tan pendeja. No, no. Dime, ¿cuántos hijos es que tienes? ¿Cuántas es que somos?

No conoce bien a esta mujer. Quizás cambiar la estrategia…

- Pero mami…

Por primera vez desde que se enteró de que estaba embarazada le habló con dulzura. No la sentía. Pura política. Ya tiene la vida llena, suficientes problemas. El dinero, la esclavitud del colmado. La amenaza desde el campo. Desearía poder olvidar que allá tiene un enorme pendiente. Ahora esto. Se le acerca y le pega la cadera caliente buscando estimularla. Calmarla. Llevarla a la placidez de sentirse deseada que tanto seduce a las mujeres. Ella, sin embargo, no responde como esperaba.

- 'Pérate, 'pérate, coño, que esto es en serio.

Lo empujó hacia atrás, apartándose a la vez. Continuó.

- Dime, dime, ¿cuántas es que somos?

La ira se retroalimenta. Ira provoca más ira. Más ira, todavía más. Así hasta que estalla, generalmente en violencia. Por eso dicen que la ira ciega. Hay quienes entran en una forma de trance en que no se controlan ni se conocen. Se ven como desde fuera, como si fueran otra persona. Y enfurecidos son capaces de lo que nunca imaginaron. Por supuesto, Lucrecia anda muy lejos de aquí, pero ya está bien subidita. Ramón le pone la mano en un hombro.

- Pero óyeme, ni siquiera me has dejado hablar.

Ella se la quita con ímpetu y hace ademán de arrojarla al suelo.

- No, no. Dime, ¿cuántas es que somos? Porque yo aquí pasando miseria, esperándote toda la semana. Sola, abandonada, viviendo de la nada. Y tú por ahí preñando mujeres. Esto sí que está bueno...

- ¡Ey, ey! Pero ¿qué es lo que estás diciendo? ¿Qué fue lo que te metieron en la cabeza? ¿Quién?

- Es que tú no entiendes, ése no es el punto. No importa quién me lo dijo. Lo que tú dime cuántas somos y cuántos hijos es que tienes con nosotras.

De nuevo, cambio de estrategia. Si sigue buscándole el lado, ella va a pensar que es porque concede la acusación.

- ¡Coño, ya! No voy a caerle atrás a cada chisme que tú recoges en la calle. Yo no estoy para eso.

No se amedrenta:

- Dime, chulazo, ¿cuántas es que somos?

- Ya te dije. No me jodas y cámbiame el tema.

- Oye, que no estoy relajando. Esto es serio. Dime, ¿cuántas? ¿Cuántas somos y cuántos hijos?

Logró sacarlo de quicio. Se le acerca y la agarra fuerte y firme por un brazo. Habla apretando los dientes.

-¡Coño, que dejes la vaina!

No se arredra, está realmente indignada.

- ¡A mí tú no me agarras así, que no soy tu hija!

Intenta zafarse. Ramón aprieta. La autoridad de un hombre empieza por tener más fuerza, aunque ella sea más grande. ¡Ahora va a dejarse narigonear por ésta! Aprieta hasta que siente que la carne debajo no cede más. Lucrecia se retuerce como culebra tratando de liberarse.

- Déjame, coño...

Con lo que se arma una lucha y un manoteo. En el forcejeo, de forma instintiva, ella alcanza a clavar las cinco uñas de su mano derecha –la de mayor fuerza- entre su garganta y cuello. Esta dolió. Siente las cinco navajas calientes abriéndose paso entre la carne. Con lo que corcovea como caballo picado. Ella tiene que soltar. Entonces la coloca a la distancia exacta y descarga sobre su mandíbula un soberano puñetazo. Sin respetar que es más débil. Que es mujer. Que está embarazada. Le pega como se le pega a otro hombre. Con furia. Con toda la fuerza. La cabeza de Lucrecia se sacude como plumero. Y cae inconsciente como un gran fardo de ropa sucia. Ahí queda sin sentido por lo menos diez o quince minutos. Se sacude la camisa como cuando termina uno de cargar algo polvoriento. La ve con desprecio tirada en el piso. El pelo batido no deja ver su cara.

- ¡Mira esta pendeja, queriéndome dar a mí! Buena mierda. Ya no vuelvo. Que se joda.

Y salió por la puerta. Afuera empezaba a anochecer.

10

Todo lo que funciona tiene un método, un procedimiento. Por supuesto, funcionar significa que arroja resultados más de una vez. Cada vez que se quiere. O casi. La idea es que no es resultado del azar. O de la suerte. En estos afanes eso es tan cierto como en cualquier otro. Dicen que en los negocios los errores se pagan con dinero, pero en la guerra se pagan con la vida. Bien. Pues esto es una guerra. Tampoco es fortuito que sean una combinación de talentos. La experiencia los va llevando. Se encuentran, se separan. Algunos quedan en el camino. Unos se caen mal. Pelean. Se van con otros, se cambian de bando. A veces algunos vuelven. Al final queda un equipo. Un equipo de voluntarios, que han decidido libremente que mejor aquí que allá.

- Loco, ¡sorpresa, sorpresa, sorpresa! La clave es caer de sorpresa. Que el *man* no lo vea venir ni lo espere. Que le caiga del cielo, de donde no está viendo. Y cuando es así se tienen quince segundos –es decir, la mitad de la mitad de un minuto- para terminar la vuelta. Después de esos quince segundos todo es peligro. Puro peligro. Peligro que nos den pa'bajo, que no estoy hablando de otra cosa. Recuerden que nosotros estamos enfocados en el *man*, pero todo el mundo alrededor nos está viendo. Nosotros somos dos y vemos a uno, y el resto, que pueden ser tres, diez, cincuenta, nos está viendo a nosotros. Por más que revisemos, siempre hay alguien por una ventana, adentro de un carro, doblando una esquina. Es imposible pronosticar todo esto. Mientras más dure la vuelta, más aumenta el peligro.

Están en Solar 8, donde pueden hablar y planificar sin levantar sospechas. Con calma. Solar 8 es un lote que quedó vacío luego que demolieran varias casas viejas. Se pensaba que iban a construir algo, un edificio o algo así. Algo grande. Pero nada. Demolieron techo y paredes, pero dejaron los pisos. Los dueños no cercaron, por lo que cualquiera puede pasar. Esto tiene la ventaja de que ven quienes vienen. Siempre moscas, los de la calle tienen que dormir como los gatos: con un ojo siempre abierto.

- ... al *man* hay que enseñarle la mano sobre el cohete. Es lo que los congela. Hay que hablarle con odio. No duro, con odio. Al revés, hablarle duro puede correr la cortina antes de tiempo. Puede ser hasta un susurro, pero con odio. Con eso él entiende que no andamos jugando. Que para nosotros meterle un plomo en la cabeza no nos sabe a nada. Incluso tentarlo a que se atreva. Pero eso él tiene que verlo en los ojos y en la intención. Si te tiemblan las manos, si se te quiebra la voz, si sudas, sabrá que tienes miedo. Y entonces puede querer hacerse el héroe. Y ahí se complican las cosas. Si sale mal, nos jodimos todos porque nunca caemos de a uno. Hasta al que sale vivo y logra esconderse sin que lo encuentren, algo se le pega. Lo menos, tiene que andar meses dando brincos entre cuevas desconocidas. Lo que siempre es una joda. Si no sale bien, como dije, estamos trabajando para nada. Nos vamos quemando por incapaces. Y en el medio, está peor. Que le vayan a dar un tiro a alguien y que caiga preso. Pero, sobre todo, no olvidar la ley de los quince segundos. Miren, miren lo que son quince segundos... -fijó la vista en el reloj y puso el índice sobre la mica. - Quince, catorce, trece, doce, once.... ¿Ven? Eso son quince segundos. Nada. En ese tiempo tenemos que estar obligado de salida.

El Flaco es el líder, *El Enano* su lugarteniente, y John la fuerza. El músculo, el golpe. *El Terror.*

- Mañana salimos a la zona de la UASD. Por ahí, temprano, hay muchas mujeres caminando a pie. Mucho tráfico, muchos tapones. Como siempre, eso es bueno y es malo, pero por ahí se pica bien. Empezamos por esta calle...

Está en cuclillas y dibuja sobre la arena. *El Enano* escucha con atención, la misma atención que usa para echar un vistazo alrededor cada diez segundos. Es el encargado de seguridad, y en eso no puede fallar. Ellos no tienen descanso porque siempre están en peligro. Siempre. De los rivales, de la policía, de los policías rivales. De los nuevo entrantes. Siempre. John oye pero mira a otro lado. Fuma un cigarrillo. Sabe la importancia de la charla, pero ya la ha oído tantas veces. *El Flaco* continúa:

- Esta vez vamos John y yo. *Enano*, tú te quedas

El orden es: *El Enano* una vez, John la siguiente. *El Flaco* siempre conduce la motocicleta. *El Enano* acata, asintiendo.

- John, ya sabes, mañana nos vemos aquí a las seis. Tenemos que estar patrullando temprano. Luego de la vuelta nos enfriamos en un colmado y nos juntamos con *El Enano* a media mañana. Como a las seis tienes que estar listo. ¿De acuerdo?

El Enano asintió. John no dice nada, pero su silencio deja saber que aprueba.

- Bueno, ahora yo me voy, que tengo un asunto con *La China*.

El Flaco se reincorpora y se va sin decir más nada ni esperar comentarios. *El Enano* se dirige a John.

- ¿Y entonces? ¿Te quedas?

John sigue con su cigarrillo, ausente. Tras una pausa responde.

- Sí, loco, me quedo. Aquí estoy bien, no tengo nada que hacer. Vete tú. Nos vemos mañana después de la vuelta.

- Bueno, nos vemos mañana.

El Enano le da la espalda y se aleja en silencio. John fue a sentarse en una esquina, contra la pared. Pasan muchos carros. Es la hora pico de la tarde.

11

Estados Unidos es un país muy grande, territorio y población: más de trescientos millones de habitantes. Treinta veces la cantidad de gente que en este país. Además de eso, mucho más desarrollado, lo que implica una sociedad mucho más compleja. No sólo se trata de que tienen más televisiones y automóviles, por decir, sino que los niños son enseñados a manejarse solos desde muy temprano. Se destetan rápido. Ya a los siete u ocho años llegan en la tarde a una casa sola. Los padres –si es que son dos- llegarán a las siete u ocho. Acaso más tarde. Las distancias son enormes, las jornadas prolongadas. Y es en Estados Unidos donde se han dado los casos más sonados. Algunos lo atribuyen a esto, justamente, a la falta de supervisión de los menores. A la falta de cuidado con ellos. De atención. De acercamiento. De amor.

Casos de conducta abiertamente antisocial. Asesinatos en masa, como el de Columbine. O de agresión resultante en heridas graves. O de comportamiento auto destructivo, a veces concluyente en el suicidio. La lista de sucesos es enorme, como lo es la clasificación de los presuntos diagnósticos. Ahora tenemos una comunidad médica que ha convencido a gran parte de la sociedad de que *sabemos*: sabemos –presuntamente- la localización de algunas emociones –la ira, por ejemplo-, de donde parece desprenderse que conocemos el origen y la dinámica de la ira y, finalmente, sus expresiones concretas probables. Cuando la verdad lamentable es que no sabemos. No sabemos nada. O sabemos muy poco, generalidades, de donde se desprende que es más sano reconocer que no sabemos nada. A la inversa, parecemos no saber, por ejemplo, que las emociones tienen su propia lógica, que no es la lógica de la razón. Aquí afuera, por hacer una caricatura, sabemos que si arrojamos una piedra hacia arriba, en seguida caerá. No necesitamos conocer la ley de la gravedad. La simple experiencia nos la enseña: nunca hemos visto una piedra arrojada hacia arriba remontar la altura sin que nada adicional la impulse. Pero esta no es la lógica de las emociones. La lógica de las emociones es la de los sueños, la de las pasiones del Monte Olimpo. ¿De dónde viene este odio? No sé. Quizás vi, soñé, imaginé o me dijeron algo. Pero tiene la misma fuerza que si se lo hubieran hecho a mi carne. ¿Cómo tomar venganza? Tampoco sé. A lo mejor a la manera que me lo ordena mi herencia. Mi sangre.

Durante un tiempo largo tuvo una conducta exactamente auto destructiva. Rabiaba, gritaba, sin causa aparente. Se pegaba con la parte inferior de las palmas en la frente. Fuerte, muchas veces. Como para sacarse un fantasma de la cabeza. Salivaba, parecía maldecir. Se mordía los brazos hasta sangrase. Algunos decían que era epilepsia. Otros, sobre todo mujeres, que tenía un demonio o un embrujo por dentro. Por supuesto, nadie quería acercársele porque lo que eran mordiscos para sí cuando estaba solo se convertían en mordiscos a cualquiera que le anduviera cerca. La vecina empezó a dejarle la comida cerca, en el piso, como a un perro rabioso.

Hubiese querido agarrar algo más significativo. Un gato, o un perro. Para el caso, hasta una paloma hubiera estado bien. Pero estaban fuera de su alcance. No podía atrapar siquiera una lagartija. Eran muy rápidas y una vez empezaba a perseguirlas se perdían entre una rendija. Pero las cucarachas muertas eran víctimas completamente indefensas. Y de éstas había muchas. Las recogía una a una, con las manos desnudas, no les tenía asco. Entonces se sentaba en una esquina fresca, protegido del sol contra una pared. Las machacaba con una piedra contra el piso, cuidadosamente, a la vez que rumiaba una letanía ininteligible. Saliva entre los dientes que brincaba hacia afuera. La mueca justamente de rencor. De odio, de mucho odio. De mucho odio. Ira. Una sed interminable de venganza en un niño que todavía no sabe decir su nombre. ¿De dónde puede venir? ¿De dónde puede surgir? Odio que no quiere otra cosa sino dañar, hacer sufrir. Golpear, abrir, rasgar. Apretar, aplastar. Romper. Destruir. Provocar un dolor inmenso, de muerte. Que no cese al instante sino que se prolongue como un camino interminable de espinas. De vidrios rotos en pies descalzos. De fractura múltiple. De espalda quebrada. De nervio abierto al aire frío. Viene de una herida vieja, ancestral, galáctica. De los astros, del universo, de la creación. No se detiene sino hasta que las cucarachas se convierten en polvo. La crema del abdomen se seca a la insistencia de los martillazos. Queda un polvo seco, como cenizas de palo. Entonces lo agarra igual, con las manos desnudas. Una mano hace de escoba y la otra de cuenco. Recoge el polvo y lo lleva a un galón plástico donde lo vierte. Ya va avanzado, casi por la mitad.

En otro país esta conducta hubiera llamado la atención. Si la hubiesen advertido. A lo mejor no hay cucarachas. O no hay ojos. O no hay ojos que puedan ver donde está la cosa. Porque crueldad hay por todas partes. No hay que ir muy lejos. Toda sociedad tiene sus enfermos mentales: unos deambulan por las calles, otros trabajan para los institutos castrenses y las fuerzas de seguridad. Porque para sacarle las uñas a un individuo amarrado a una mesa no se puede estar muy bien de la cabeza. Pero esos son anti sociales útiles, de los que limpian y dan estabilidad al sistema. Por eso no cuentan. Igual en las escuelas hay un niño que no duda en encajarle un lápiz en un ojo a un compañero por una diferencia nimia. O que lleva una navaja y la usa contra la cara de cualquiera otro. O que tira una piedra con una fuerza y un propósito letal. La ira momentánea parece no convertirlo en sociópata, aunque parece ser una constante que en todo sociópata hay un pasado de crueldad y dolor. Eso no falla. Bueno, no falla casi nunca porque hay ocasiones en que la crueldad y el dolor no son visibles. Es cuando la conclusión final provoca sorpresa y espanto. Cuando el estallido parece venir de la nada. La mecha ha estado todo el tiempo en la cabeza del individuo. Nunca nadie vio nada, nunca él hizo nada. Pero explotó, ese es el hecho incontrovertible. Al final, John se escapó y la vecina no hizo nada por recuperarlo. Todo lo contrario, se sintió aliviada. Si acaso temerosa de que regresara. Lo mejor era mantenerse alejada de ese muchacho. Qué bueno que se fuera.

Cuando llega al grupo del Malecón se da otro fenómeno interesante. La ciudad –digámoslo así– va expeliendo a los menores sin arraigo. Es física social: un trompo que gira a una cierta velocidad. Lento a veces, muy rápido otras. Quien no está suficientemente amarrado, por las razones que sean, sale despedido hacia afuera. Hacia el margen, el límite. Hacia las afueras. Los niños pequeños sin padres ni protección son las primeras víctimas de este torbellino. Hay menores que, aún en circunstancias muy difíciles, logran colgarse de un hilo para no salir despedidos. La abuela. Una tía lejana. Una amiga de la madre fallecida. Un alma bondadosa. Le provee de lo mínimo: un techo ruinoso y con goteras. Un pan con café claro en las mañanas. Una palabra, una sola palabra de agrado puede ser suficiente para evitar el abismo. Desafortunadamente hay miles niños que nunca alcanzan a tener siquiera eso.

En toda organización hay un orden, una jerarquía. Y en una organización como ésta, la jerarquía la explica la fuerza. Manda y dirige quien tiene más fuerza. A veces quien manda no es quien dirige. En estos casos la dualidad genera diferencias y rivalidad entre quien hace una cosa y quien hace la otra, con lo que se impone la fuerza. Quien manda. Quien manda, manda, aunque dirija mal. Es la historia de la humanidad. Y lo sustituye no quien pueda dirigir sino otro con más fuerza. Abajo, el criterio es otro. Por ejemplo, quien manda va a querer tener a su lado a un estratega, siempre y cuando le demuestre sumisión y lealtad a toda prueba. Uno con más valor. En realidad, la que manda es la fuerza de la maldad. Manda el más cruel de todos. Abajo se acomodan todos acorde a los propósitos y el gusto del jefe.

Cuando llegó, John se destacó por dos circunstancias. Lo primero, su deseo, mejor, su necesidad de dañar. De destruir, herir. Luego, su absoluta indiferencia al dolor propio, menos al ajeno. Si el precio de causar dolor a otro es sufrir él mismo el mismo dolor, no tiene problema. En un momento determinado puede aceptar un dolor aún mayor con tal de descargar su furia. Así como hay personas que continuamente andan buscando con qué hacer reír, así anda John buscando cómo dañar. Cuando camina tiene que destruir: tumbar el tanque de la basura, hacerlo rodar. Empujarlo hasta el medio de la calle. Voltearlo. Rayar un carro a todo lo largo. Romperle un espejo retrovisor. Vaciarle una llanta con un clavo. Romperle un vidrio. Arrancar el auricular del teléfono público. Romper la cabina. Abrir la llave de agua. Dejarla abierta o romperla para que no pueda cerrar. Romperle la cabeza al señor que camina en la acera de al frente absolutamente sin ningún motivo. Es decir, sin ningún motivo evidente. Ahorcar un gato, empujar un perro al tráfico para que los carros lo atropellen. Pintar las paredes, romper los letreros a pedradas. Quebrar los cristales de las casas.

Ese fue justamente el origen del mote. En una ocasión andaban como seis vandalizando, caminando sin rumbo fijo. Podía ser robar en un colmado, en una ferretería o a algún frutero. Lo que fuera. Cualquiera cosa que se comiera. O cemento. O dinero, si era posible. Y en el camino destruían. John se hizo con un manojo de piedras y empezó a arrojarlos a una casa. A romper los cristales de las ventanas y la puerta, uno a uno. En seguida se asomaron dos señoras ya entradas en edad.

- ¡Mira, muchacho de mierda, ¿qué es lo que tú estás haciendo?

Pero John siguió arrojando piedras de lo más calmado e indiferente. Nadie le hablaba.

- Mira, hijo de la gran puta. Vas a ver, llámame a José, rápido.

Dijo la misma señora. En eso añade la otra.

- Pero si ése es el mismo delincuentico que pasa por allá. El blanquito, flaquito. Ese muchacho es un terror. Yo no sé cómo la policía no lo tiene preso. Rápido, llama, llama a la policía, que ese muchacho está completamente desquiciado. Es capaz de cualquier cosa.

Nunca hubo mejor sobrenombre. Porque justamente eso es John: el terror. Desde entonces se le quedó el mote: "llama al terror", "dile al terror", "llévale al terror". Al punto que los nuevos no sabían que se llamaba John. Su nombre verdadero es lo que es: el terror.

Esa vez hubo que jalarlo porque, si era por él, no huía.

- ¡Coño, John, vámonos, que nos van a levantar a todos!

Hubo que jalarlo, empujarlo. Seguir empujándolo. Empujarlo a correr. Porque su perspectiva es que se perdía un sabroso enfrentamiento.

Los primeros días le pusieron unas golpizas de antología. No se queja. A cada golpe sólo arruga la boca. Pero sigue tirando. Dos, tres contra él. Al final lo dejan tirado, inconsciente. Inconsciente, pero no vencido. Cuando se recupera, va a buscar para continuar el pleito. Y así muchas veces. Hasta que el líder ordena el final. Es eso o que lo saquen de la banda. Entonces se calma. Llama la atención que es un muchacho *fino*. Blanco, pelo bueno, piel suave. No se asocia ese físico a ese comportamiento. La figura de la clase dominante en los menesteres de la clase oprimida. Aunque para darse cuenta del aspecto de John habría que bañarlo, porque todos están igual de sucios y tiznados. Como los soldados en la guerra, que se ven todos iguales.

Empiezan jóvenes y por abajo. Entre siete u ocho años, robando tapa bocinas y espejos retrovisores. Siempre hay que probar a ver si alguien deja un carro abierto. Con suerte y aparece un objeto de valor. O algo de comer. La calle afuera es más seguro. Si entran a un estacionamiento la cosa se pone peliaguda. Ahora hay muchos serenos. La mejor hora de trabajo es las cuatro, cuando el sueño es más profundo y la gente está más entumida. A esa hora no cualquier ruido los despierta, y si oyen algo difícilmente se animan a levantarse. No es a las doce o la una, como dicen los que no saben, es a la cuatro. Todavía a las dos o tres hay algunos despiertos, bien acostados pero que no pueden conciliar el sueño por el estrés, la angustia o lo que sea. No están bien dormidos, y eso es peligroso.

Salen en parejas, cada una a un barrio más o menos bien, pero diferente. Vestidos oscuro, ropa bien holgada. Y gorra. Uno va adelante, a una distancia suficiente para que no se vean juntos pero que, a la vez, les permitan estarlo al instante. Avanzada y retaguardia. Camuflaje y seguridad, imprescindibles. Siempre en silencio, prohibido hablar. Se entienden por señas. Un suave y quedo "pssst" llama la atención. El dedo índice apuntando indica hacia donde. La palma abierta en alto ordena detenerse. La mano cerrada en un puño, esconderse. El filo de una mano cortando la palma de la otra indica huída. Toda fuga debe ser rápida, silenciosa y en dispersión. Siempre acuerdan un lugar de reunión si aborta la misión. Ahí deciden si volver a intentar o no abusar de la suerte hasta el próximo día.

Pasa el tiempo. La delincuencia, como la adicción a las drogas, tiene un crescendo natural. Ya están más grandes. Son más capaces, han ganado muchísima experiencia. Este es un oficio de tiempo completo. Todos los días, a cada hora. Sin descanso ni vacaciones. Es un estado del alma. De los tapa bocina y los espejos pasan a las gomas. También está la cuestión del rendimiento del esfuerzo. Con el producto de una sola goma de yipeta pueden pasarse un mes sin volver a salir. ¡Vacaciones! Con todo lo que eso significa. En dos palabras, bajar el switch, desconectar el generador que mantienen el alerta y la energía siempre arriba. Que obliga a mantener la vigilia y la atención en todo momento. Que termina agobiando el espíritu. Con una goma de yipeta pueden llegar hasta a Boca Chica. Comer lo que quieran. Hasta pescado. Beber cerveza. Vino, que a ninguno le gusta. Meterse un rollo de billetes en uno de los bolsillos e ir sacando en función del consumo. Sin alarma. Sin preocupaciones. Hasta que el rollo se convierte en dos billetes arrugados y difíciles de localizar dentro del bolsillo. Entonces es hora de regresar. Hay que volver a trabajar. Una goma lleva a dos. Dos a las cuatro. Las cuatro, al carro entero. Y con esto el negocio ya es de grandes ligas.

En una ocasión los sorprendieron llevándose un carro. El vigía soltó un silbido fino, agudo y largo que cortó el silencio de la noche por mitad. John no escuchó, estaba dentro del carro, debajo del tablero, descifrando cómo amarrar los cables. Un gordote grande y peludo, despeinado, bigotudo, a todas luces bien encabronado, viene presuroso hacia el carro. Trae un bate en una mano. Llega.

- ¿Qué, hijo de tu maldita madre, me vas a robar el carro?

Es entonces que John se da cuenta de su presencia. El gordo hace hacia atrás el bate preparando el golpe demoledor. A esto, John, ágil, se incorpora y busca su navaja en el bolsillo trasero. El batazo pega en el poste de la puerta. Un golpe de suerte que no podía desperdiciar. Antes que el gordo pudiera recargar, gira y, desde adentro y abajo, lo puya en un lado de la barrigota.

- ¡Aaaahhh!

Le sale un grito lastimero al tiempo que suelta el bate, que rueda por la acera. La estocada lo debilita de inmediato. Con una mano se apoya en el carro, y con la otra se busca la herida. A salvo, John sale del carro y se le para al lado. Los compinches miran estupefactos desde la esquina, asegurando una buena ventaja para la huída. Están absortos, secuestrados por lo que ven sus ojos. Perfectamente sería un sueño si no fuera porque lo están viendo con sus mismísimos ojos. Algunas luces se encienden, señal de que en breves momentos aquí se va a armar un gran alboroto. El vigía vuelve a silbar la huída. Con énfasis. Con insistencia. Con desesperación. Pero en vano, John ha entrado en trance. Fácilmente puede huir en ese momento. El gordo está todo confundido, atolondrado. No da con lo que ha sucedido. Quiere poner sus pensamientos más o menos en orden. Lo último es que había salido a defender su carro con un bate. ¿Y luego? Pero no, es hora de dar un giro definitivo a su vida. Jugar todo a un solo número. Tener confianza y fe en el destino. Y fijar un objetivo último. Trascendente. Fatal. Ve al gordo con curiosidad, como veía las cucarachas pataleando patas arriba. Los carrillos carnosos plagados de pelos que se desesperan tratando de encontrar aire. El bigote, que se mueve como bote en aguas inquietas. Los ojos cerrados. La mano en la herida. No grita. No se queja. Sólo busca aire con desesperación. Con boca y narices, derrumbado contra el carro que quiso proteger. Pero John no le tiene misericordia. Le propina otra puñalada, esta vez en la diana del corazón. Exacta. Quirúrgica. Asesina. Terriblemente innecesaria. El gordo cae al suelo largo a largo. Deja de bufar. Queda con los ojos cerrados y las piernas algo abiertas. La barriga grande y redonda, plagada de pelos, no se mueve más. John corre con un trote ligero hacia donde están sus compañeros. Ahora más que nunca están estos paralizados de incredulidad. Llega hasta ellos.

- Vámonos, salió mal.

Ninguna emoción más allá que la de correrle adelante a un frutero que lo haya sorprendido robando un mango. No ha pasado nada. Su encuentro con el destino. Su primera vez, que ya había visualizado tiempo antes en el evento aquel de su amigo y el tío Ruperto. Sus amigos lo siguieron al mismo paso, turbados, como testigos del no puede ser. De la irrealidad. Atrás se oían algunas voces y gritos histéricos.

12

Cuando llegó Ruperto lo recibió un mar de lágrimas. Lo mandó llamar de urgencia con la dueña, que iba para la Duarte. Problemas, problemas que requieren resolución final. Tajante, definitiva. De los que le gustan. Se dejó abrazar. Seco, distante, insensible. Como siempre, silencioso, serio. Impenetrable, como piedra de granito.

- Ese hijo de la gran puta me noqueó de un coñazo...

Y vuelve a llorar a raudales. No es el dolor del golpe, eso ya pasó. Es la falta de amor, de cariño. Que el hijo por nacer no lo haga soñar junto con ella. Que se mantiene alejado e indiferente, en su mundo de siempre, cuando ella lo invita a este otro mundo de amor y complicidad. Eso es lo que duele. Por supuesto, Ruperto anda en otro lado, no sabe de nada de eso. No conoce la palabra empatía, afinidad, amistad. Lo suyo es el puro instinto animal de espacio. Se queda de piedra. Sólo va ennegreciendo a medida que sube el enojo, y un ligero rocío de sudor se forma en su frente.

Ramón no lo conoce. Lucrecia le ha hablado de él, pero en términos muy generales y lejanos. Un medio hermano que anda por ahí, que a veces le da la vuelta. La verdad es que son más cercanos. No de verse frecuentemente ni de conversar: Ruperto no habla, sino en términos emocionales. Son hermanos de tragedia, algo que no se habla, no se piensa. Sólo se siente, inconscientemente. Además, lo que sabe de Ruperto –que no es mucho- no es para andarlo contando. Eso es delicado. Peligroso.

Lo encuentra en el colmado. Lo observa desde lejos, una vieja estrategia policial. Qué tan grande es, qué tan ágil puede ser. Hacia dónde puede correr. Qué hay alrededor. Las probabilidades de que esté armado. Qué tantos cojones se le pueden leer en la cara. Un examen detallado, detenido, calculado, para que las cosas salgan como debe ser. Ahora le agarra la mano a una jovencita trigueña de cuerpo tentador. De los ojos le salta la picardía, empujada por la lascivia. La joven se hace la desinteresada mirando a un lado, presuntamente indiferente. Pero no quita la mano. Un nuevo principio del eterno síndrome de la mucama. Ramón le habla. Habla y habla. Ruperto se acerca. Queda al lado de la joven, no muy pegado. Finalmente ella zafa su brazo y se aleja contoneándose, meciendo las caderas para el público.

- ¡Co-ñó, pero qué buena está esa negrita!

Se le sale decir con ganas.

- Oye, dame una cerveza.

Ramón todavía no lo mira. Sus ojos salieron en persecución de la muchacha. Dio la vuelta a buscar la cerveza sin mirar a quien se la había pedido.

- ¿Presidente?

Le pregunta de espaldas.

- Sí.

- ¿Grande?

- No, una pequeña.

No bebe nada, ni siquiera cerveza. No le gusta el amargo que deja en la boca. Menos la relajación que induce. El ensueño, el aturdimiento. La falta de atención y reflejos. El no, él tiene que estar siempre en guardia y preparado para cualquier cosa, una bala en la recámara. Ramón da vuelta a la botella para que los cristales de hielo se disuelvan entre el líquido. La mete en una bolsa de papel. La abre y se la lleva.

- Dame cincuenta.

- Sobre el mostrador está tendida una papeleta de a cien.

La coge, lleva a la caja y regresa con el vuelto.

- Mira, yo conozco a esa negrita...

- ¿Tú? ¿Y de dónde?

Anda en su actitud de trabajo habitual: ligero, simple, alegre. Fácil. Menos que advertido. Absolutamente no piensa en nada de lo que haya ahí afuera, fuera de estas cuatro paredes.

- Yo la conozco…

- Pero, ¿tú eres policía o algo así?

- No, pero la conozco.

- Ajá, pero no me dices de dónde.

- Eso no es importante… Bueno, ¿quieres saber o no?

- Dime…

Sonríe con expresión de tonto. No está muy seguro de todo esto.

- Pero echa pa´cá, que no voy a gritar.

Se acerca, un tanto resistente. Esto como que no va bien. Cuando estuvieron frente a frente, separados por el mostrador, Ruperto le agarra el brazo por la muñeca. La mano fría como la cerveza recién sacada del congelador. Los ojos rojos como brasas alrededor de un círculo negro infinito. Serio como una condena.

- Mira, yo soy el hermano de Lucrecia…

Ahora Ramón se va poniendo muy pálido, la sangre se escapa de su tez. Borra la sonrisa y en su lugar aparece una expresión de confusión, atolondramiento. ¿De Lucrecia?¡Ah, sí! El hermano, el famoso hermano... Y este tipo, ¿qué hace aquí? ¡Ah, ya! La discusión, el pleito, la trompada. Pero, ¡no será que Lucrecia mandó este hombre a meterle miedo! Un guardia famélico al que le flota la camisa como si fuera una bandera. ¡No! Aunque esa mano tan fría...

Ruperto lo mira fija, profundamente. CalMadamente. Las agujas de sus ojos penetran hasta la pared trasera de su cerebro. No ha parpadeado. Apenas mueve los labios. En su cara un solo músculo no se ha movido. Es pura mirada.

- No te voy a quitar mucho tiempo. Oye lo siguiente: si le vuelves a poner un dedo encima, te mato. Estás advertido. Ahora bien, me crees si quieres. Si no, pruébame.

Volvió a la falsa sonrisa. Esta vez nerviosa. La mano fría sigue sobre su brazo. Su mirada no lo suelta. No se atreve a decir nada, no sabe el terreno que pisa. Puede ser bulto, pero puede que no. Este hombre no se ve normal. Cuando Ruperto se convence de que el mensaje ha calado –han pasado unos quince segundos-, lo suelta. Lo barre con la mirada hasta los pies, dobla la cara sin dejar que los ojos se posen en él. Y escupe.

- Ya sabes, yo no hablo dos veces.

Se dio la vuelta y se fue. Ramón se queda con la boca medio abierta y cara de estúpido. Como quien acaba de descubrir que los ladrones le robaron los calzones sin quitarle los pantalones. Abobado. Idiota. ¿Qué ha sido todo esto?

13

La prostitución ejerce un efecto adictivo por partida doble, equivalente al de las drogas, el alcohol o el juego. Compulsión hacia su búsqueda y gratificación –física o emocional, consciente o inconsciente-. Resaca, física y emocional, inicialmente cargada de un profundo sentimiento de culpa. Terminado el ciclo, una nueva vuelta. Una y otra vez. Otra vez. Más veces. A veces se puede girar indefinidamente, con pocas consecuencias. Las más, se entra en una curva descendente plagada de dificultades. Eventualmente interviene la muerte. Y unas pocas veces se logra vencer el demonio. La razón de la fuerza de esta adicción particular es un yo herido, urgido de una sensación de poder que no alcanza por otros medios. Dicen que todos necesitamos sentirnos queridos. No amados, queridos. No queridos, aceptados. Es decir, lo que llamamos amor puede oscilar en un rango bastante amplio, desde la aceptación más o menos simple, hasta el amor más ciego, febril y apasionado. No es lo mismo, pero tampoco importa. En el extremo inferior se trata de sentirnos aceptados: vistos, reconocidos, aprobados. Lo contrario: el rechazo, la marginación, el destierro, conducen a la soledad, la depresión y la muerte. Entonces, ¿hay mejor manera de ser aceptado que cuando se es requerido? Entendamos bien: requerido, no querido. No amado. Apetecido, deseado, buscado. Eso es poder. ¿Por qué se es deseado? En términos de poder, lo ideal sería que por el físico. Porque la atracción física es la más irracional, animal, instintiva de todas. El arrobamiento, la infatuación, la idealización del otro en función de su belleza física es la fuerza de atracción más incontrolable y recóndita. El encantamiento con el espíritu del otro: su forma, sus maneras, sus emociones y actitudes, es el ideal del amor romántico. Pero aquí, en *El Melao*, el dinero funciona perfectamente bien. Sustituye físico, decencia, cultura, actitudes y alma. Con suficiente dinero aquí usted es el hombre más atractivo, caballero y ciudadano. Profesor. Con suficiente dinero. Lo es mientras dure el dinero. Lo va siendo según le vaya quedando dinero. Pero no es mal negocio: siempre puede ir por más. Y nadie le va a preguntar de dónde lo saca, o cuánto tiene en su casa. Y vuelve a ser en la medida en que tenga dinero. Tanto tienes, tanto vales. No es mal negocio: todos los otros caminos son más largos y accidentados. Complicados. Aquí es fácil: tanto tienes, tanto eres.

Decía *el Jefe* que quien aprende a robar nunca vuelve a trabajar. El ladrón no se cura, por eso había que matarlos. No hay remedio ni tratamiento. La única solución es cercenarlos. Sólo eso quizás –y sólo quizás- disuada a otros de arriesgarse a la aventura. De igual manera, no es lo mismo abrir las piernas que levantar el brazo: el rol receptivo del sexo femenino tiene pocos requerimientos... físicos. La complicación es interior: ¿con quién? ¿Por qué? ¿Para qué? Esto es lo que las confunde y atormenta. Lo que se constituye en fijación, en obsesión, y que eventualmente las arrastra al desastre. Una mujer que se acuesta por dinero, con cada cópula se vacía un poco, pierde algo de contenido. Así hasta la vaciedad total, hasta quedar hueca. Una cáscara de pelo, piel y maquillaje. Usada, rota. Despreciada, marginada. Lo peor: sola, abandonada. Pero en la vida uno no hace lo que quiere sino lo que puede. Todo tiene un precio, y el peor de todos es el hambre. La humillación, la miseria. Se quiere negociar. A lo mejor se logra un balance, un punto intermedio. Pero hay cosas que uno sólo sabe como inician, nunca como van a terminar.

Las chicas de *El Melao* no son prostitutas, pero no está prohibido que lo sean. Cosa interesante: el mismo nombre: *chicas*, ya tiene connotación. Porque el término no es de uso común en este país. Es más bien importado, y cuando se usa, incluye mucho de carne y picardía. Cuando hablamos de chicas es que son jóvenes, ¡usted sabe! Igual, entre el extremo de la decencia y el conservadurismo, hasta la degeneración más bárbara y demencial –que no la hay por aquí, eso son cosas de otros países- hay un amplísimo catálogo de grises. Digo, desde la jovencita inquieta y coqueta, hasta la amante distinguida y de maneras aristocráticas. Desde la vieja de mantilla y luto, y rodillas en tierra, hasta la puta más sucia y asquerosa de la bolita del mundo. Es un eje largo y complejo en cada punto.

Lo que quiere la Madame –con el respaldo vigilante de Luis, su infaltable chulo- es desplumar a los parroquianos. No hay vaca que de más leche que un hombre que nunca ha tenido ni ha sido, y que de repente lo ponen a ser el más. Ni los vicios rinden tanto. El pobre más pobre se vuelve espléndido, espléndido al punto de tirarlo todo por la ventana. Porque no hay mañana. Mañana es hoy. Ahora. Mi reino por un caballo. Todo lo que tengo por verte desnuda. Por ver por primera vez un ombligo de almendra. Un abdomen alargado concluyente en un pastizal de vellos negros y largos. Entre dos ríos de pasión hirviente y enloquecedora. El objetivo de la Madame –y por dueña es quien pone las reglas- es que estos hombres brutos y animales gasten y gasten hasta el último centavo. Que se vayan sólo con lo del pasaje. Y para eso tienen ellas que pasearse, contonearse. Volver a pasar. Enseñar, mover el culo con gracia. Subirse la tanga. Reír, provocar con la lengua y los dientes. Sentarse en las piernas. Dejarse tocar. Todo hasta un cierto punto, por supuesto. Lo otro no es que sea prohibido,

¡jamás!, es que tiene otro precio. Eso es lo que quiere la Madame, que no se opone a otros objetivos. Todos caen, sin embargo, a lo mismo: dinero. Es más, los promueve, porque no hay mejor garantía de éxito que cuando dos objetivos se complementan y ayudan mutuamente. La Madame quiere que el cliente la invite un trago caro, de esos de colores, o cremosos. O afrutados. Que la invite a cenar, aunque ella apenas pruebe bocado. Todo lo que engrose la cuenta. Por su parte, la *chica* quiere regalos: un celular –este es el regalo por antonomasia-, un reloj. Un jean. Una etapa superior es que le pague la renta. Y otra, más alta todavía, que la mude y que viva con ella. Que la saque de trabajar. Pero son estos casos extraordinarios, poco probables, escasos, raros, de los que dan cuerpo a los chismes. Y la secreta aspiración de ellas.

De manera que, en *El Melao*, los hombres pueden pasar la mano más o menos rápidamente, dar un pellizco suave. Dejar caer la mano por las caderas, y besar en las mejillas. En cambio, no pueden agarrar una nalga apretando, groseramente. Meter la mano dentro del calzón o el brassiere. Ni besar en la boca. O pasar la lengua por ninguna parte. No pueden negociar tarifas de nada. Y las chicas tienen que agotar su horario completo, hasta las tres de la mañana. A la que se le ocurra irse antes, se fue para no volver. Según el maco es la pedrada. Por su parte, el objetivo de la chica... depende. Depende de la chica y depende del cliente. Hay chicas que genuinamente piensan que por este camino pueden conseguir algo más que dinero. ¿Por qué no? ¿Quién no ha visto una telenovela mexicana? El amor existe, los milagros existen. Todo es posible. Es cuestión de atreverse. Otras están más claras y saben que por aquí sólo pueden conseguir algo de dinero. Y, si no lo saben manejar, un montón de problemas. Así que mejor dejarlo en lo del dinero. Depende también del dinero: el cliente, quién es: ¿un viejo impotente? ¿Un niñito idiota? ¿Un tiguerón de barrio? ¿Un chofer de camión? ¿Un profesor universitario? Cada uno tiene su perfil, su necesidad y su sueño. ¿Qué se puede sacar de cada uno? Si éste no vuelve, una buena propina. Pero si el viejo está sólo, no tiene quien lo mueva y hable con él. Y tiene dinero. Bueno, en este caso se puede armar un buen proyecto. Como siempre, todo depende. Lo que no pueden es perder el norte.

Una tarde el tema suscitó un debate inesperado. Es temprano, de manera que la música está bien baja. Se puede hablar.

- ¿Tú ves? Estas mujeres no son cueros...

- ¿Anjá? ¿O sea que no cobran?

- Bueno, tú le das un regalo.

- ¿Y entonces? ¿Cómo se llama eso?

- Pero es un regalo...

- Exactamente, ¿cómo se llama eso?

Quienes alegan son dos jóvenes, seguramente universitarios. El que promueve el pretendido amor libre es bajo y usa lentes sobre unas cejas excesivamente pobladas. El maniqueo –lo que no es blanco es negro, y viceversa- es alto y flaco. Igual usa lentes. Igual tiene las cejas muy pobladas. Salta un tercero, también de lentes, pero sin el problema de las cejas.

- El cuero más caro es tu esposa...

El cejudo bajito no la esperaba. Lo mira con sorpresa. Con asombro. Tras unos instantes le responde.

- ¿Cómo tú vas a decir eso? ¿O sea que tú no crees en el amor? Según tú, todas las mujeres son cueros.

Cada quien según su temperamento. Cada quien según su historia. Cada quien según sus propósitos. El filósofo lo sintetiza: cada quien según sus circunstancias. El cejudo bajito tiene una versión más emocional y cándida. Continúa.

- Salen contigo. Pero no es que te lo van a dar de una vez. No, tú tienes que enamorarla. Y si tú le gustas, bueno, la cosa se da. Tú le das un regalo. No, no son cueros.

El cejudo alto nomás se sonrió.

- Este pana está perdido.

Intervino el no cejudo, más viejo, más veterano.

- Ninguna mujer está con un hombre si no hay dinero. Unas lo piden ahí, uno sobre otro, lágrimas sobre cadáver. Otras te lo van sacando de a poco. Bueno, es decir, a través del tiempo. Las primeras son las que llamamos cueros. Las otras son las esposas. Pero mujeres sin dinero, de eso no hay. Acércatele a una mujer y hazle saber que no tienes nada, para que veas. Si puede te escupe.

El cejudo bajito no da crédito a lo que oye. No puede ser. No es verdad. Las cosas no son como éste dice. La prueba es... ¿y su madre, sus hermanas? Iba a decir esto pero el cejudo alto se le adelantó.

- Bueno, yo creo que estás exagerando un poco. Una mujer que dura contigo diez años, tú no puedes decir que es por dinero.

El no cejudo se mantiene firme:

- Loco, sin dinero no hay de nada. Si de novio no tienes dinero, te botan. Y si de marido no tienes dinero, te pegan los cuernos. Para las mujeres, el hombre sin dinero no es hombre. Al menos -y eso sí pasa, tengo que admitirlo-, que estén casados y el tipo sea un desbaratado. Entonces la mujer lo humilla y lo pendejea. No hay más, son todas las posibilidades.

El cejudo alto iba a modular las opiniones, pero en eso subieron la música. Ya no pudieron seguir hablando. Ahora, para hablar tienen que acercarse al oído del otro, gritar. Aunque aquí no se viene a hablar. Aquí se viene a beber y a buscar mujeres. ¡Qué viva la vida!

Aquí vino a dar Lucrecia al año de haber parido a John. Afortunadamente no quedó mal con el embarazo. Apenas le salieron unas estrías casi imperceptibles alrededor de los pezones, pero ninguna en el vientre. Los senos se mantuvieron bastante erguidos. Y el estómago firme, aunque no tan plano como antes. Es blanca y grande. En la calle le gritan rubia. Con eso es suficiente. Con entallarse una blusa pequeña y unos pantalones cortos. Los muslos grandes y gordos se ven deliciosos. Las rodillas limpias, las piernas mullidas y torneadas. Por encima y a pesar de todo, *esto* es trabajo. Nada más. Aquí gana más que de sirvienta. O haciendo dulces, cosiendo o cualquier otra cosa. Más dinero y menos esfuerzo, es de lo que se trata. ¿La cuestión de dejarse ver, mejor, de mostrarse a los hombres, de ofrecerse, a veces dejarse agarrar las nalgas? ¿No son todos los hombres lo mismo? ¿No buscan lo mismo a final de cuentas? Todo lo demás son cuentos, *muela* para acostarla. Luego del sexo todo se olvida, no te conocen. Si lo sabe, ¿a qué tirarle? Si la van a ver, si la quieren, que paguen. Y nadie ha sabido de ninguna que le hayan arrancado un pedazo. Lo que hay que hacer es ver las nalgas como cualquier otro miembro del cuerpo. Como un brazo o la cabeza. Es decir, desvincular el cuerpo del sentimiento, verlo, sentirlo como algo fuera, externo, ajeno. Así nada de eso tiene importancia. Y le va bien con las propinas. Hay poca carne blanca de calidad, así que en poco tiempo es una de las favoritas. Además de que tiene ángel. Proyecta esa imagen mixta de inocencia e ingenuidad junto con curiosidad y picardía. Un añadido de ignorancia e indefensión: la presa perfecta, tierna y desamparada, ávida de emociones, que tanto fascina a los hombres. Aunque hay algo que con *esto* va muriendo. Mejor no pensarlo, no nombrarlo, porque duele más. ¿Qué? Aquel sueño. Y la inocencia que lo creó. Aquel sueño de ser *normal*. Como la gente. No más. Igual. Igual que los demás. Que los demás que fueron su referencia. Su faro. Su propósito. Hoy, en realidad, cada día es una nueva lágrima. Se le ve cuando ella no tiene que dejarse ver. En los destellos de melancolía que la atacan de cuando en cuando entre el bullicio y la música. Todo ha pasado tan rápido. Todo apenas fue ayer. John… Ramón, llegar a la capital. El campo. Lo que ha pasado en los últimos dos o tres años debía ser el material para toda una vida. Y a ella le ha tocado vivirlo en quince minutos. Aquel sueño se va apagando como la luz de la tarde: lenta, pausadamente, pero sin retorno. A esta mazmorra húmeda y lúgubre la arrojó la señora vida, el implacable destino. Aquí está miserablemente presa, incapaz de escapar, atrapada entre estos fantasmas. Borrachos lamentables a los que se les escurre las babas por entre las comisuras de los labios. Almas en pena: niños golpeados o abandonados. Humillados, marginados. Sometidos a las más dolorosas torturas. Por años. Por todos. Ciegos que ahora buscan a tientas el remedio que calme su dolor de muerte. Porque no saben detenerse. Pensar. Analizar. Reflexionar. Un animal herido que corcovea enloquecido hundiendo más la pica que lo destruye. Aquí, en *El Melao*, conoció a Miguel. También aquí viene con frecuencia Reynaldo.

14

Veinticuatro horas tiene el día. Veinticuatro horas que son puramente convencionales. Uno extiende una cinta a una velocidad constante, desde que el sol atraviesa un punto hasta que lo vuelve a hacer. El punto exacto, por supuesto. Y luego divide la cinta en veinticuatro segmentos iguales. O en cuarenta y ocho. O en doce. Cómo se divida la cinta no altera para nada la duración del día. Será el mismo tiempo desde un pase al otro del señor sol. Es decir, lo que parece una condena: el tiempo pasa inexorablemente, independientemente de nuestra voluntad. Lo que es más, pasa al mismo ritmo. Ni más ni menos rápidamente. Lo que no quita que nuestra percepción sea cambiante. Cuando estamos aburridos, como cuando somos niños, el tiempo parece transitar lentamente. Pero es la misma velocidad. De igual manera, cuando estamos cargados de trabajo, como cuando tenemos un plazo fijo para concluir una actividad, el tiempo parece acelerarse. Pero no, él viaja a su ritmo, completamente ignorante de las vicisitudes humanas. Cosa curiosa, entonces: la velocidad del tiempo es las dos cosas. Fijo, objetivamente, y variable, subjetivamente.

Después de una noche de farra: mariguana y perico, cerveza y ron hasta más no poder, hasta las tres o cuatro de la mañana, lo lógico es que duerman hasta el mediodía. Hasta las doce, o la una. Hablan de lo que sea: un recuerdo de infancia que se disuelve en la memoria. Un cuento que le hicieron entonces, un cuento de otro cuento. Un cuento que le leyeron en un libro de cuentos infantiles, el del niño que la madre enterró por un higo que faltaba. Una anécdota que sientan real, pero que no pueden asegurar porque en la memoria los caminos se juntan y confunden. Se pierde la perspectiva, el sentido de profundidad, las proporciones del pasado. Algo que sucedió ayer, real o imaginado. Junto con otra cosa que pudo haber sucedido antes, verdad o mentira. Da igual. Porque cuando se montan en el caballo alado de la fantasía, de lo único que se trata es de sentirse bien. Ver el mundo y sus cosas desde alto, como se ve la tierra desde el espacio exterior. Sentir el viento frío de la estratosfera. Disfrutar la comodidad y la calma que sólo puede proporcionar encontrarse fuera de las cosas. De su lógica, de sus leyes. Inalcanzables. Impunes impenitentes. Bendecidos. Pero no es que sea así porque sí, porque sea ésa la física de la vida o la elevación a que pueda llegar un monje. John vive en un universo paralelo donde no hay tiempo sino sed de justicia. Las horas no marcan nada, los días son sólo espacio vacío. No hay rutina. Ni formas. Un pasillo estrecho a lo largo del cual, afortunadamente, no se siente nada. Ni olor ni dolor. Ni ruido o música. Hambre o sed, cansancio. Menos, mucho menos felicidad. Es un simple estar. Estar sin ser, pero ser para estar cuando sea imprescindible. Su destino, que intuye pero del que no tiene la menor idea.

Así es más fácil porque no se piensa en nada. El cerebro del animal, que sigue a un olor o a un movimiento. Arriba no hay deducción, el hilo que conecta una causa con un efecto. Hay, en cambio, un letargo prolongado. Una paz estúpida, como la de las vacas. Y entre la resaca y la búsqueda de echarle algo al estómago que grita, vuelven los cuentos. Y los cuentos de los cuentos de los cuentos. Tratan de construir algo, pero es que son tan incapaces. Les resulta imposible comentar la cantidad de agua que cabe en un galón. Afortunadamente, porque esas floridas disquisiciones les roban sigilosamente gran parte del tiempo sobrante. Luego, dormitan largamente abobados por el calor del mediodía. Dar una vuelta para estirar las piernas. Para respirar, ver gente.

Coger ánimo. Prepararse para la noche, en que hay más farra. O hay trabajo.

Quien no ha visto, no sabe. Lo mismo quien no ha oído, olido o sentido. No sabe. Quien no ha visto el mar no sabe lo que es. Porque, además, no es sólo verlo. Hay que sentirlo: oírlo, olerlo, tocarlo. Sólo cuando ve uno el mar desde la atalaya: tonos de azul, desde el casi verde hasta el marino profundo. Pasando por el turquesa, el cielo, jade y esmeralda. Sólo cuando siente el agua salada, pesada, fuerte. Fría y refrescante. Y a la vez suave, cadenciosa, íntima. Remedio para todas las heridas. Entonces sabe lo que es el mar. De leerlo no se sabe. Tampoco de oídas. Menos de imaginarlo. Así no sabe John sino de los sentidos de la pobreza, menos con tan pocas facultades. Su nariz es para las cloacas y basureros a cielo abierto. Su oído para el ruido de los carros, autobuses, camiones, motocicletas. Motores, mofles, bocinas. La sordina de una bachata ganándole a otra a fuerza de fuerza. La gente gritando, gesticulando y manoteando. El roce es choque. El choque es fuerza. Autoridad. Poder. Y el sexto sentido para oler en el aire –como hacen los sabuesos- el peligro que flota y el que se aproxima. No ha llegado al mar. Ni siquiera le han contado. Pero aquí, aquí, sabe como el que más. Es un experto temprano. Nada extraordinario, porque quien nace en el agua empieza nadando.

15

Sucedió lo de siempre: luego del pleito viene la reconciliación. Tras la advertencia de Ruperto, Ramón decidió que no volvería donde Lucrecia. Este tipo se ve de cuidado y él, bueno, él no quiere más problemas de los que ya tiene. Mejor no volver. Mejor para él. Pero hay otro ángulo para el asunto: ¿de qué se va a mantener Lucrecia? Porque ella no tiene ni trabaja. ¿Ruperto le va a resolver? No, de ninguna manera. Lo que puede hacer Ruperto es volver donde él a reclamarle: "¿no fuiste tú que fabricaste el muchacho?" Solución: no volver, pero hacerle llegar las provisiones y los centavos. Así lo hizo durante dos o tres fines de semana. Sin tener que hablar, Lucrecia capturó perfectamente el mensaje. Ahora, ¿qué puede ella hacer? Empieza a sentirse profundamente sola. No sólo físicamente sola, sin tener con quien conversar, con quien entretenerse, sino sola de adentro, del corazón, de las emociones. Es decir, no sólo sola de presente sino, y más importante, sola de futuro. ¿A quién tiene ella en este mundo? ¿A quién le importa? En el campo no saben nada. Y mejor por partida doble: no tiene que dar explicaciones a la vez que el campo no tiene que preocuparse por un problema más. Si aquí abandonada le da una cosa mala no tiene a quien llamar. A la vecina, que se compadezca. Ruperto viene si puede, cuando puede. Y Ramón, bueno, ahora con este pleito. Ella no tiene a nadie. Nadie quien la quiera y nadie a quien querer. Eso le cierra el mundo. La pena se convertía en tristeza, y la tristeza en lágrimas. Finalmente las lágrimas se secaban en el sueño, pero en el sueño volvía la pena. Vigilia y sueño eran una rueda, igual sufría despierta que dormida. Y al cabo, todo esto porque quiere que Ramón la quiera un poco. Que el papá de su hijo la quiera un poco. Sólo un poco. ¿No sería mejor, ahora que sabe que tiene respaldo, mandarlo llamar? A Ramón también le hace falta serenarse. Sentar cabeza. No puede andar de gallo loco toda la vida. Lo pasado, pecho. Lo hecho, lo que haya sido, hecho está. Se le buscará la vuelta. Y su hijo necesita un padre. Y ella necesita un marido. Lo políticamente correcto es llamarlo, intentarlo de nuevo. Ahora él ya sabe que tiene respaldo. Y no cualquier cosa, un respaldo de armas tomar. Racionalizó el episodio: ella tuvo un ataque de celos irracional y estúpido, porque no tiene ninguna prueba de lo que acusaba a Ramón: de tener otra u otras mujeres e hijos, paralelamente. Por pura pasión, celos e indignación, se había llevado de la nota que encontró en la pieza. Pero, ¿por qué darle credibilidad a esta información, dejada así de forma tan poco responsable? Se trataba, obviamente, de dañar a Ramón. Y de dañarla a ella también. Lo que era una perspectiva que no había analizado: ¿entonces iba a entregar el terreno así, tan fácilmente? Aún si fuera cierta la acusación, ¿ajá? ¿Que Ramón se largue y asunto resuelto? ¿Sí? ¿Y quién va a mantener el muchacho? ¿Ella sola? Esta no parece una salida inteligente. Además, si se analiza con cuidado la acusación, resulta que tiene poco mérito. Hay muchas razones para pensar que es falsa. Si no en todo por lo menos en gran parte. Cegada por los celos lo había herido con las uñas. Eran cortes profundos pues las uñas, si se les aplica fuerza, se hunden en la carne como navajas. El reaccionó instintivamente, como se defiende cualquiera. Hombre, mujer, animal. Se defendió. Fue todo. Seguramente ahora está arrepentido. Le duele la pelea y el distanciamiento. Esto no tiene sentido, menos ahora que van a tener un hijo.

Pero una cosa piensa el burro, y otra el que lo apareja. Ramón piensa las cosas de otra manera. Se sabe la historia del amor y el futuro, de la parejita, del uno para el otro y sentarnos agarrados de la manita a contemplar el atardecer. Eso es una historia. La parejita es "sácame de este hoyo, que aquí no llega el agua", "cómprame un abanico", "estoy cansada de arroz con arenque", por decir lo menos. Luego, que "el niño no tiene leche", que "le salió un salpullido", que "hay que comprarle ropa". Y esto es lo de menos. Luego, que "adónde vas", que "con quién andabas", que "a qué hora llegaste". Si lo sabrá. Ha pasado por ahí más de una vez. Y luego, después que paren nunca es lo mismo. Se aflojan las amarras, como en un viaje largo con mucha carga. No se siente ni sabe igual. Además, el centro de interés ya no es él. Ahora hay un muchacho. ¡Carajo! En los problemas que se mete uno nomás porque es hombre. Si se pudieran evitar, si pudiera uno silenciar los llamados del cuerpo. La idea es manejar el expediente por lo bajo, con poco ruido, para evitar males mayores. Porque la verdad es que uno nunca sabe de dónde va a venir el golpe. Llevarlo hasta que el niño tenga dos o tres años, y entonces encontrar otra solución. Pero ahora sale ésta más gallito de la cuenta. Y con respaldo autorizado. Hay de nuevo que meterse a la política. Empieza bien: ella es la que está llamando.

Llegó con actitud indiferente, haciéndose el ofendido. No iba a referir la visita de Ruperto. Por aquí inevitablemente iba a mostrar reserva y miedo, no es conveniente. Ella, por el contrario, puso todo su esfuerzo en olvidar el evento y enfocarse en su fantasía. Es lo apropiado. Es lo correcto. Todavía el amor tiene posibilidades.

- Hola, mi amor –le dijo desde lo más profundo de su corazón. Hablaban sentimiento y fantasía. Ramón contestó cortante, seco. Rudo.

- ¿Qué hay?

- ¡Uy, tú si viniste antipático hoy! ¿Qué mosca te picó?

Silencio. El propósito de todo esto es recuperar el control. Como al principio, se trata de sacar adelante el expediente con el menor ruido y costo posible. Ella no se le puede montar. Así no va a continuar, no lo va a aguantar. Los dos no pueden ser machos. Ella tiene que ceder, ponerse en el lugar que le toca. El medio hermano es una situación que ella misma lo tiene que ayudar a manejar. Que no se meta, o algo así. Entonces él tiene que mantener una posición de importancia y dignidad: ella es la que quiere y desea. A él le sobra.

- ¿Te cuelo un café?

Silencio. Que Lucrecia lo tomó como un sí. Salió al patio, hacia el fogón. Ramón cogió una silla y salió al frente. La reclinó contra la pared en una sombra fresca. Al rato vuelve Lucrecia con dos tacitas sobre una pequeña bandeja.

- Ya lo endulcé.

Toma una en silencio. Mira a los lados fingiendo indiferencia. Da un pequeño sorbo. Más silencio. Más mirar a un lado y luego a otro.

- Bueno, cuéntame algo.

- Nada.

- Dime del colmado, ¿cómo va la cosa?

- Igual.

- ¿Y por el barrio? ¿Algo nuevo?

Mira el fondo de la taza mientras termina el café. Silencio.

- Me tengo que ir.

- ¿Cómo que te vas? ¿Y adónde? No son ni las cinco.

Silencio. Se para de la silla y se acomoda los pantalones. Da un espacio de tiempo para la despedida. La estrategia es ésta, justamente: silencio, escasez, distancia. En poco tiempo ella aceptará su lugar. Como con el tiempo la mula se acostumbra a la carga. Es lo mismo, cuestión de necesidad y oportunidad. De sobrevivencia.

- Bueno, nos vemos más adelante.

- Pero, ¿adónde vas? ¿Cuál es la prisa? Si no tienes aquí ni media hora. A menos...

Lo pensó un instante. Es un momento de decisión, de esos que definen trayectorias. Una intersección en la que hay que decidir por donde continuar. Es cierto, hay que ser astuto y conciliador, pero a veces la dignidad, empujada por la rabia, viene arrollando el camino como bola de fuego.

- A menos, claro, a menos que vayas a visitar a otra de tus mujeres...

- ¡Ah, coño, ¿vas a empezar con la misma mierda?

- Ninguna mierda. Dime machito, ¿cuántas es que somos? ¡Buen pendejo!

- A mí no me digas pendejo. ¡Pendeja eres tú y la madre que te parió!

Se le fue acercando muy despacio, mirándolo fijo a los ojos. Valiente, retadora.

- ¿Qué? ¿Me vas a dar como el otro día?

Dudó. Otra vez el problema con esta mujer. En vez de venir a sofocar el levantamiento y retomar dominio, de nuevo las avispas alborotadas. Todo muy, muy complicado. Entonces, ¿a qué vino? Mejor marcharse de inmediato.

- Tranquila... Yo me voy.

E hizo ademán de empezar a caminar. Ahí ella se le aferró al brazo.

- Pero no te vayas ahora, poco hombre. Dime, ¿cuántas putas es que tienes?

Hizo por zafarse, pero ella estaba engrampada al brazo con ambas manos. Finalmente la logró separar utilizando su otro brazo y su mayor fuerza. Ella se fue hacia atrás, tropezó con sus propios pies y cayó sentada.

- ¡Abusador! ¡Poco hombre! ¡Hijo de puta! ¡Mira de quien vine yo a dejarme preñar, de este gusarapo!

Lo pensó. De repente se encuentra en una nueva encrucijada. Cómo es que esta mujer se le quiere montar, lo quiere tratar como si fuera basura. Una mierda. Los hombres están para hacer y mandar sin dar explicaciones. Para dominar. Y la mujer, para obedecer y callar. Así ha sido siempre, y así es que tiene que ser. Su responsabilidad es hacer que esto se cumpla. Y de cumplir su responsabilidad viene su orgullo. ¿Y ésta? ¿De dónde saca que lo puede manejar con todo este teatro? ¡Ah! ¿Por el medio hermano misterioso y perdona vidas? Pero él mismo no es manco. Sabe defenderse. Hombre no come hombre. Si el hermano aparece, bueno, pues a ver a cuanto toca cada uno. Ahora es cosa de firmar el pliego del reto fatal. Del duelo. Para ello le descargó tremenda patada en la quijada que la dejó seca desmayada. Y se alejó caminando.

Qué habrá sucedido luego con Ramón, no se sabe. A los pocos días desapareció. No volvió al colmado. No se tenía razón de él en ninguna parte. Por los lugares que frecuentaba no sabían. Lucrecia no lo volvió a ver. Ni a saber dónde estaba o qué había pasado. Mejor así. Ruperto volvió un par de veces, pero no se puso el tema. Sea lo que haya sucedido, sea como haya sido, el problema se había resuelto. Punto. Después de esto fue Ruperto quien también desapareció. Lucrecia tuvo que aplicar la misma fórmula: no preguntar, no investigar. No lamentar. Sea como haya sido, lo pasado ni dios lo puede cambiar.

16

En *El Melao* conoció tres cosas importantes: el dinero, a Miguel y el ron, que la acompañó hasta el final. Lo que hace es una miseria, apenas para sobrevivir como pobre entre los pobres. Comer lo que alcanza, fundamentalmente, porque lo demás son gastos extraordinarios. Es decir, que se hacen cuando llega algo, si es que llega. Para cosas como ropa y zapatos. Todo esto debe ser tan barato como respirar, porque no tiene para más. Sin embargo, *ganar* dinero es toda una sensación nueva. No tener que esperar, obedecer. Ganar como un asunto activo, algo que se propone y sale a conseguir. Eso crea una confianza agradable. Reporta una cierta tranquilidad, algo así como saber de antemano que no va a morir por falta de comida. Sabe cómo fabricar el peso, por lo menos para comer. Nunca antes disfrutó de esa sensación. En el campo, cuya distancia emocional de la ciudad es mucho más grande que la distancia física, el dinero se ve como un objeto mágico. Lo fabrican allá. Alguien, alguien desconocido. Que debe ser muy sabio y poderoso como para ello. Rostros embellecidos, estilizados. Sellos sobre manchas y otros sellos. Escrituras solemnes e ininteligibles. Numeraciones infalibles. Quien lo crea lo cuida con un celo animal y divino. Que no lo roben. Menos que lo copien. Aquí nunca es suficiente. Llega como favor del creador, como leche de una vaca famélica: a gotas. A granos, de charquito, apenas. De a poquito. Y así se sobrevive día tras día, por el favor de un par de pesos que aparecen de quién sabe dónde sólo porque dios no deja morir. Esa es la sensación que hasta entonces conocía: el dinero como gracia escasa y rara para poder subsistir otro día. El dinero que compra la comida, las medicinas. Las tierras, las casas. Los viajes, los carros. La felicidad. El dinero que sólo tienen los otros. Que a nosotros nos deja solos, fríos y hambrientos a la intemperie. Cuando se logra ganar suficiente. Es decir, cuando se logra aprender a ganar suficiente, la sensación es muy otra. Es lograr el derecho a sobrevivir. Desaparece la angustia de la sobrevivencia aunque paralelamente aparece el malestar de la escasez. Quien sobrevive, por ello está feliz, pero ahora quiere más. Esa es la condición humana. Puede sobrevivir, y eso le abre un espacio de acción y actuación. Si, además, logra cerrar la envoltura de las ambiciones. Es decir, convencerse de que dinero como tal, mucho, no tendrá jamás, entonces por adentro se siente más cómoda. Esto fue lo que le sucedió a Lucrecia.

Conoció a Miguel una tarde en que fue al bar a lavar unos manteles. La limpieza está entre las funciones de las chicas. Es decir, la limpieza de todos los días: un trapo húmedo sobre las mesas. Sobre el mostrador. Un trago derramado en un pasillo. La cocina, los baños, son otro mundo. Tienen su gente. Igual que la limpieza profunda de la sala, que se hace cada tres o cuatro meses. A veces más. Es cuando uno se percata de que ojos que no ven, corazón que no siente. Este bar, de día, con las ventanas y las puertas abiertas. Es decir, con luz natural abundante, lo que parece es un barco viejo panza para arriba. Una ballena muerta. Lo que esconde la oscuridad es... estrafalario. Un cielo raso ruinoso, podrido, comido por la carcoma y el comején. Por pedazos desprendidos se ve más arriba el techo de zinc. Oxidado en muchas partes, con hoyos y orificios por donde atraviesa la luz. Cables de todos los colores, preferentemente negros, culebreando por donde quiera. Colgando en algunos lugares, empatados mil veces. Una maraña que nadie entiende, sólo basta con que tengan corriente para que le empaten otra extensión. A los lados, jirones de lo que una vez fue una cortina color oro con lentejuelas oscuras. Rota aquí y allá, deprendida más acá. Sucia en todas partes. Las ventanas con una pasta de sucio en las esquinas. Las sillas, un marco de hierro galvanizado con butacas de pino forradas de vinil, horrendas. El piso es una pista amplia, opaca de cualquier líquido derramado que con el tiempo se ha coagulado. Es decir, cualquier líquido. La textura y el color hablan de que aquí o allá durante algún tiempo hubo un charco. Por eso la limpieza debe ser nutrida, abundante. Mucha agua, para lavar rápidamente tantas culpas dejadas tiradas en el suelo. Como si no fueran nada, abandonadas. Por supuesto, de vez en cuando aparece algún tesoro: un anillo, una cadena, una billetera. Pero la Madame sabe lo que nadie: inspecciona desde que abren las ventanas. Si aparece cualquier tesoro, es de ella.

Había lavado los manteles. Esperaba que se secaran para doblarlos y guardarlos. Luego se iría a descansar pues, a la noche, trabajo como siempre. El salón completo también se seca con ventanas y puertas abiertas de par en par. Se sienta a esperar en una de las mesas. La humedad flota en el aire. Afuera hace algo de calor, pero dentro está fresco. Seguro que por la misma humedad. En eso entra un hombre grande, como un elefante. Ruidosamente. Al entrar se apoya en la puerta con lo que unas campanillas chinas que cuelgan detrás protestan repentinamente.

- ¿Está abierto?

Habla al espacio, porque no ve a nadie. Grande: alto y ancho, de esos hombres que tienen que cuidar de no chocar la frente en los dinteles. Fornido como un toro, los pasos pesados, las manos enormes. Repite.

- ¿Está abierto?

Lo mira con curiosidad. Y es que cuando uno entra a una habitación oscura desde un afuera con mucha luz, no ve nada. Se queda ciego por unos instantes hasta que la pupila se acomoda. Así es bueno mirar desde adentro hacia afuera, desde lo oscuro hacia lo claro. Es un espejo polarizado.

¡Qué vaina! Ella que está tan tranquila y a gusto. Ahora, a servir. Pero son las instrucciones: “aquí servimos desde que llegue gente hasta que haya gente”, consigna de la Madame. No es cuestión de horario sino de dinero. Además, las propinas buenas vienen de donde menos se las espera: de un jovencito idiota, de un chofer de carro público, de un albañil. Como sucede lo contrario, que de quien espera un buen trato le sale un tacaño sucio.

- No, pero no importa. Entre.

Buscó la voz en la penumbra. Se incorporó y se dirige hacia la mesa más cómoda para el invitado sorpresivo.

- Siéntese aquí. Es más fresco. Los aires están apagados porque empezamos más tarde. Pero no importa. Dígame, ¿qué le sirvo?

La miró desinteresadamente.

- Tráeme medio de dorado. Y una soda. Mucho hielo.

- En seguida.

Le trajo lo que pidió. Y se dispone a servirle el primer trago. El observa sus manos. Una que agarra un cubo de hielo con las pinzas y lo deposita en el vaso. Lo suelta en su boca. La otra mano en la hielera. Ahora abre la botella de ron. El olor estalla en el aire. El líquido cae por la cascada. Arriba, soda. Trasparente, efervescente. Al final queda un líquido ámbar. Trasparente. Casi, se lo impiden los hielos. Sus manos son blancas, grandes. Limpias. Ella se dispone a regresar al lugar donde estaba antes.

- Siéntate.

- Perdón...

- Que te sientes.

- ¡Eh! ¡Oh! Bien.

Y se sienta. No lo tenía planeado, pero da igual. Mejor. De aquí sale con una buena propina. Entonces lo mira: tiene expresión seria y adusta. De fastidio. Dos cejas prominentes muy pobladas de un vello grueso oro pajizo que nace en las sienes y se entrecruza en el centro. Un bigote grueso de igual color sobre unos labios grandes, abundantes. La piel cetrina, quemada por el sol y curtida por el polvo. La voz lenta y profunda, cansada. Los ojos verdes, remate de sendas arañas de arrugas. Un poco... autoritario, el señor. Claramente no conoce las reglas en un lugar como éste. Pero no importa. Da igual. La propina.

- ¡Sírvete!

De nuevo el estilo, el tono autoritario. Este hombre no está acostumbrado a tratar con mujeres. Con damas. Además, se queda mirando con esos ojos de mastodonte cavernario y expresión de... de rinoceronte enojado, que mejor obedecer.

- ¡Eehhh! Yo no bebo mucho.

Se excusó.

- Una, sírvete una.

Ahora suavizó la voz, la expresión. Más que otra cosa debe ser torpe el gigantón.

- Bueno.

Se sirvió una, prácticamente de pura soda.

- Sólo por acompañarlo.

El se queda mirándola como animal que trata de entender otro idioma.

- Y usted, ¿cómo se llama?

- Lucrecia. ¿Y usted?

- Miguel.

- Mucho gusto.

Miguel fue la solución a sus problemas. Un hombre mínimamente proveedor. Y presente. Las dos cualidades fundamentales de un hombre para una mujer. No era cariñoso. De hecho, nada más ajeno a él. Caballeroso. Educado. No tiene idea de estas cosas. Culto. Inteligente. Divertido. Un hombre fundamentalmente neutro. De poquísimas palabras. Hosco, casi siempre malhumorado. Pero nada de esto importa, porque siempre está ahí. Sentado en la misma silla. Y eso para una mujer es clave. Sentir, más que tener, una compañía. Casi un animal, un perro o algo así, pero algo vivo que gasta su tiempo con ella. Lo otro hubiera sido bonito, pero no está dentro de lo posible. Todavía más, las muchas gracias traen con ellas desgracias. Un hombre demasiado bueno siempre está en riesgo. Que sea bueno suficiente para estar con él, pero no tanto como para sufrir. Y una mujer no quiere tanto una cara linda como un hombre que resuelva los problemas.

Nunca preguntó por el origen de John. A cambio nunca habló de su pasado. Nunca le cuestionó su trabajo. A cambio nunca le dijo lo que hacía. Dos desconocidos que coincidían en un punto en el espacio y el tiempo. Que se colaboran sin investigar. Eso está bien... hasta un punto. Ella no tiene nada que ocultar. John es el producto del amor más inocente y romántico en el que se puede pensar. Más bien al contrario, John es la prueba más fehaciente de que puede amar con fuerza e intensidad. Su trabajo actual... bueno, ése es otro tema. Pero en este país todo mundo sobrevive como puede. En este país la moral es muy laxa. Si fuera de otra forma nos moriríamos de hambre. Aunque le hubiera gustado que protestara su trabajo. Que le hiciera una escena de celos mayúscula. Que se lo prohibiera. Hubiera accedido. Es cierto que hacer otra cosa le hubiera significado más trabajo y menos dinero, pero vale la pena. El amor de un hombre tiene un precio. Lo hubiera pagado gustosa, fascinada. Pero nunca se lo pidió. Ni una palabra.

Tuvieron a Miguelín con el movimiento mínimo con que se puede fabricar un hijo. Sin pasión. Sin sentimiento. Es más, sin deseo. En la vida hay que ir llenando los espacios, y ése es uno de ellos. Durante dos años vivió con este hombre callado y misterioso. Desconocido e indiferente. Años en los que no puede decir que fue feliz, pero sí que vivió tranquila. Al menos mientras logró controlar su natural curiosidad: "- ¿Quién, qué es este hombre?" Un día no regresó. Y ella no hizo nada por buscarlo.

17

Cuando Miguel desaparece, para Lucrecia fue muy difícil. Aunque, más que difícil, triste. Su vida, una sucesión de abandonos… Ahora tiene que hacerse cargo de dos muchachos. Sin ayuda de nadie. Triste porque, como mujer, la ilusión del amor nunca la abandona. Vivir con una pareja, aún modestamente. Es más, la escasez junta las gentes. El hombre con dinero se va a la calle. A la inversa, si no tiene qué gastar sólo le queda la casa. Un compañero, aún fuese lento y torpe. Hasta pobre. Pero tener con quien hablar. Su vida, sin embargo, ha sido una secuencia de ausencias, abandonos, desapariciones, huidas. Ahora una más.

El trago siempre ayuda. El problema es que acaba. Si logra subirse en una buena nota las cosas son más fáciles. El cuerpo afloja, anda más relajado. Y la mente se recoge y se hace cándida. Despaciosa y dulce. Mucho mejor para mover todas estas piedras debajo del sol. Aguantar, tolerar, ignorar. Soportar. Insistir. Volver. Callar. Un día sí, y otro también. Un día malo, otro peor. Los hombres vomitando sus frustraciones entre risotadas de aparente alegría y poder. De suficiencia. Y ella ahí, revolcándose entre ese fango de miserias. Ella misma una miseria. El trago ayuda, el problema es que acaba. Se lleva la tersura de la piel. Hincha. Saca arrugas. Infla. Tumba los párpados y las mejillas. Afloja los músculos. Agrieta el pelo. Envejece. El problema del trago es que acaba.

Con el tiempo fue bajando cada vez más la botella. Porque, ¿qué hacer? ¿Pensar en lo pasado? ¿En el futuro? ¿Pensar... en esto? Entonces, ¿en qué coño pensar? No pensar. No pensar. Y se atrevió un paso más. Ninguna mujer nace prostituta. Como ningún hombre nace ladrón. Se hace. Seguramente habrá quienes nacen con cierta proclividad, cierta inclinación. Pero si afuera no encuentran circunstancias que los guíen y alienten, sin duda giran en otra dirección. Aunque no hay dudas en que una vez que se inicia no hay marcha atrás.

¿Por qué no? ¿No es lo mismo? Hay quienes miran un beso como algo distinto del sexo completo y obsceno. ¿No es acaso lo mismo? Por supuesto, el hecho, el acto, es diferente. Pero la intención es idéntica. Es por eso, porque quieren esconder en el hecho inocente la intención perversa. Sumados, estos dos son más grandes que los anteriores. Dejarse rodar por la ladera. Así conoce sensaciones nuevas a la vez que consigue mejor dinero. ¿No lo había dicho mucho antes? Si como quiera lo van a tener, pues que les cueste. Siempre en la seguridad de que sabe donde detenerse. Y en la seguridad de que puede detener al otro. Porque es difícil pensar en la maldad que uno mismo no tiene.

Se habla de Reynaldo porque salieron aproxiMadamente a la misma hora. Pero esa noche nadie los vio hablar o sentarse juntos. Menos salir juntos. Como a las tres de la madrugada John oyó un golpe sordo, amortiguado. Un cuerpo al que azotan contra el piso. No hay gritos ni nada. Sí el ruido repentino y rápido de una cacerola que cae. Se despierta sobresaltado e incorpora sobre las rodillas contra el colchón. Mira como un ratón asustado: los ojos amodorrados bien abiertos. Los oídos bien abiertos. El olfato. Todo. Total atención. Contra la pared se recorta una sombra enorme que baja un brazo contra el suelo. Se oye un quejido agudo, largo: ¡ayyyy...!, que perfora la noche. Luego un silbido, aire saliendo de un balón abierto. Más luego, nada. Silencio. El silencio más estático y denso en que se puede pensar. El silencio como una piedra de granito. La sombra no se mueve. Se queda pegada contra la pared. Estática. Su corazón late con violencia. (- ¿Mamá?) Cree decir, pero la voz sólo está en su mente. Atención. Oye. Huele, siente. Espera. La sombra sigue sin moverse. Así se queda largo rato, mirando con todos los sentidos. Pero nada, el mismo silencio, el mismo olor. Y la sombra no se mueve. Algo pasó, sin embargo. Lo sabe. Algo se rompió feo. Lo siente adentro. No en el corazón, más adentro. Como en los músculos, los nervios o la sangre. Algo así. Ojalá sea una pesadilla. Ya le ha sucedido antes. Pero se duerme y al rato despierta y encuentra a Lucrecia preparando los biberones de la mañana. Lo mejor de un susto es cuando pasa. Lo mejor de una pesadilla es cuando uno descubre que fue sólo un sueño. Cuestión de esperar hasta mañana y todo será igual. Aunque esa sensación de tragedia. De muerte. De destino.

18

- Dime, ¿qué pasó?

- Nada. Lo de siempre. Un asalto. A uno le dieron para abajo.

Otro interviene.

- Oye, es que este pedazo lo tienen en zozobra. Aquí todos los días pasan dos o tres asaltos. Es por la universidad, como andan muchas mujeres solas, a pie, con carteras...

- Ayer mismo hubieron dos, del lado abajo.

- ¿Y la policía?

- Mano, no hables disparates. La policía no aparece ni después que los han matado. Mira ahora, ¿dónde están? Y es que estos tígueres están combinados con ellos. Por eso es que hay que darles pa'bajo, matarlos. Es la única forma de salir de ellos. El que roba no trabaja...

Ya han pasado como quince o veinte minutos y, ciertamente, todavía no se presenta un policía. La sirena que se oye a lo lejos es una ambulancia atascada en el tapón. Lo peor es que no pueden mover el cuerpo, ni siquiera hacerlo a un lado. Hay que esperar que llegue el médico legista. De forma que la cosa va para largo. Mientras tanto, John sufre con su dolor de cabeza gigante.

- (Hijo de puta, hoy está como nunca.)

Vidrios molidos, hierro contra el nervio. Todos los hilos del cuerpo concurren a conducir el dolor hacia el cerebro. Aunque hay una sensación nueva: debilidad. Que, ¡sorpresa!, alivia el dolor. Se queda quieto, quietecito, mientras la vida se le escapa por la herida. No tiene fuerzas para moverse. Incorporarse. Darse cuenta. ¿Qué pasó? La debilidad va subiendo desde las piernas. Se convierte en sueño. Ya no aguanta los párpados arriba. Ni fuerzas ni ánimo. ¿Qué pasa? Ni entusiasmo ni deseo. Ni alegría. Por lo menos el dolor se aleja. Viene el frío. Vuelve la calma. Tranquilo, ya nada importa...

- (Mamá, ¿dónde andas?)

De Locos, Indigentes y Otros Duendes de la Calle

La Duarte

Durante un tiempo tuve que frecuentar la Duarte por un asunto de negocios. "La Duarte" es un solecismo por "la avenida Duarte", la principal arteria comercial de la ciudad de Santo Domingo. Aquí usted encuentra de todo, o casi todo. Arranca al norte en el mercado. Aquí se venden víveres, verduras y carne. Toda clase de frutas, granos y especias. El mercado es una cuadra parcelada en pequeños puestos que exhiben sus mercaderías sobre una mesa rústica y sucia de aproxiMadamente dos metros de frente por uno de profundidad.Todos venden casi lo mismo, aunque debe haber alguna especialización. Un pequeño cerro de tomates al lado de otro de tayotas, al lado de uno de pepinos, al lado de otro de ajíes cubanela. Destaca una montañita de repollo cortado bien finito –"pelo de ángel"- sobre un papel de periódico, y otra de remolacha sangrante. Esto en el caso de los verduleros. Los de víveres van un cerro de yuca al lado de otro de yautía, coco, blanca, amarilla. En el piso, sobre un saco de yute abierto, igual de sucio que el primero, un grupo de ñames, otro de batatas, otro más de mapuey. Arroz y frijoles en sacos de ciento veinte libras con las bocas abiertas y remangadas recostados contra un puntal. De un travesaño cuelga un racimo de guineos, otro de plátanos y quizás otro más de rulos. También alguna ristra de ajos y una escoba de orégano. No puede faltar una balanza desvencijada y seguramente amañada en el centro de la mesa. Sucio, mucho sucio. En los contenes se amontonan rabizas, desperdicios y lodo. El piso es el basurero. Cuando arrancan una hoja mareada de un repollo o un guineo escuálido del racimo, van a dar a la calle junto con vasos y platos desechables. Con el tiempo se hace una masa orgánica que, obviamente, empieza a oler. Afortunadamente no llegan a tirar carne o animales muertos. Calor, muchísimo calor. El calor producido por el sol tropical, deslumbrante, poderoso, calcinante. Sol sobre los techos y sobre la calle. Sobre las cabezas descubiertas. Sol sin brisa. Sol con mucha gente junta. Y el movimiento constante a que obliga la sangre caliente. Mucha gente hablando a la vez, hablando fuerte, gesticulando. Gritando. Una acá diciendo al de allá, y un griterío cruzado. Parece tratarse de que se oigan los que hablan más alto. Y la gente moviéndose entre las mesas, por los pasillos estrechos. Muchos de aquí para allá, más de allá para acá. Algunos cargados, otros medio limpios tratando de no pegarse de los demás. Y los pies, muchos descalzos, macerando los desperdicios. Carnicerías y bodegas a los lados, cruzando la calle. La carne reposa sobre el mostrador y de la viga cuelga la cabeza de un cochino orejón. Esto no puede faltar, es cuando una carnicería se puede llamar carnicería. Y el carnicero grita con su mandil salpicado de sangre, siempre afilando el cuchillo. Almacenes de provisiones más adelante: arroz (de distintas calidades), habichuelas (de todo tipo), garbanzos, guandules, lentejas, arvejas, alubias, habas. Cebollas (de varios tipos), cebollín, ajo. Azúcar, sal, leche. Papa. Más adelante, almacenes de vasos y platos desechables, de empaques de todo tipo. Y cartón. Al lado, artículos de latón, hechos a partir de las latas grandes de aceite. Anafes, jaulas, jarros, lámparas, bateas. Un puesto de artículos y materiales de santería (brujería debía decir porque eso de santería es cubano). Y, finalmente, muchos puestos de flores. Aquí el aire cambia, el olor cambia. A las flores hay que protegerlas del sol, no se venden como yuca. No sirve de mucho pregonarlas, el que va a comprar flores lo tiene decidido desde antes.

Bajando la Duarte hay: vidrierías, librerías populares, plomerías, venta (nuevas y usadas) y reparación de lavadoras, tapicerías, tiendas de ropa (es lo que más abunda). Por supuesto, bancos, ópticas y tiendas de gafas para sol, gasolineras, supermercados, comedores chinos, tiendas de papel y gastables domésticos (jabón, jabón de lavar, detergentes, cloro). Venta de colchones y colchonetas, estufas (venta y reparación), máquinas de coser, telas e hilos. Zapaterías, artículos de cuero, imitación de cuero y nylon y vinyl. Maletas, maletines y mochilas. Relojerías. Productos de madera (sillas, mesas, taburetes, gabinetes), madera, bruta o cepillada. Hierros, barras, tolas, angulares, varillas. En la Duarte hay de todo, venga y cuéntenos qué no encuentra.

Bajando, el flujo nervioso y caótico entre los pasillos del mercado se transporta a la calle y las aceras. Hace varias décadas, la Duarte –como muchas otras avenidas- era de doble vía. Entonces, la falta de higiene era un problema como ahora, pero no el tráfico. Con el tiempo, es decir, con el crecimiento de la población y, principalmente, con el crecimiento de la falta de orden, la hicieron de una sola vía, de norte a sur. Son de esas cosas que sí hacen los gobiernos porque sólo implican un decreto. Cualquier medida que obligue a un esfuerzo adicional será imposible. El desorden apenas mejoró, quizás lo contrario. Y no puede ser de otra forma, es lo que se puede llamar la física del caos. Una avenida no muy ancha. Se estacionan carros a ambos lados de la vía. En muchos casos en doble fila. La basura se deja en la vía, muchas veces también en doble fila. Añadamos los carros públicos, que toman o dejan pasajeros en primera fila, en doble o en triple. En cualquier lugar, no importa, bloqueando el tránsito, por el tiempo que sea necesario (ellos son padres de familia). Carretillas que vienen en sentido contrario. Puestos de buhoneros (venden: cinturones, carteras, mochilas, maletas, relojes, tintes, veneno para las ratas, frituras, frutas, sandalias, extensiones de pelo, secadores, discos compactos pirateados) a todo lo largo de la avenida. Apenas dejan lindero para subirse a la acera, hay que dar toda una vuelta. Baches de cuando en cuando, camiones descargando mercancías. En las aceras, gente para arriba y gente para abajo, máquinas cosiendo, hombres desarmando un mueble o una estufa. O pintando una nevera. O soldando. O cebando una bomba de agua ladrona. Esto es la Duarte. ¡Bienvenidos a la Avenida Duarte!

Decía: durante un tiempo tuve que frecuentar la Duarte por un asunto de negocios. Sabiendo lo que es, adonde iba, hacía acopio de serenidad antes de embarcarme en semejante aventura. Un ejercicio mental, yoga. Dejar que la paz y la serenidad del universo inunden mi cuerpo y mi conciencia. Paz, nada es importante, nada me alcanza. Sólo el tiempo es eterno y contra él nada podemos. Despacio, que todo llega... Y entonces le daba pa'la Duarte.

Me voy por el elevado y me bajo en la única salida que hay antes de llegar al puente (Duarte, también), que justamente cae en la Duarte, a media altura. El plan macabro es hacer una derecha una cuadra antes para evitar el tapón de la esquina, y bajar como cinco. Ahí está el almacén a donde voy a comprar hilo. Pero nada más hago bajar y ahí mismo me detiene un tapón larguísimo. Veo atrás: en menos de treinta segundos me siguen como cinco carros. Espero. Espero. Espero. Nadie toca bocina pues no se ve qué se mueve a la distancia. No tiene sentido. Espero. Es decir, seguimos esperando. Uno, tres, cinco minutos.

Algunos conductores se salen del carro, se suben al estribo e intentan ver hacia adelante. ¿Será algún accidente? Bueno, un accidente no porque en estas calles no hay espacio para un accidente automovilístico de consideración. Algún roce de carros, pero esto no causa un tapón tan grande. Además, no hay gente corriendo hacia un punto en la distancia, típico de cuando hay un evento. El morbo. Quizás alguien se puso malo, le dio un infarto. Y meter una ambulancia en este caos, bueno, eso sí es una epopeya. Pero tampoco oigo sirenas. Seguimos esperando. La gente a los lados camina en torno a los carros con total naturalidad. Este es el cada día, el paisaje. De repente, a la distancia –cosa de cincuenta metros- veo que algo se mueve. Se ve como el temblor del sol sobre la carretera, un aire caliente que vibra, ondas trémulas. Seguro que se está desentaponando pero todavía no llega aquí. Pero ya va. Nada, nada de avanzar. La vibración en el aire se acerca despacio, todavía está a la distancia pero viene cada vez más rápido. Llega más cerca, hasta donde pueden ver los ojos. Es gente. La gente se va acercando como reses, junta, apiñada, empujada, empujando. Forman un rebaño en una acera y se acercan cada vez más. De repente todos de golpe se cambian de acera, rápido, como si le estuvieran picando las costillas con la picana. Se suben a la acerca del frente y caminan. Rápido, más rápido, hacia nosotros. Una vez junta y otra en dispersión. Otra vez se cambian de acera, rápido, corriendo. Muchas camisas blancas: por alguna razón en el bulto sólo se ven camisas descoloridas y muchas cabezas negras. De una acera a la otra, se revuelven como un dragón chino, como una culebra albina. Hacia nosotros, directo hacia nosotros. Entonces me asalta el pánico: ¿qué coño es? ¿Qué pasa? ¿Hacia dónde huir? Miro hacia atrás. Atrás tengo cualquier cantidad de carros, imposible dar reversa. Al lado derecho, carros estacionados y puestos de frituras y buhoneros. A la izquierda, la pared del puente. ¡Coño! ¿Qué hago? ¿Me bajo del carro? A lo mejor viene por ahí un loco soltando tiros a diestra y siniestra y es a lo que le huye la gente. Pero si dejo el carro y se mueven los de adelante... Ya lo tengo encima, ya no puedo escapar aunque quiera. La gente me llega despavorida por la derecha. Se acaba de cambiar de la acera izquierda. Me pasan por el lado, muchos, caminando presurosos, corriendo. Se pegan del carro haciendo un sonido de ramas en torrente. Me aseguro que mis vidrios estén arriba y los seguros bien puestos. Me quedo quieto, sentado derechito y mirando hacia abajo, esperando el golpe. Hasta que se me viene encima, llega el huracán: un loco semi desnudo, en harapos. Sucio, maloliente, con cara de furia y paso de tempestad. Con un *callao* –una piedra de río- enorme en una mano y en la otra una funda plástica llena de mierda. Camina con el ímpetu de quien va a ajustar una cuenta con el enemigo. Delante la gente sigue huyendo despavorida. Detrás deja el alivio después del susto.

Buda

Caminaba por el Malecón en las mañanas. Cuestión de aprovechar la fresca, cerca de las seis en verano, casi siete en invierno. Bueno, lo de invierno es un decir, lo que realmente cambia son las horas de luz. A fin de año, principio del siguiente, el día se abre hacia los lados, partido por el medio. El objetivo era llegar justo cuando despuntara el alba, cuando la claridad empieza a dar contorno a las cosas. Lejos de que salga el sol. Se atraviesa un aire fresco y todo anda somnoliento y cubierto de rocío. Empezaba en la Máximo Gómez, rumbo a la Núñez de Cáceres.

Empezó sentándose en los bancos de la Plaza Omar Torrijos. De nuevo ese complejo dominicano -¿Guacanagarix?- de querer hacerse el simpático con los extranjeros. El mismo Malecón se llama "George Washington". Una figura cimera en EUA, pero ¿qué hizo Washington por la República Dominicana para que se le asignara su nombre al paseo más bonito? ¡Ah, las cosas del poder! Y luego hablan los "demócratas" de democracia. Otro tanto con la avenida Abraham Lincoln. O la Winston Churchill. La John F. Kennedy. Vías principales que debían estar reservadas para los héroes nacionales. ¿O no tenemos héroes nacionales? ¿O lo que hicieron no es heroico frente a lo extranjero? ¿Cómo determinar la dimensión de lo que hizo cada quién? La verdad es que nos falta mucha autoestima. Lo ejemplar es lo extranjero, lo propio no pasa de pura cotidianidad. La mente del indio.

Bueno, volvamos... Se sentaba en un banco de la Plaza Omar Torrijos y parecía mirar los carros. En realidad no los miraba porque su vista no seguía ningún vehículo. Ni de ida ni de vuelta. Quienes ven los carros mueven la cabeza a un lado y luego al otro, como negando. De repente se queda mirando al frente, absorto, como pensando algo. Así se queda largo rato. Entonces mira a un lado, los brazos abiertos cada uno descansando en el respaldar. Y dice cualquier cosa sonreído. Vuelve al otro lado. Así, una y otra vez. Es un hombre joven, de algunos veinticinco años. Trigueño, curtido por el sol y mucho por el sucio. Gordo, bien gordo. Descalzo, unos pantalones de jean remangados hasta la mitad de la pierna. Lleva una camisa color crema, amarillo o marrón, dependiendo el lugar que se mire. Completamente desabotonada, de ella sobresale una barriga enorme cubierta de pelos hirsutos y negros que suben hasta la barba y las cejas. Muchos pelos en la cara, la nariz ancha y la cabellera aceitosa y revuelta.

Omar Torrijos no es su primera residencia. Surgió de la nada como adorno de una casa frente al Palacio Nacional, sobre la Doctor Delgado. Entonces se inventaron que era un agente encubierto de los servicios de "inteligencia". Estas son de las cosas que han quedado en el imaginario popular. Las paredes, las cosas oyen. Las palabras, luego de pronunciadas, quedan flotando en el aire en forma de ondas. Que luego pueden ser recogidas y escuchadas por las "autoridades". Chivato puede ser cualquiera: un hermano, un primo. O cualquier cosa: un perro, un ratón, una lata. La tiranía convierte el miedo en paranoia. El enemigo está en cualquier parte, en todas partes. Animal, vegetal o mineral. Y paranaoia es otro nombre de la fantasía.

Vestir un agente de loco, pues debe ser algo creativo. Más que vestirlo está el asunto de la higiene y el olor. Existen oficios cotidianos que de seguro pueden rendir un mejor servicio de delación: el que compra cosas viejas, por ejemplo: "-... camas viejas, culatas viejas, estufas viejas, neveras viejas, motores viejos... Todo lo viejo yo lo compro..." Lo que ofrece por cada cosa es una miseria. Pues bien, este amigo va peinando cada calle despacio, mirando a lado y lado, supuestamente esperando a que alguien lo llame. Calle arriba. Al final, una derecha. Otra. Y calle abajo. Luego en perpendicular: arriba, hasta el fondo. Dar la vuelta. Abajo. Despacio, volteando a un lado, luego al otro. Nadie patrulla mejor. Se da cuenta de todo lo que hay, por lo menos hasta donde alcanza la vista. Sería un excelente informante. Aunque sólo alcanza a ver lo de afuera. Los deliveries de los colmados son mejor fuente interna. Por las libras de arroz los colmados saben cuánta gente vive en la casa. Por la Coca Cola, el agua o las pastillas de jabón. Por la cerveza, cuándo hay fiesta. Y el delivery siempre deja resbalar la mirada para tratar de identificar unas piernas que se asoman por entre la puerta abierta. Los limpia botas serían también excelentes chivatos. Los serenos. Los fruteros. Todos excelentes empleados de "inteligencia", a lo que se añade la insuperable incapacidad de los dominicanos para guardar un secreto. De manera que, entre tantos vigilantes y tanta lengua suelta, aquí sólo no se sabe lo que no ha sucedido. Mira que hasta al loco lo hicieron agente del DNI.

Me llamaba muchísimo la atención su actitud, su postura. Sentado como un Buda tropical en un banco del Malecón, absorto, abstraído, con una sonrisa estúpida en los labios y mascullando incoherencias. Sucio y harapiento, con su barrigota ceniza y llena de pelos al aire, como un embarazo cósmico. Y los ojos, los ojos entreabiertos. Quieto, ni un movimiento siquiera para respirar. Y la sonrisa ahí, queda, permanente. Todo esto a las seis de la mañana. Las culturas orientales miran a los locos no como enfermos sino como almas que han logrado escalar a un plano superior. Por eso son ininteligibles, por eso no los podemos comprender. Por ejemplo, ¿cómo entender que una persona hable consigo misma? ¿Será que hablan a alguien a quien no vemos? Esta es la clave: los locos ven y oyen cosas que los demás no somos capaces. No son cosas que no existen sino que existen y nosotros no podemos verlas. Por eso son superiores. De alguna manera viven en un estado de gracia. No trabajan, no se ocupan, no están en este mundo. Lo que exteriormente puede parecer asqueroso y grotesco, como que se embarren sus propias heces, es más bien expresión de su distancia de este mundo irreal. No les importa el baño, la higiene, la alimentación, menos el qué dirán. Y viven, viven largo tiempo al punto de que se ha acuñado la expresión "dura más que un loco" para significar larga vida.

Hasta que descubrí el secreto. Un día lo vengo buscando con la mirada pues cada vez que me acercaba a la Omar Torrijos es lo que hacía: localizar a mi amigo. No por miedo pues sabía de mucho antes que es inofensivo, sino para confirmar el paisaje. De esas pequeñas manías que uno tiene para refrendarse cotidianamente: "- La calle, ¿está ahí?" Podríamos pensar que no, desapareció. Se la llevó Mandrake, el mago. Pero igual nos asomamos a mirar: "- Está seca o llovió?" Y así por el estilo. Entonces lo veo entre las sombras de las palmeras brincando de banco en banco. Se agacha afanado a recoger algo, trae algo entre las manos. Se agacha y la barrigota le cuelga como un gran globo. Veo: toma del piso una botella con un fondo de líquido y vierte el contenido en un envase doble litro de plástico. Encuentra otra botella y, de nuevo, el fondo al doble litro. Una tercera, cuarta, así hasta tener el recipiente hasta la mitad. Ahora he dado en el clavo: cuando despierta, temprano, mi amigo busca un envase de refresco y lo va llenando con las sobras de alcohol que dejan los bebedores de la noche anterior. Cuatro dedos de ron, cinco de cerveza, uno de whisky, otro de vodka, dos y medio de ginebra... Los mezcla para hacer una sambumbia de dos megatones. Y arranca a beber temprano. Este es el aroma, el hálito que lo induce al plano superior. Su diazepam. Unos cuantos tragos y transmigra a la vera del Maestro.

La puta

Loco es, en sentido llano, quien ha perdido el juicio. Ahora bien, podemos discutir todo un año sin ponernos de acuerdo sobre lo que constituye el buen juicio. Aún así, parece existir un buen consenso sobre cuándo considerar que una persona está loca, es decir, una distancia notoria entre lo que consideramos locura y lo que decimos cordura. La diferenciación debía ser fácil. Por ejemplo, típicamente los locos se abstraen por largo tiempo. Se pueden sentar frente a una pared por horas, acostarse mirando al techo sin decir nada. Pueden gesticular repetidamente –hacer muecas grotescas y desagradables- sin importarle que le estén viendo. Hablar, discutir, pelear con un sujeto invisible. Olvidarse de su cuidado personal, no peinarse o bañarse. Hacerse encima. No percatarse de su propio mal olor. Y, sobre todo, lo que siempre más he envididado de los locos: no interesarle, no tener la menor idea del tiempo.

En sentido estricto, un indigente es una persona que se ha quedado sin donde vivir –un *homeless*, dirían los americanos-. Una persona que se ha quedado sin habitación, sin qué comer, sin dinero. Pero estas cosas van juntas. No hay algo así como un indigente con dinero para comer pero no para dormir. Aunque es un proceso, es un proceso llegar hasta no tener dinero para comer, como es un proceso llegar a la insania. Los indigentes son damnificados económicos del interior, de los pueblos y campos. Primero pierden sus propiedades, por malos negocios o por expropiaciones. Entonces se van encontrando en casa de la mamá, el papá o la hermana mayor. Mandan los niños adelante, luego a la mujer. Ellos llegan hasta el final. Demasiada gente para una casucha. La vergüenza los hace salir a las calles, pasar el día dando vueltas por las calles vacías o solos en el parque. Entre mirando, dormitando y durmiendo. Esperando que de algún lado caiga un milagro. Por eso, ante cualquier evento inesperado, se apresuran: un turista que pasa y pregunta una dirección, un político que hace campaña en una camioneta ruidosa. Un lugareño desconocido que se le acerca. El milagro puede salir de cualquier lado. Pero no cae. Pasan los días, las semanas y no sucede. Los meses. Quienes los hospedan no ocultan su incomodidad. No lo dicen con palabras pero las actitudes son elocuentes. ¿Hasta cuándo será si ya no deja siquiera para la comida? Es cuando columbra que el milagro está en la ciudad. La ciudad es grande, hay mucha gente, gente rica. En la ciudad se puede vivir hasta de los desperdicios. Por eso es que los que se van no vuelven. El milagro está en la ciudad.

Llegan a la ciudad sin conocer la ciudad, con veinte pesos en los bolsillos. Sueñan con que alguien los estará esperando en la estación. Por ahí empezará el milagro. Bajan del autobús y es más o menos lo que esperan. Miran alrededor. El tumulto de las señoras bajando bultos pesados de los maleteros, la fila para bajar que no se mueve. La gente encontrándose y gritando, caminando junta. Se alejan. El chofer cierra el autobús y desaparece. El viaje desaparece en un minuto. Se queda solo. Sorprendido, mirando curioso alrededor. Asustado. ¿Quién es que lo venía a recoger? Y no aparece nadie.

De la estación a la calle, a la calle a caminar sin rumbo hasta que duelan los pies. ¿Qué anda buscando? Detiene a alguien y hace como que le va a preguntar algo, una dirección o algo así. Pero se queda sin pensamiento más que sin palabras. Es un aturdimiento largo como cuando se ha recibido un golpe contuso en la cabeza. Camina, camina, camina. Aquí encuentra un "por aquí no puede pasar". Entonces sigue en otra dirección. Allí un "aquí no se puede quedar", entonces camina más adelante. Recibe muchos "no se", otros "no tengo" y más vueltas de cara de quienes ni reparan.

La ciudad lo vomita, lo va deslizando a trompicones hasta el Malecón. Ahí se encontrará con muchos hermanos de desgracia.

El Malecón es todo prácticamente arrecifes. Es decir, no hay playas salvo dos o tres bañaderos de muy difícil acceso donde sólo se atreven los limpia botas. En una época –hasta los setentas-, en *Guibia* se practicaba el surf pero hoy la contaminación ha expulsado a todos los entusiastas, hasta a los más temerarios. La calle está muy al borde del mar de manera que en la mayor parte del trayecto sobre los arrecifes no hay nada. Algunos estacionamientos pequeños, como para veinte carros. Lo que queda del viejo puerto de Santo Domingo. El monumento a Montesinos. Un restaurante de carnes, siempre vacío. Algunas piedras de lo que fue la muralla en la época colonial. El obelisco *hembra*, memorial del pago de la deuda externa. (Un monumento actualizado, proporcionalmente, debe tener la altura del Umpire State). Más adelante, un restaurante "típico", el Club de Profesores de la UASD, el parque de *Guibia*. Y a partir de ahí nada, hasta la Omar Torrijos. Bueno, está la placita de los pescadores, donde tejen redes y juegan dominó. Entonces, desde la Omar Torrijos hasta la Núñez de Cáceres es tierra de nadie, tierra marginal: inaccesible, estéril, olvidada. El hotel de los indigentes.

Los veo dormir sobre los bancos. Casi siempre debajo, sobre una colchoneta de cartón tratando de acurrucarse contra la pared. Uno se da cuenta de que es un indigente y no un loco por la ropa. Los locos no llevan zapatos y no visten ropa sino andrajos. Esto no falla. El indigente va bien mal vestido, se ve el uso y el abuso sobre lo que lleva encima. Pero siempre conserva cierto brillo, una brizna de limpieza. En el loco todo está rasgado y sucio, curtido, empapado. Es oscuro y mate. Los indigentes duermen dando la espalda. Se ponen un pedazo de cartón sobre la cabeza para cubrirse de la luz de la bombilla. Hay quienes hacen una caseta de cartón o de ramas de almendra y palmas. Se ven pintorescas, les quedan bien, bonitas, coloridas. Hay arte en ello. También he visto tiendas hechas de sábanas viejas. Campamentos de tres o cuatro personas más o menos bien montados, con fuego ardiendo la prima noche y café colado en las mañanas. Pero apenas se van asentando, la policía los echa precisamente para que no generen sentido de propiedad. De manera que las casas no pueden ser muy grandes ni muy buenas ni mucho tiempo. Lo aprenden pronto, no son tontos. De repente desaparecen, así como llega uno, así desaparece. Como por encanto. No queda mancha ni huella. A los dos días aparece otro ahí cerca, pero no en el mismo lugar. ¿El mismo? Quizás. Y lo mismo, un día desaparece y al poco tiempo aparece otro más. Luciérnagas que titilan y se mueven en la noche. Si no es un milagro, al menos es magia. Llegan y se van, no se sabe nunca de dónde vienen, menos adonde van. Si es que vuelven o se quedan en el mismo otro lugar.

He visto niños metiéndose a dormir en los tubos del drenaje pluvial. Y prostitutas utilizando esos mismos tubos como habitación. Las prostitutas de peor categoría son las de la Bolita del Mundo. En realidad, las del Malecón en el tramo que va desde la Omar Torrijos hasta la oficina de Pasaportes. Gordas rollizas, las masas en pastel mostrándose a través de la forma de un vestido elástico. Flacas esqueléticas marcadas por la mala vida, las piernas finas plagadas de vellos y cicatrices. Mujeres desvencijadas, cansadas. Con un cuerpo que quiere huir, desaparecer. Sin los dientes del frente. Con el cuello y las manos sucias, con una blusa más sucia todavía mostrando unos senos escuálidos, caídos y estriados. Y lo que pretende ser una falda de desproporciones. Se sientan en la cuneta maldiciendo, ofreciéndose en voz alta. Al que pasa y no se detiene, lo insultan. Y si pasa y pretende burlarse, lo insultan. Y si la insultan, lo insultan todavía más feo. Poseen un repertorio de insultos, imprecaciones y malas palabras inagotable, más si hacen combinaciones con los adjetivos y adverbios que conocen. Es su pena, su dolor. Su protesta, su puño en alto. No tienen otra cosa. Inicialmente se concentraban en la Bolita, que se convirtió en escaparate. Los carros reducen la velocidad y van viendo despacio, detenidamente, hasta encontrar una al gusto. Entonces la llaman. Negocian por la ventana. Si hay acuerdo, los moteles quedan adelante, a diez minutos. Si de cerca no es lo que se ve de lejos, todo queda en el clásico: "ahora vuelvo, déjame dar una vuelta". De las primeras cosas que aprenden es a no ofenderse, los hombres tienen gustos distintos. A unos les gustan las morenas, o bien las negras. Otros no las soportan. Y a la inversa. Cierran su mente, su conciencia, sus instintos, y todo lo focalizan en el dinero final. Ese es el propósito. De eso se trata. Lo demás no importa. Otra enseñanza importantísima es que un hombre es un cliente y nada más. Es decir, dinero. No hay diferencia. Puede ser bello o el engendro más feo sobre la tierra. No importa. Lo que importa es el dinero. La gran balanza es el dinero: "- No, dime tú, ¿cuánto tienes? Por eso nada más con la boca. Ahora, si quieres hacer lo que sea, busca tanto." El dinero, el dador infalible de placeres, favores y gratificaciones. Justamente, empezaron a dispersarse a lo largo del Malecón por un asunto de dinero. Para empezar, más oferta que demanda: empezaron por bajar el precio. Por lo menos entre semana. Los fines de semana hay más juerga, más alcohol y más dinero. Algunas piratas se adelantan en el camino para ser vistas primero: todos los mercados tienen sus técnicas y estrategias. Otras se quedan bajo el farol seguras de que los hombres prefieren ver bien la mercancía antes de comprar.

Una vez, en Nueva York, me sorprendí de ver a un hombre con una revista pornográfica en las manos a las cuatro y media de la mañana. La sorpresa fue mayor porque no estaba solo, de hecho eran muchos, muchísimos. ¡Al amanecer! ¿Cómo puede ser? Aparte las dislocaciones y desajustes que tienen los neoyorkinos, luego lo comprendí algo. Tras el sueño (los neoyorkinos no habían dormido) a los hombres les sube el nivel de testosterona. Por eso frecuentemente amanecen con una erección. Y de aquí prácticas y términos como el del "polvo del gallo" (al amanecer) o el "del mudito" (sin cepillarse). De Haina vienen los camioneros con ese problema. Entonces se paran a la derecha, ponen sus intermitentes y se meten entre los arbustos a exprimirse la ponzoña. A mí también me tocó. Era una señora de mediana edad. Digamos que de unos cuarenta años, que debían ser menos porque las amanecidas y el alcohol avejentan muchísimo. La cara redonda, ojos grandes empotrados cada uno en una enorme mancha oscura. El pelo revuelto y muy maltratado. Vestida… como todas. La voz carrasposa: "- Pssst. Ven, vamos a hacer algo, papi…" Yo me hago el gringo, el que no entiende. Y sigo de frente sin darme por aludido. Vengo de vuelta. Sigue ahí, en el mismo sitio, en el mismo banco: "- Pssst, papi, ven, no te hagas el loco, vamos a hacer algo…" Y yo, el gringo. Así varias mañanas, lo mismo. Ella llamándome y yo haciéndome el que no entiendo nada de nada. Hasta un buen día en que vengo de regreso. He sido indiferente tanto tiempo que ya estoy acostumbrado. Su seducción es ya parte del paisaje. Así que vengo inadvertido. Cuando estoy a tiro de piedra, más bien a la distancia del saludo, veo: está sentada en el pilote cuadrado que divide banca y banca, una pierna hacia el oeste y la otra hacia el norte. Es decir, me lo enseña todo a la vez que pone cara de casualidad. Obviamente, no puedo dejar de mirar. Es un instinto, como cuando alguien se cae o sale encuerado por una puerta. Entre las vetas de luz del amanecer alcanzo a ver unos pelos hirsutos y retorcidos, cortos y dispersos sobre unos labios largos y oscuros, ajados. Cuando le crucé por el frente me dice: "- Ahora sí me viste, verdad. Pendejo..."

Estado de gracia

Pasaba por un momento económico muy malo. Había dejado el último empleo hacía como dos o tres años, y había intentado varios negocios con resultados muy magros. Más la sal que el chivo, el esfuerzo que los resultados. Este es un país en que todo es cuesta arriba, menos lo ilegal. Ahí todo empieza a fluir pero corres el riesgo de que finalmente te utilicen de chivo expiatorio (hablando de chivos). El dios de la corrupción necesita un sacrificio de cuando en cuando. Y no es bueno salir premiado en ese sorteo porque el dolor que sufre el único culpable es la suma del dolor que debían padecer todos los implicados. Uno paga por todos con lo que se limpia el expediente y la cuenta arranca en cero.

Finalmente conseguí trabajo como administrador de un instituto vespertino. Debía llevar los reportes de asistencia de los profesores y asegurar que no les faltaran materiales: tiza, borradores. Resolver si alguna butaca estaba coja o dañada (había un carpintero contratado para eso). Recibir las calificaciones a fin de mes y archivarlas. Había que tramitarlas a la Secretaría a fin de año, luego de los exámenes de recuperación. Había un procedimiento para ello, nada del otro mundo. También tenía a mi encargo el mantenimiento y la limpieza del edificio. Asegurar que la señora de la limpieza dejara bien los baños. Pagar los servicios (esto es bien importante): agua, luz. Pagar a los empleados, atención especial a los profesores. En cualquier caso, mi responsabilidad más crítica era abrir y cerrar. Es lo que finalmente me confería dominio: sin mí, nadie. Sin mí, nada. Y es lo que querían los dueños: un único interlocutor. Abrir, sin embargo, me creaba un rosario de ansiedades. A las tres, poco después del almuerzo. Una hora de somnolencia. La distancia, el tráfico. El cálculo del tiempo. Si llegaba tarde diez minutos encontraba un grupo nutrido esperando. A la intemperie, bajo el sol inclemente. Ellos puntuales, responsables, mientras que yo...

Esa tarde vengo bien retrasado. Me ganó la pereza después de la comida y, como los borrachos, me hice a la idea de que todo lo posterior saldría a la perfección, mejor que nunca. No habría tráfico ni tapones, la calle para mí solito. Y fue todo lo contrario. Para empezar salí como diez minutos después de las tres. Me desvío para coger –según yo- un atajo y lo primero con que me encuentro es con un camión de la basura. Carros estacionados a los dos lados y el camión en el medio a una velocidad de entierro. Dos obreros van -uno a cada lado- persiguiendo las bolsas que dejaron los vecinos, pasando con dificultad por la brecha estrecha entre carro y carro. Lo mejor es no presionar porque entonces se ponen más lentos adrede. Siempre he visto una forma de venganza en este comportamiento: "yo recojo tu basura, tú te tienes que esperar." Bueno, finalmente rebaso el camión y sigo hasta la Máximo Gómez. Giro y caigo rápido en el Malecón. Por aquí se circula rápido. El tapón será cuando doble en la Núñez de Cáceres, en la esquina de ésta con la 27. Avancemos. Podría decir que el carro se sabe el camino, como los caballos. Sabe dónde subir la velocidad y qué carril coger. Donde tener precaución porque la gente hace un giro prohibido. Donde rebasar, dónde evitar la derecha, por los baches.

Estoy por entrar en la rampa de la Núñez. Siento cierto alivio porque he hecho el tramo hasta aquí bastante rápido, entre los más rápidos de todas las veces. Entonces siento que el vehículo me hace tres tirones bien pronunciados. Me pongo en alerta. Saco el pie del acelerador. Veo el tablero: la temperatura está en la raya de peligro. " – ¿Y ahora? ¡Qué maldita vaina!" No puedo hacer sino poner la marcha en neutro y dejar correr hasta detenerme a la derecha. Un motor con calor excesivo –el mío estaba ardiendo- empieza por doblar la tapa o deformar la culata completa. Dobla las válvulas y, finalmente, mella cilindros y pistones. Esto último es lo que la gente llama fundir el motor. Y un motor fundido sólo sirve para chatarra. Y un motor nuevo... Bueno, vamos a ver qué pasa. Levanto el bonete y miro. El radiador bufa de caliente, el vapor hirviendo sale a presión por el borde de la tapa. Peligro, por cierto. Más de una persona se ha quemado al quitar la tapa de un radiador hirviendo. Aunque la tapa tiene un seguro y es difícil sacarla de un tirón, el vapor sale disparado a presión por los lados y puede quemarlo a uno en la cara y los brazos. Y si se suelta, sale un chorro de agua disparado hacia arriba como si fuera lava. Pero no veo nada. Hasta que me agacho y veo el empalme de la manguera inferior –por la que sale el agua fría hacia al motor- agujerado. Es una pieza de metal con forma de estómago. Es el problema de echarle agua de la llave al radiador, que las sales van corroyendo todo lo que sea metálico. Bueno, no es cuestión de ponerse a cambiar la pieza aquí. Lo primero, ¿dónde conseguirla? Además tendría que dejar que el motor se enfríe. Es decir, dos horas. Pero puedo echarle agua y cargar agua en el carro. Cada diez cuadras, más o menos, me paro y relleno el radiador. Así hasta llegar al instituto. De regreso, igual. De esta manera puedo salvar el problema hasta mañana en la mañana. Y llamo al mecánico esta noche. Eso es. Hombre precavido vale por dos: siempre llevo un galón de plástico vacío en el baúl. A todo esto ya estoy entripado en sudor. Todo el sol de la tarde es para mí solito. Desde lo alto, el sol sólo me mira a mí. ¿Dónde hay agua? Como a quinientos metros hay una estación de gasolina. Bueno, eso es. Caminemos hacia allá. De algún consuelo me sirve que esto es ya fuerza mayor, el percance camuflará mi negligencia. Camino bajo el fuego del sol de las tres. El cemento devuelve el calor hacia arriba.

Lo veo a la distancia. Sólo pienso: "- Otro loco. Son muchos estos días..." Hay una cierta estacionalidad en el número de locos en la calle. Por un tiempo son escasos, puede uno ver dos o tres a la semana. Esto sin contar los indigentes, los medio locos y los locos habituales, que no entran en el conteo. Todos estos son parte del paisaje. Hablamos de nuevos, novedades. De repente parece que desalojan el manicomio, las calles se llenan. Más que verlos caminando –de hecho, hay muchos locos caminantes-, uno los encuentra en la pequeña burbuja que afincan en cualquier lado. Un demente construye una casa en cinco minutos. Empieza por localizar un lugar estratégico: una sombra fresca en la acera, un zaguán oscuro y húmedo, una galería protegida del sol, un callejón donde no entre nadie. Se sienta en el piso y su olor empieza a marcar el territorio. Sólo los animales con poco olfato – como los humanos- no lo percibimos. Pone su bulto al lado de la cama –ya tiene su cama-, algún objeto útil en la sala –ya tiene su sala-, algo que sirva, por ejemplo, como mesa. Y cuelga un adorno en la ventana, es decir, de la rama de un árbol. Ya está. Ya tiene su casa. Ya tiene lo que necesita. Lo que es mejor, si tiene que mover el lugar que ocupa afuera, es fácil. Es cuestión de continuar caminando y localizar otro igual de bueno, o mejor. Es su misma casa. No ha cambiado. Lo que cambia es la gente que mira.

Por encima del Malecón pasa el puente de la Núñez, el que permite girar a la izquierda cuando se viene de allá hacia acá. El puente es ancho. Dentro es un hueco fresco y algo húmedo pues está permanentemente protegido del sol. Hay eco. Las paredes tiznadas del hollín que dejan los carros y un peldaño de arena debajo de cada contén. Cuando entro a la sombra lo veo: está acostado en la acera sobre una colchoneta de cartón. Duerme. Tiene un pelo negro ensortijado diríase que bello. El rostro aceituna, curiosamente limpio. Las facciones agradables, no totalmente finas pero perfectamente simétricas. La barba como continuación del pelo, azabache, densa, ensortijada. Tiene los ojos cerrados pero debajo adivino el marrón claro de los perros. Su cara no es la de un demente sino la de un santo. Sobre todo irradia paz. La perfecta relajación de sus músculos, la tonicidad y tersura de su piel, la gracia de una sonrisa apenas perceptible. Se que es loco por las uñas larguísimas cargadas de mugre, los pies descalzos igualmente encallecidos y sucios. Viste jirones de lo que una vez fue una camisa blanca con cuadros rojos, y un pantalón kaki (por lo menos es lo que parece). Cuando paso por su lado miro furtivamente, rápido. Siempre me han dicho que a los locos, como a los perros, no es bueno mirarlos fijamente, mucho menos a los ojos. Lo intrepretan como un reto, un desafío, el que pueden estar prestos a honrar. Y pelear con un loco no es cosa fácil. Alternativamente pueden percibir que uno es el único que le hace caso entre todos los demás desentendidos. Y entonces con uno es que quiere despachar. Te mira, te habla, te sigue, te persigue, todo con la tenacidad de... pues de un loco. De manera, pues, que pasarle por el lado mirando recto, hacia adelante, ignorándolo. Haciendo caso omiso. Eso hago. Ando rápido. Echo una mirada furtiva. Pero no puedo evitar prolongarla más de lo debido. Es cuando veo su rostro angelical, su aura. Mi cuerpo sigue caminando pero mis ojos se quedan atrás. ¿Buda? ¿Buda en plena iluminación? Mi cuerpo sigue. Va por agua para resolver el problema del radiador. La distancia a la estación, el sol, el calor. La hora, sobre todo la hora. La gente esperándome. La situación tan difícil y yo complicándomela. Mi cuerpo sigue pero mis ojos se quedan atrás contemplándolo. Aquella expresión de placidez, de total despreocupación, de sabiduría, de gracia. Un cuerpo sin ojos, pues sigo mecánicamente, turbado, confundido entre un pensamiento y el otro. Por fin, ¿el agua o el loco? ¿El loco? De alguna manera le explico al bombero de mi percance pero estoy en otro lado. Estoy con el loco. Es como si pudiera ir de la realidad –una realidad muy específica, concreta, calurosa- a un sueño –un sueño extraño, confuso, entremezclado-, y volver atrás, al revés. Hacia allá y de vuelta. El bombero resulta más comprensivo y colaborador de lo que me esperaba. Me habla de que eso ocurre muy frecuentemente, que no es bueno echarle agua al radiador. Que es mejor refrigerante. Me cuenta de las propiedades del refrigerante: "- Echarle agua parece más barato pero es lo contrario. Fíjese en lo que le sucedió a usted..." Y sigue y sigue. Yo me quedé con el loco: "- Loco, ¿él?" El bombero todavía me regala un galón que tenía de reserva, ahí al lado de la bomba. Parece que le doy las gracias porque sigue: " – Eso no es nada, yo siempre tengo un galón ahí de repuesto, para cualquier emergencia. La semana pasada llegó una señora en un motoconcho..." Y sigue y sigue. Yo ya no escucho mucho. Empiezo a caminar el trayecto de regreso hacia el carro. Hacia el carro pasando por el lado del loco. Entonces siento que mi mente converge hacia una sola idea: paz. Todo lleva a la relajación, la soltura, la ingravidez, a la ausencia de necesidad. Camino y es como si me acercara gradualmente a la paz. No veo mis pasos, no siento el calor, no hay instituto. Todo se transforma. Mis pasos van cadenciosos, seguros, ligeros. No hay cuerpo, y si no hay cuerpo no hay calor. El calor es tibieza, abrigo, comodidad. Y en el instituto todos me miran, todos me ven como el hermano que ha ido por el agua santificada del bautismo. Aún así no apresuro mis pasos, todo ha pasado a ser manejado por una fuerza superior. Llego hasta donde está él pero ya no me preocupa que se de cuenta de mi presencia, de no mirarlo fijamente. Más bien al contrario, voy a hablarle. Voy a hacer que me cuente su historia. Desde el principio. Debe ser Siddharta. Desde cuando era un príncipe. Mis ojos lo miran y se entierran en él. Aquí me quedo. Empiezo a penetrar en su pensamiento cuando veo con extrañeza que mi cuerpo continúa su camino en dirección al carro. "- ¿Cómo es la cosa? ¿Estoy allá o aquí? ¿Son éste o soy aquél?" Aquél sigue y yo me quedo. Me quedo mirando su rostro divino. Entonces me veo a lo lejos gritándome sudado como un potro, bien malhumorado: "- ¿Te vas a quedar?" Y pienso: "- Loco, ¿él?"

El mordizco

El primo se fue a vivir a Puerto Rico. Se casó con una boricua recién graduada de medicina, y no es que estaba haciendo mucho por aquí. En Puerto Rico tendrían mejores perspectivas. El acababa ingeniería, podía empezar algo por allá. Esto es estrecho por todos lados. Allá se gana en dólares, hay seguro de desempleo y seguro social. Y las calles no tienen hoyos. Casi como en Estados Unidos... Es más, mejor, porque se habla español y el ambiente es latino. No hay esa distancia y frialdad de los gringos, ese meterse para adentro cada quien dentro de su concha. Puerto Rico es la misma rumba pero en dólares. ¿Qué mejor? Sin embargo, la cosa no fue tan bien como tenía pensado. Ingeniero novato, lo que encontró fue un trabajo de supervisor de obras, es decir, ahí pegado cerquita de los obreros. Entre zanjas, montañas de arena y polvo de cemento. Todo bajo el sol, diez horas al día, desde la siete de la mañana. Tampoco podía quejarse pues su título no estaba revalidado. Además de que nunca había construido ni una cisterna de quinientos galones. Así que, tranquilo. Lo que es más, empezando por abajo puede aprender todos los detalles del oficio. De abajo hacia arriba, como buen capitán de empresa. Los empresarios de antes eran así, arrancaban desde las raíces. El resultado es que cuando llegaban arriba no se les iba ninguna, conocían todos los trucos. En cambio, los ejecutivos de escuelas prestigiosas son gigantes con pies de barro. Cualquier problema no previsto los hace tambalear. No conocen los rudimentos.

Pasaron los meses y la mejoría que tanto esperaban nunca llegó. Más bien al contrario, resultado de la crisis general, la construcción empezó a decaer. El número de obras disminuía y, con ello, el número de empleados. Y con esto último, el número de supervisores. La economía es una cadena de transmisión. Estaba cansado, de las largas jornadas, de los obreros cabeza dura y mentirosos, del sol y el calor, del polvillo de la obra que se metía hasta en lo profundo de los oídos. En fin... Por si fuera poco, poco dinero. Poco dinero para un profesional. Poco dinero para el trabajo que es. Poco dinero para la jornada. Poco dinero por poco dinero, sin más. A la mujer no es que le va mucho mejor. Médico recién graduado, muchas veces la pasan peor que las enfermeras. Los tienen como los obreros de los hospitales: tienen que hacer las tareas más desagradables –como atenden a los locos en las emergencias, por ejemplo- y tomar los turnos y tandas más extravagantes: la madrugada, turnos de hasta treinta y seis horas sin dormir. Todo para poder certificarse. El dinero en que alguna vez pensaron todavía está muy lejos. A años de distancia.

Es la suegra la que un día les da la idea: hay muchos enfermos mentales y pocos centros de atención especializados. Hay muchas, muchísimas quejas, hasta demandas, pero cuando no se puede, no se puede. No hay los profesionales, el personal, los hogares especializados. De manera que por más presión que ejerzan sobre los existentes, nada se va a lograr en cuanto a mejorar el servicio en cantidad y calidad. Por ello existen fondos federales dedicados a la fundación de hogares para enfermos mentales. Por alguna razón el número de enfermos mentales en Estados Unidos es superior al de cualquier otro país en el mundo. Será por las guerras –un porcentaje increíblemente alto de enfermos mentales son veteranos-, por las drogas o por la alimentación. O por el tipo de vida, el stress competitivo de sobrevivencia que lleva los nervios del individuo más allá del límite. ("- Si no logro la cuota de ventas pierdo el empleo. Si pierdo el empleo, no puedo pagar la hipoteca. Si no pago la hipoteca, pierdo la casa. Si pierdo la casa, me deja mi mujer. Si me deja mi mujer, se derrumba el mundo...") Como sucede en muchas áreas del conocimiento, la línea que amarra una cosa con la otra -la enfermedad mental con las drogas, por ejemplo- todavía no es nítida. Se ve borrosa, imprecisa, pero se intuye bien. Está. Tampoco se sabe qué de qué –qué de la guerra- lleva a qué de la otra cosa –a qué de la locura-. Por ejemplo, ¿es la continua sobrecarga de adrenalina que lleva a la depresión después de la guerra? ¿Por qué algunos soldados no tienen problema en arrastrarse sobre sus horrores? Muy poco es lo que se sabe. Generalidades, como que nadie es el mismo después de la guerra. Como que nadie es el mismo después de las drogas. O después de comer carne roja por treinta años. ¿Qué le hace cada cosa al cerebro? ¡Quién sabe! Lo que es seguro es que no queda igual.

Consiguieron los fondos federales en una cantidad y con una velocidad que no esperaban. Ciertamente, en Estados Unidos los centros para enfermos mentales son como las cárceles: crecen con la población, aunque menos que proporcionalmente. Los primeros, mucho menos que proporcionalmente. Lo que implica que muchos de los que debían estar adentro se quedan afuera: no se puede trancar a tanta gente.

Hay requisitos estrictos para instalar un *home*: el principal, el director médico tiene que ser un psiquiatra certificado. ¡Albricias, la suegra lo es!

Asunto resuelto. Se fue un dinero grande en poner todo a punto, pero se hizo por el libro. El primo y la esposa se fueron a un entrenamiento de seis meses: él como supervisor de enfermeros, ella como supervisora de salud mental. Todo estaba armado. Al primo le enseñaron algo de enfermería, sobre todo de medicamentos y pastillas. De cómo esconderle los medicamentos a los locos, tanto para que se los tomen como para que no se los tomen. Que no es fácil. Cómo manejarlos: sentarlos, pararlos, llevarlos al jardín, acostarlos. ¡Cómo bañarlos! De por sí se entiende el dicho de: "ese es un loquito difícil de bañar". Otro igual: "ese tiene más fuerza que un loco." Un último: "ese dura más que un loco." Todos ciertos. Por alguna razón que desconozco, los locos tienen una fuerza que no se corresponde a su físico. Hay muchos muy delgados, desnutridos, escuálidos. Sin embargo son capaces de lanzar una piedra enorme a gran distancia. Lo que es peor –esto me lo señaló un amigo- con un efecto del que no es capaz el mejor *pitcher*. Tiran una piedra cuya trayectoria es imposible de pronosticar: pega en el piso, se arrastra, vuelve al aire, gira. Vuelve a pegar en el piso, salta, gira-horizontalmente esta vez-, cae de nuevo. Y ahí es donde reside su peligrosidad. Más de uno ha sido muerto por una piedra lanzada por un loco. No se enferman: andan descalzos, desnudos, sucios. No se cepillan, no se limpian luego de hacer del baño. Peor, se hacen encima. Se arrastran en el suelo a cuatro patas. Buscan comida en los zafacones. Abren bolsas, entre sacan de las sobras tiradas todas juntas. No sienten asco ni les molesta el olor. Comen con las manos desnudas, tal cual sucias. Así comen y no se enferman. Debe ser que el contacto permanente con todo tipo de bacterias los hace a tal grado inmunes que no hay organismo que pueda contra de ellos. Lo mismo que pasa con los perros realengos. Curiosamente, los locos pueden ser divididos en dos grupos: los que atraen y andan con perros, generalmente más de uno. Y los que son rechazados y temen a los perros. Los de este último grupo recuperan la cordura al instante ante la visión de un perro rabioso. Pasa como con la adrenalina y el borracho, que el susto le quita la borrachera al instante. Tienen la intuición de que el perro no les hará concesiones por su condición –está más loco que ellos- y que muerde durísimo –es más fuerte que ellos-. Es decir, "para un loco, un perro", es decir, "para un loco, loco y medio."

Si una persona no se enferma, lo lógico es que dure muchos años. Sus órganos no sufren, no padecen. Descansan. Si a esto añadimos que su mente no conoce la preocupación, el miedo, el pánico, más relajado debe estar cada órgano. Esta debe ser la magia de la locura: la pérdida del conocimiento, del sentido de la realidad. Los occidentales queremos aprender de Oriente justamente a descargar los nervios, a desalojar la crispación, la sensación de agonía, de prisa, de peligro. Quedar tan tranquilos como una hoja que baila al viento. El límite es volver a la vida inorgánica –que no es vida-, el instinto de muerte que lo llama Freud. Volvernos piedra. Una piedra que piensa. Pero aquí tenemos una sabrosa contradicción porque las piedras no piensan. O pensamos, y no somos piedra. Y sufrimos. O somos piedra. No sufrimos, pero no pensamos. No hay solución intermedia. Aunque, pensándolo bien, sí la hay: ser "medio" locos. Esto es, pensar pero lograr que la existencia no cueste, no pese, no fatigue. Se dice fácil pero sólo los locos de a verdad lo consiguen.

Bañar a un loco es toda una aventura, comparable solamente a un *tour* en la guerra del Vietnam. Conlleva los mismos peligros. Todo empieza por lo sucio –y de qué- que está el impetrante. Agarrarlo, pues, no es precisamente agradable. A esto añadamos que no quiere bañarse. En esto se parecen a los gatos: no les gusta el agua. Entonces hay que agarrarlos con firmeza y determinación... por un brazo resbaloso de quién sabe qué. En su resistencia se sienta en el suelo y hay que arrastrarlo. Se dobla y contorsiona, frena con los talones. Pero hay que llevarlo. En el arrastre no se puede permitir que se suelte de una mano porque en el manoteo se le pega un pescozón a cualquiera. De nueva cuenta, no es sólo el pescozón sino la estela –quién sabe de qué- que deja en la mejilla. Lo ideal sería amarrarlo, pero se le estarían violando sus derechos... Bueno, esto es una ironía, la realidad es que aunque a veces uno se desespere y pierda los estribos, son seres humanos y merecen respeto a su dignidad. Sólo está permitido usar restricciones –correas o camisas de fuerza- en casos de crisis comprobada. Mantenerlo, pues, agarrado a puro pulso, con la fuerza que tiene. Negado, resistente, contorsionándose como un pez fuera del agua. Cuidarse de la trompada. Importantísimo: de los dientes, porque la mordida de un loco es sencillamente criminal. No ensuciarse. No mojarse. Y encima de eso, enjabona aquí. Restriega. Moja. Repite. Ahora allá, la espalda. Repite. Que se te suelta. Que grita. Por algo los enfermeros de los manicomios no se perturban por insultos, maldiciones o gritos. Son sordos. Sigue allá: una pierna. Lo mismo, agarra, no lo dejes soltar. Jabón. Restriega. Agua. Al final, una ducha sobre todo el cuerpo para eliminar cualquier residuo de jabón que haya quedado, pelo incluido. Listo. Para lo que dura: a la media hora lo encuentra uno cagado en los pantalones caminando por los pasillos.

Al primo le dieron un entrenamiento completo y exhaustivo sobre el manejo práctico de los enfermos mentales. El era el "operativo", estaba a cargo del manejo de los locos. Que se levanten, que desayunen, que vean TV en la sala, que salgan al patio... Más tarde, que almuercen, que duerman una siesta, y así por el estilo. Su esposa era la encargada médica: presión, nivel de azúcar en la sangre, sutura de heridas, medicinas, dieta... Y la suegra era la psiquiatra, que iba tres veces por semana a supervisar la condición general de cada interno. Todo viento en popa. No se podía tener ningún objeto cortante o pesado en el recinto. Palos, garrotes, sogas, cuerdas. Los cubiertos eran de plástico flexible, sin filo. En el patio no podían haber piedras. La lógica es simple: impedir que los enfermos se hagan daño entre ellos, o a sí mismos. ¡Ah!, lo olvidaba: tampoco al personal. Al primo le habían enseñado una llave de judo mediante la cual tira al suelo al interno y él le queda a la espalda. Entonces le cruza un brazo por un lado del pecho y por debajo de la axila. El paciente queda inmovilizado e incapaz de agredir al enfermero. Si todavía se resiste, comprimiéndole el pecho pierde respiración, se asfixia y rinde por necesidad. Claro que a esto ayuda que el primo es un gorila de trescientas libras.

Piensa uno que los internos anda cada uno lejos en su mundo. Ciertamente los hay que despegaron hace tiempo y nunca han vuelto. Se pasan horas sin problema mirando el infinito. Horas no, días, semanas. Son como muñecos. Así con la mirada perdida hay que darles de comer, llevarlos al baño, sentarlos en el patio, acostarlos. Y ponerlos a ver TV, lo que no deja de ser curioso porque no ven nada. Siguen en su viaje perpetuo. Otros hacen muecas horribles, tuercen la boca, la cara. Abren los ojos enormes y hacen expresiones macabras. Emiten unos sonidos lúgubres que parecen querer ser palabras, quejidos, como si sufrieran. Pero no hay nada de esto, están ausentes, sólo que tienen estas expresiones que impresionan y atemorizan al desconocedor. Hay otros que tienen una zona de cordura en su cerebro. Puede uno hablar con ellos, hasta mantener un diálogo. Con el tiempo el diálogo va convergiendo a lo mismo. Si aleja uno el tema, ellos lo reintroducen casi mecánicamente. Por ejemplo, uno les habla de su bicicleta –imaginaria-. Y ellos responden sobre andar en bicicleta por la calle, por decir, de lo divertido que es. Si entonces uno les propone escalar un árbol –imaginariamente, por supuesto-, vuelven solos a la bicicleta. En cualquier caso, lo importante es mantenerlos calmados. Los enfermos mentales tienen algo de las manadas, que se calman o se irritan unos a otros. Empieza uno y de inmediato contagia al otro. Por eso, desde que uno se excita, es importante atenderlo rápido para que no inquiete al grupo.

Como hay los que viven solos en su mundo, hay los que no pueden vivir sino en el mundo del otro, los que viven molestando al de al lado. Más que al de al lado, tienen una víctima favorita. Había uno que le fascinaba robarle una pantufla vieja toda rota a un compañero. Cuando éste no la veía empezaba a vociferar y a buscar frenéticamente su pantufla. Levantaba colchones, movía camas, muebles, todo tras su pantufla perdida. Y el primero la tenía escondida entre la camisa. Se le quedaba mirando diríamos que con curiosidad. Lo veía con atención, intrigado, como pensando: ¿y qué le pasa a éste que se pone así de loco? Por supuesto, no pensaba nada. Sólo intuía el efecto de una causa, el resultado de él esconder la pantufla. Y lo hacía a cada rato, cada vez que podía. Pero había que quitársela porque de otra manera su víctima no se estaba tranquilo. Su pantufla debía estar al pie de su cama. Siempre. Era su compañera. Su amuleto. Es decir, hay locos que se molestan uno al otro, que hacen maldades. De manera intuitiva, infantil si se quiere. Pero las hacen.

Otro interno se alteraba por el murmullo del rosario que transmitían por la radio. El rosario se oye como un coro de abejones del que no se entiende mucho. Homogéneo, ininteligible, oscuro, sacrosanto. Desde que lo oía a la distancia, se alteraba. Empezaba con una forma de asma que iba subiendo, dejándolo cada vez con menos aire. Jadeaba. Empezaba a manotear y a balbucir cosas. Parecía pedir que se lo quitaran. Quizás justamente pensara en un enjambre de avispas o algo así. Y había que ver en una esquina al otro enfermo buscando la estación del rosario con la maldad dibujada en la cara. Buscaba con el dedo en el dial mirando al otro, obviamente con el propósito de molestarlo. Entonces había que quitarle el radio. Lo mejor era poner un programa de panel, de esos que los locutores hablan por horas cantidad de disparates. Los locos no entienden nada pero oyen voces y eso los calma. La música, por el contrario, y contra a lo que uno podría pensar, no les cae bien.

El domingo es día de visitas. Desde el sábado se empieza a trabajar para tener el hogar lo más limpio posible. Sobre todo la sala de estar y el patio, que es donde se reunen los familiares con sus enfermos. El baño de los internos empieza desde el viernes por las razones que se explicaron, y de que son muchos. Después de bañar uno, nadie queda con muchas ganas de bañar otro. A las nueve de la mañana están vestiditos con lo mejor que tienen. Acaso algo de colonia, si apareció alguna por ahí. Peinados, los que se dejan. Y cada quien esperando a sus familiares. No todos reciben visita siempre, acaso dos o tres. Los demás, en general, son visitados ocasionalmente, una vez al mes, una vez cada dos o tres meses. Así. Los enfermos de las familias acaudaladas son ingresados en hogares muy exclusivos que mejor parecen hoteles de lujo. Mármol en los pisos, baños en porcelana, puertas de cedro. Nada de esto es necesario para ellos, que no se percatan de su entorno. Ellos no, pero la familia sí. Haciendo esto reducen su sensación de culpabilidad. Los muy ricos llevan sus locos allí, los muy pobres los dejan en la casa. Los del medio son los que llevan sus enfermos al *home* del primo, un centro que recibe ayuda gubernamental. De otra manera no lo podrían pagar.

Un domingo, cosa de las seis de la tarde, recibe visita José Santiago –llamémosle así al enfermo que le molestan los rezos-, su hermano menor, de algunos veintidos o veintritrés años. Santiago ya estaba en el patio. El hermano se le sienta al lado, a una distancia prudente. Aún la familia trata a los retrasados con cierto recelo.Y le empieza a hablar con dulzura: "- Dime manito, ¿cómo estás? Mira que te ves bien nene..." Santiago mira al frente y hace algunos sonidos con la boca ladeada y babeante. Anda en otro lado. Pero el hermano –noble de su parte- continúa. José Joder –así llamaremos al interno que le fascina molestar a Santiago - ha estado bien atento a la situación. Pudiera decirse que esperaba que llegara el hermano para dar inicio a su plan. En un descuido de la enfermera se hace con el radio. De inmediato empieza a manipular el dial buscando el rosario. Mueve el botón hacia arriba, hacia abajo, nervioso. Oye el salto entre las estaciones que transmiten otra cosa con la intención dibujada en la cara, los ojos puestos en su víctima. Goza su travesura antes de suceder. Hasta que da con el rosario. Entonces sale de un salto al patio y empieza a caminar con pasos cortos y rápidos alrededor de los hermanos que están sentados en el centro. El radio entre los brazos, pegado al cuerpo, que no se ve pero se oye perfectamente. Da una segunda vuelta. Joder pretende -en su mente- ser casual, es decir, que él nomás pasaba por ahí. No tenía ninguna intención. Nada deliberado. Otra vuelta. Finalmente Santiago escucha. Cae en cuenta. Abre grandes los ojos y la boca. Se detiene el saliveo. Empieza a jadear y a mugir. El hermano se extraña: "- ¿Qué te pasa nene?" Nadie anda alrededor en ese momento. Un momento de paz y calma en el *home* es algo así como una onza de oro. Joder sigue caminando alrededor de Santiago y su hermano. Rápida, frenéticamente, con el radio envuelto entre su camisa desabotonada. Vuelta y vuelta, con el rosario a todo volumen. Santiago empieza a boquear, a lamentarse con sonidos graves, cavernarios. Y se tira al suelo. Empieza a convulsionar y a producir espuma en la boca. El hermano entra en pánico pero no lo toca. "- ¿Qué te pasa? ¡Ayuda, ayuda!" Es cuando el primo se da cuenta de la situación. Sale al patio. Le quita el radio a Joder de un zarpazo, que sale huyendo apresurado como un niño sorprendido rompiendo las fotos. Y agarra a Santiago por detrás –es el procedimiento- para inmovilizarlo hasta que se calme. El hermano, impresionado por lo acontecido, viviendo la situación por primera vez, piensa que el primo está castigando a Santiago: "- No, nene, deja a mi hermano. ¡Suéltalo, suéltalo!" Y se ha metido a zafarlo del abrazo del primo. El primo le explica a gritos que lo que hace es inmovilizarlo para que no se haga daño pero el hermano ya entró en una especie de misión: liberar a su hermano enfermo del abuso. Y fuerza por quitarle al hermano del amarre. Este intercambio y el manoteo excitan más a Santiago que ahora, asustado, grita y gesticula. Y se forma un bollo de tres en el piso en que piernas, brazos, manos, cabezas, salen por un lado y por otro. Una especie de molusco de muchas cabezas y extremidades. Hasta que se oye un: "- !Ay!". Así, claro, corto, preciso. El primo busca el origen del grito. Es el hermano que ahora tiene los ojos bien abiertos de la sorpresa. Y el dolor. Una avispa gigante le picó la mano derecha. Cuando el primo mira a Santiago, el pulgar sangrante del hermano viene rodando por su cara.

Bajó el primo las mil curvas de los cerros de La Ceiba dirección a Aibonito buscando el primer hospital en que hubiera un cirujano disponible. Llevaba el pulgar en un vasito plástico. A su lado, el dueño del dedo con cara de niño estúpido. Afortunadamente no tuvo que andar mucho: era domingo, no había tráfico. Cuando el cirujano que los recibió vio el dedo en el vaso se le salió decir: "-Y esto, ¿fue un perro o un loco?"

El pigmeo

¿Qué tanto esfuerzo físico puede hacer un ser humano? No un día –una competencia, una demostración- sino diariamente. He visto a muchos hombres jóvenes, fuertes, musculosos, trabajar duro por largo rato. Sin embargo, en general, la jornada no va más allá de ocho horas, con un receso en el medio de hora u hora y media. Lo otro, hay descansos intermedios, cada hora aproximadamente, de unos diez a quince minutos. Es lo que hacen los obreros de la construcción, por ejemplo, o los cortadores de caña. Además, fijan las revoluciones en un nivel más bien bajo. Me dijo uno, en una ocasión: "el trabajo bruto se hace al paso." Este es el secreto de hacer trabajar el cuerpo por muchos años, además de, por supuesto, la alimentación y el cuidado personal. El Tour de Francia, competencia ciclista en el contorno de ese país, dura veintitrés días. Dos de descanso. Recorren más de dos mil quinientos kilómetros de carretera, lo que incluye etapas largas de montañas empinadas. Una competencia sobrehumana. Este deporte ha estado plagado de casos de *doping*, es decir, utilización de sustancias para aumentar la resistencia y el rendimiento. En una ocasión confesó un veterano del Tour: "sin doping no hay Tour." Ahora, la pregunta es: ¿cuánto esfuerzo físico puede hacer un loco? Dicho de otra manera, el loco, ¿es humano?

Pudo haber sido haitiano porque no tenía el fenotipo de los dominicanos. Negro azabache, pequeño. Parecía un pigmeo: brazos y piernas delgados y largos en relación al tronco, hombros enjutos, tórax abultado. Los rasgos negroides y el cráneo con forma ovoide. Caminaba, como los guerilleros, de campana a campana, de sol a sol. Lo vi descalzo, pero también con unos zapatos que se confeccionaba con bolsas de plástico. Se ponía otra en la cabeza, como un kepis. Vestía un pantalón corto todo sucio, roto y raído, deshilachado en los ruedos. Y llevaba un palo largo sobre el hombro derecho con otra bolsa colgando en la parte trasera, a la manera de los migrantes. Camina, camina, camina, a un paso que cualquiera diría para atender un asunto importante. La mirada en el frente. Decidida, desafiante. El paso seguro.

El tranco largo. Prisa, la prisa del que se le hace tarde. Lo vi por las aceras. Lo vi en sentido contrario, pegado a la divisoria de los carriles. Lo vi rumbo a San Cristóbal, a unos ocho kilómetros del centro en dirección oeste. Lo vi rumbo a Boca Chica, a unos diez kilómetros del centro en dirección este. Lo vi por Arroyo Hondo, a unos ocho kilómetros del centro hacia el norte. Sólo no lo vi hacia el sur porque ahí está el mar. Nunca lo vi descansando ni bebiendo agua. Camina, camina, camina. Me imagino que se detenía por las noches, cuando la oscuridad ya no lo dejaba caminar. Un día simplemente desapareció. Jamás lo volví a ver. Quiera dios que un carro no haya acabado con sus días, como he visto con otros.

Papito

Papito es otra cosa. Un señor de unos sesenta años, algo grueso. Alto, sobre los seis pies. Cabello crespo, plagado de canas. Blanco amarillento, las facciones ordinarias, siempre se viste de impecable blanco: pantalón blanco, saco blanco, camisa blanca. Sale a pasear en las tardes, a eso de las cinco. Va por las aceras. De repente se detiene y frota la suela de los zapatos contra el suelo, como si las estuviese limpiando de lodo o cualquiera otra basura. Se limpia las suelas y continúa. Camina unos veinte metros y, de nuevo, a limpiar las suelas. Cuando lo saludan por su nombre levanta el brazo y responde el saludo sin mirar a quién. También desapareció de repente. Pero Papito no era un desarrapado. Su familia debía tener ciertas condiciones, por como vestía y por la salud física que mostraba. Alguien me dijo que falleció, es decir, de causas naturales.

Poseidón enfurecido

Este otro loco es negro como el pigmeo pero puede pasar por dominicano, quizás de ascendencia haitiana. Estatura media, muy delgado. Facciones no del todo ordinarias. Se deja unos bucles hirsutos empegotados en el bigote y la barba. En ésta se le hace un cono, hacia abajo. El pelo igual de sucio y empegotado. Anda descalzo, con un pantalón roto a lo largo hecho harapos. Sucio y hediondo, no es un caminador de largas distancias como el pigmeo sino un corredor de cien metros. Arranca en una dirección con gesto de maestro enfadado: ceño fruncido, boca crispada, hombros arriba, los brazos rectos y los puños cerrados. Va a reprender a un infractor. Así camina rápido con pasos firmes y decididos unos diez metros. Entonces se detiene. Mira a los lados, habla un rato para él, preguntándose y respondiéndose a la vez. Y vuelve a caminar otros diez metros con la misma actitud. Una y otra vez. A este sí lo veo descansar de cuando en cuando. Hasta dormir. Todavía anda por ahí.

El profesor

¿Cuál es la distancia entre la cordura y la locura? Suponiendo que la cordura pudiera localizarse en un punto, ¿puede la locura localizarse en otro? Cuerda es una persona "normal", promedio. Con quien se puede hablar, tomar un café, que mantiene una limpieza e higiene aceptables y es capaz de sostener una conversación mínimamente lógica e inteligente. Aunque no hagamos una apología de la cordura: cuerdo puede ser uno del montón: bruto, torpe, sin imaginación, incapaz de fantasía. Liso, llano y vulgar. Todo esto y sigue siendo cuerdo. En el otro extremo, ¿quiénes son los locos? Los dementes sucios y hediondos que se pasean por las calles casi desnudos, envueltos en jirones. Sin consciencia de nada, de sí. Pero tampoco del mundo circundante. ¿Estos son los locos? Yo diría que estos son los locos *pobres* porque hay enfermos en peores condiciones, pero tan bien cuidados que no dan esa impresión. Entonces "loco" es un término que arrastra la condición económica del enfermo. Aún así, ¿está éste irremediablemente perdido en su inconsciencia, en su vacío? No necesariamente. Por supuesto, hay algunos para quienes éste es el caso. Es como si no tuvieran cerebro, como si fueran vegetales. Por eso se pueden quedar todo el día mirando una pared. Y si se los voltea, se quedan mirando la otra todo el tiempo, sin problema. Pero hay casos muy diferentes e interesantes en que la mente –a veces una mente *brillante*, como la de John Nash- va y viene. Algunos gatillos -siempre desconocidos- la hacen irse y volver. Lo que es mejor: las emociones. De la ausencia emocional debido a la inconsciencia pueden pasar a sentir la tristeza desesperada de un niño abandonado.

Dicen que era profesor universitario. Baja estatura, delgado, de unos sesenta años cuando se declaró abiertamente su condición. Pelo revuelto, entrecano, ralo. Una calvicie avanzada le atravieza el centro de la cabeza. Cetrino, arrugado en la cara y en el contorno de los ojos. Dos manchones morados alrededor de cada uno. Desdentado, hace ademanes con la boca como si estuviese masticando. Lleva una barba larga y descuidada al estilo del siglo XIX. Zapatos y pantalón algo limpios. La camisa desabotonada y rota en más de un lugar. Va en continuo parloteo. Se detiene y habla y habla. Incoherencias y sonidos poco inteligibles. Gesticula, hace unos arcos con los brazos sin parar de hablar. Entonces se detiene, se pone una mano en la cintura y cara de enfado. Vuelve a caminar. Silencio por un momento, la cara de incomodidad. Se detiene de nuevo. A gesticular otra vez, como si se le hubiera quedado algo en la casa y se molestara mucho por eso. Brazos en el aire. Palabras incomprensibles, un nuevo idioma. Pelea con un fantasma, con varios. De nuevo la mano a la cintura. ¡Qué contrariedad! Así todo el santo día. Hasta que entra a un colmado a comprar algo. Algo de comer o beber pues nunca fumó. Entonces se transforma: es perfectamente cuerdo. Habla perfectamente: " – Dame un bizcocho de guayaba." La dicción, la modulación correctas, la de una persona educada. Nadie muestra sorpresa pues es bien conocido. Le hablan con decencia, diría que con mucho respeto. Apoya un codo en el mostrador y espera. Lo delata la hinchazón en la cara de quien ha dormido largo rato. Se marcha comiendo. Despacio, mirando de lado y hacia abajo. De inmediato prosigue su batalla con los fantasmas.

Dicen que era profesor de física. Ser profesor por sí solo ya es indicativo de cierta inteligencia. Aunque hay profesores... Bueno, pero profesor de ¡física! Casi todo mundo evita –por no decir odia- la física junto con las matemáticas. ¿Por qué? Debe ser por la eficiencia del código lógico. En matemáticas el razonamiento es seco, directo y exacto. Como decir, las relaciones cuantitativas que se pueden verificar entre las variables a y b son: $a > b$, $a < b$, ó $a = b$. No hay más, no existe una cuarta posibilidad. Este razonamiento se dice con símbolos, es decir, hay una rápida y amplia síntesis que, de inmediato, exige un esfuerzo de pensamiento. Luego, la lógica es igualmente sintética y no deja espacio para la vacilación o la especulación. Uno, dos ó tres, se acabó. No se puede discursear, como en Historia, hacer un relato que empieza mucho antes. Hacer un cuento, disgregar, divariar. Perder el rumbo, caer en un espacio estético, en un ensueño poético. Saltar fechas, resaltar heroicidades. Luego hablar de la economía, de lo que se sembraba y exportaba. Para finalmente caer... ¿dónde? ¿De qué se trataba? La historia es un cuento y las matemáticas una ecuación, he ahí la diferencia. Por eso tanta gente prefiere los temas... en que no haya matemáticas. Simplemente. Y es lo que nos explica la cercanía, la vecindad entre la genialidad y la locura. El genio tiene que abstraerse en una burbuja hermética, sin ruido ni interrupciones. Sin gente ni otras cosas. Sin otros pensamientos. El problema del sujeto habitual es que su pensamiento salta de una cosa a la otra sin orden ni sentido, como sardinas sobre otras en un cardumen a la fuga. Así no se puede razonar, así no se puede seguir una cadena lógica más allá del tercer eslabón. Con el genio sucede lo contrario: el silencio en su burbuja, la luz clara, el sosiego de sus emociones. Una mano invisible lo lleva despacio de una cosa a la otra. A diez kilómetros recuerda vívidamente el primer paso. Fue casi ahora: en la burbuja el tiempo se detiene. Entonces sus manos enlazan una cosa con la otra en un tejido tridimensional. Hay quienes lo hacen en más dimensiones pero eso es un paso más en profundidad. ¿Qué cara se puede poner cuando la mente está atrapada en este espacio fantástico? ¿Cuál puede ser su apariencia exterior? En el mejor de los casos, un individuo abstraído, ausente, estúpido. El genio todavía se encuentra de este lado de la normalidad porque puede cambiar canal, puede eventualmente salir de su burbuja. Lo ideal para él sería entrar y salir a voluntad. Muy probablemente lo más difícil sea ingresar, inducirse el trance. Los locos se han extraviado dentro de la burbuja y por eso no pueden regresar, salir. ¿Quién que subiera a un mundo mágico quisiera regresar? Volver a este mundo material de necesidad. Cuando en ese otro lugar uno toca la hoja de un árbol y estalla en luces multicolores y brillantes. Donde no se tiene cuerpo, cuando no se siente hambre o sed. Donde la inconsciencia del yo lo libera de todas sus pasiones. Cuando se es sólo idea. ¡Pobres los genios y dichosos los locos! ¿El resto? El resto cree que vive.

El inglés

Era un escritor famoso. Bueno, lo famoso que puede llegar a ser un escritor en un país como éste. Su producción no fue muy voluminosa, como tampoco trascendente. Pero en su primera novela se atrevió a plantear públicamente un tema que era profundamente tabú en la época, y que hoy continúa siéndolo: el placer sexual femenino. En realidad algo más amplio y complejo: el derecho y la capacidad de la mujer al goce, la lascivia y la voluptuosidad. Mejor: el derecho y la capacidad de la mujer a la promiscuidad y la degeneración.

La sexualidad masculina es más o menos obvia.

Para empezar, la excitación concluye en la eyaculación. Primera pregunta: ¿eyaculación = orgasmo? Sí y no, responden los expertos. Sí, porque es la conclusión biológica de la excitación. No, porque el hombre puede eyacular con cualquier mujer. Se abre una separación entre la sexualidad animal –"física"- y la emocional. En términos coloquiales, el varón puede copular sin amar. Esto tiene muchas implicaciones, implicaciones importantes. No sólo el varón desvincula el sexo carnal de las emociones –en realidad de los sentimientos amatorios- sino que la fuerza de su pulsión es dominante y los objetos de inspiración diversos: el hombre busca activamente el sexo carnal con muchas mujeres. Le resulta difícil la monogamia. El varón puede desplegar su sexualidad característica en la sociedad contemporánea gracias a dos características adicionales: su capacidad productiva en lo económico –el hombre es el que busca activamente negocios, actividades nuevas, lucrativas- y su dominancia física, a la manera de los leones, que defienden su territorio y su manada (entre las que tienen varias hembras). Pero, ¿qué con el placer sexual de la mujer? Al parecer, llegar a la peregrina conclusión de que la mujer "también" "siente" ha sido una gran cosa, el resultado de las luchas de siglos. "También", "siente", luego de tantísimos años nos damos cuenta sorprendidos –y las mujeres también- de que "también" "sienten". "También" sienten deseo, "también" disfrutan el sexo, "también" se vienen. ¿Sienten? ¿Qué sienten? ¿Lo mismo que el hombre? ¿Es decir, una fuerza instintiva indetenible que ocupa todo y obliga, que trastorna, que toma por asalto la voluntad? ¿Una idea obsesiva, un impulso irrefrenable?¿O en la mujer el deseo y el placer son más suaves, más sutiles, más sublimes? A la mujer habitual le resulta difícil tener sexo sin involucrar sentimientos. Probablemente no ame a su amante pero requiere al menos de ciertas racionalizaciones: le gusta, se siente enamorada, ilusionada. Piensa que la cosa puede funcionar románticamente. Aparentemente es en gran medida incapaz de tener sexo con el único y exclusivo propósito del placer carnal. ¿Por qué no? ¿Por qué no puede derramar leche tibia sobre su clítoris y llamar al gato? ¿Por qué no puede recostarse sobre el sillón, hacer la cabeza hacia atrás y dejar que su dedo medio juegue con la punta de su nervio? Flotar sobre las nubes, dejarse llevar por la brisa. Al pasado, a sensaciones infantiles. Roces, olores, voces. El tacto de una piel dura cubierta de vellos. Una boca cercana con aliento de humo. Una voz ronca. Una mano fuerte. Una espalda firme como un tronco. Y hacer girar el dedo en redondo sobre la yema húmeda. Volver al sueño presente. Al día de playa, al cliente que ayer vino a hacer una reclamación, un joven hermoso de veintitrés años, inseguro y nervioso. Y meterse entre sus sábanas que todavía huelen a leche. Y sentir la firmeza de una erección inevitable y culpable, y su respiración que se acelera y agita. El está atrapado, atado por las muñecas y los tobillos a la cama. El pelo es seda negra, largo, vivo, macho. Placer, vida. La boca, nueva. Torpe, inexperta, culpable. Se contorsiona por las caderas. Quiere decirse que no quiere. Que quiere huir. Que lo obligan. Que no puede irse porque está amarrado. Que está obligado a gozar. Pero nada de eso, es que le fascina.Y entonces agarra el poste con fiereza y se lo va a comer... ¿Por qué no puede la mujer ser capaz de fantasías depravadas, sucias, deliciosas?

Se paseaba por la calzada como un pavorreal. Erguido y lento, para que los mortales tengan la oportunidad de admirar su belleza. El pelo pajizo y esponjoso peinado con calor hacia atrás, le llega hasta debajo de los hombros. La cara pálida, la piel de lagarto de la gente muy blanca que no sale al sol, cuando le pasan los años. Lunares aquí y allá, algunas manchas de vejez. Camina sobre una pasarela de modas. Como si todo mundo alrededor estuviese atento a su despliegue. Un saco de lana impecable, perfectamente planchado. Corbata blanco perla, una bufanda (¡en el Caribe!) color vino. Zapatos de charol y el infaltable paraguas en el día de sol más limpio y solitario. Camina despacio, a pasos regulares, dando tiempo para que cada quien vea. Un solo pase. Luego, sentarse en la misma silla del mismo café a la sombra del inmenso laurel. Cruzar la pierna con el mismo garbo, elegancia parisina. Fumar un cigarrillo para la toma, a la distancia, con la actitud de pertenecer a otra raza. Dar permiso para que miren. Sólo eso, que miren.

¿Loco o excéntrico? ¿Estaba Dalí loco? La diferencia parece estar en que el loco no se percata mientras que el excéntrico sí, por lo menos a veces. En el excéntrico hay voluntad, en el loco no. Según esto, para ser un buen dramaturgo es imprescinble estar loco porque, ¿de qué otra manera se pueden crear personajes, caracteres, personalidades? Ponerlas en escena, articularlas. Manejar los tiempos, los antecedentes, las actitudes, las expectativas. Provocar el desenlace. ¿Cómo hacer esto pensando en el pan de la cena? Si me imagino que todo es representación –como lo es, porque nadie le ha descubierto propósito a la vida-, ¿no es más entretenido actuar? Y como no puedo mover los actores ahí afuera, pues los muevo yo, en mi pensamiento. Ese que está en la esquina me ve y se pregunta: ¿cómo puede llegar a ser tan guapo? El perro que apenas cruzó me preguntó sobre mi perfume. Y el suelo se queja del calor del día y nadie lo escucha. Yo río. Me siento bien, pleno. Estoy vivo, palpitante. Camino y la gente me mira. Pobres.

Murió hace un tiempo, de un infarto. Bueno, ya no era un muchachito. Me quedé esperando más de él. Aunque estoy seguro de que a él no le importaba. Es más, él nunca esperó nada de mí.

Sonrisas

Un hombre grande, gigante. Cerca de los siete pies. Eso lo hace más intimidante. Grueso, sin ser gordo. Lleno, cuadrado como un ropero de dos puertas. Cetrino, un poco como la caoba centenaria. El color de los locos resulta de la combinación física y química de varios elementos y capas. Para empezar, por supuesto, el color natural de su piel. En el caso de nuestro personaje, trigueño, es decir, un marrón en fondo amarillo oscuro. Aunque aquí tenemos un problema: la paleta de colores de la piel humana. Uno diría que entre el blanco y el negro hay toda una escala de grises. El gris cincuenta por ciento –es decir, cincuenta por ciento blanco y cincuenta porciento negro- sería el gris perfecto. Sin embargo, quien haga la prueba se dará cuenta de que este gris está más cerca del negro que del blanco: el negro ennegrece más de lo que blanco blanquea. El pigmento negro que debemos poner a un gris cielo nublado debe ser de apenas un cinco porciento sobre la unidad de blanco. A este gris debemos entonces añadir colores: una pizca de amarillo y otra de rojo. Así podemos conseguir el color de piel de nuestro amigo. Ahora, sobre la piel hay una capa más o menos gruesa de toda clase elementos, orgánicos e inorgánicos: polvo, lodo, arena, tierra, asfalto, cemento. Grasa animal, sebo, sudor seco, materia fecal, restos de comestibles, pelos de animales, pedazos de papel. Con el tiempo, esta arcilla se va endureciendo. Se queda algo aquí, se despega allá. Se lija más allá. Y así, hasta formar una película irregular de distintas densidades y tonos. Por eso cuando bañamos, afeitamos y peinamos a un loco parece otro, completamente. Un plátano al que hemos quitado la cáscara.

Tiene las piernas muy hinchadas –seguramente disipela-. Como las patas de un elefante cortadas en lonjas. El empeine parece que va a estallar. Profundas grietas suben desde las plantas, y alrededor una gruesa placa de piel callosa: una cachaza. A veces se las envuelve con el plástico de las bolsas que recoge en el camino. Se enrolla los ruedos hasta las rodillas. Un pedazo de cabuya es su cinturón. Camina despacio, ladeándose pronunciadamente hacia la izquierda, como con gran dolor. La cara redonda y una calva clara en la cabeza. Los ojos escondidos, la nariz gorda, la boca abundante y expresión de enfado. (Nunca entendí por qué le pusieron ese nombre) Una barba rala, gris y descuidada puebla la mandíbula. El tronco robusto, los brazos poderosos. Y tiznado. Siempre lleva un palo grueso a manera de bastón, razón adicional para que la gente le saque la vuelta.

Tuvo muchas sedes. Era el demente típico: escoge un lugar en la calle, es decir, un pedazo de acera, y ahí hace su campamento. Lleva un par de bolsas de plástico grandes con sus cosas. Se sienta pesadamente apoyando la espalda contra la pared.

Y empeza a divariar, a hablar consigo mismo. Con la misma cara de enojo. El que viene caminando por esta acera se pasa a la del frente. Nadie quiere un enfrentamiento. Mientras ahí estuviera, ese pequeño feudo le pertenece, y nadie se siente con el ánimo de disputárselo. No tanto por grande, no sólo por el palo sino sobre todo por lo loco.

Pedía dinero en los semáforos. Estuvo largo tiempo en la esquina de la Sarasota con Churchill. Se para sobre la mediana y espera que el semáforo se ponga en rojo. Los carros se acumulan hasta llegar hasta la altura donde espera. Entonces va y toca el cristal. No dice nada, toca el cristal fuerte, insistente. Y alcanza la mano en ademán de limosna. Una mano hinchada, curtida, mugrosa. Sólo el toque intimida. Pocos le dan. El conductor se hace el desentendido, esto si no puede avanzar a causa de la fila de carros adelante. Entonces toca aún más fuerte con un nudillo de piedra a la vez que mira al conductor con ojos encendidos. "- ¡Coño! Ahora y este loco me rompe el vidrio. Y yo sin poder avanzar." Se impacienta hasta que el semáforo finalmente cambia. Tremendo alivio escapar de este perseguidor imponente e implacable. Loco.

Cuando le dan una moneda no se la ponen en la mano. Su toque debe ser venenoso, a la manera de los varanos. Se la arrojan. Lejos, para que de tiempo a escapar. El va renqueando a buscarla, con paso trabajoso. La peor parte es agacharse con todas las coyunturas adoloridas. Entonces guarda la moneda en un bolsillito secreto. Muchos no pierden la conexión de algunas cosas en su realidad exterior, justamente como el dinero. Saben asociar el dinero a comida y, antes, el dinero a quienes lo tienen y se lo pueden dar. Pero sólo a ratos, en ráfagas, porque tampoco les interesara demasiado. Como los manatíes, que sólo salen a respirar cuando no aguantan más. La misma conexión pueden hacer entre un perro y el dolor de su mordida. O entre un carro y la muerte.

Una amiga se condolía de este loco. Le daba pena, se indignaba. Por supuesto, ella pensaba con su cabeza, seguía su propia lógica: " – Pobre señor, a su edad, mira su condición. ¿Cómo es que no hay instituciones en este país...", y bla, bla, bla. Mi amiga es de esas almas buenas y nobles que sólo ven dulzura a su alrededor. No entiende la amoralidad de la naturaleza, que bien o mal depende de la respuesta a un instinto, cuando un instinto es un requerimiento inconsciente de la carne. Es decir, de la materia. Ella es diferente. En una ocasión se detiene deliberada, decididamente frente a frente. Baja la ventanilla y con ojos blandos le dice: "- Mire señor, para que se compre algo de comer." Y le alcanza un billetote de cien pesos, aunque cuidando de no rozar su mano. El hombre no se impresiona por la denominación del billete. Su mente anda en otro lado, si es que anda. Pero le llama la atención el gesto, como a los monos. Se le queda mirando con actitud de conocerla. Y con voz ronca y entrecortada le dice: " – Yo lo que quiero es mamártelo." Mi amiga soltó el billete en el aire y pisó el acelerador hasta el fondo. Suerte que no había carros adelante.

Perdidos en el tiempo

A los cincuenta años nunca había trabajado, hablando con propiedad. Era propietario de una importadora de piezas para vehículos, quizás la más grande en el país. Herencia. Su padre lo llevaba "a trabajar" desde los seis años. Allí jugaba con las sillas de oficina con rueditas y lo ponían a colorear sobre cuartillas blancas. Todo mundo lo celebraba: era el hijo del dueño. Pero no solamente por eso sino que ciertamente era un niño bueno. Callado, esquivo, tímido. No molestaba a nadie, no se desbordaba imponiendo el poder que tenía. Esas cosas se sienten desde pequeño, y se hacen desde pequeño. A los futuros tiranos se les ve la actitud desde el principio.

Su padre era recto, exigente y trabajador. Y duro cuando tenía que serlo. Excelente negociador, inteligente en anticipar los movimientos del mercado, buen administrador. Exigía a sus empleados su misma dedicación, su mismo esfuerzo, su misma lealtad. No más pero definitivamente no menos. Por esto la empresa fue siempre muy exitosa. Creció desde el principio hasta colocarse la primera del ramo.

Con los años siguió siendo el hijo del dueño –ese era su título, esas sus funciones- hasta entrar en edad madura. El padre era la columna, el faro, la dirección. El hijo era el mediador entre el padre y sus empleados. Cuando algún empleado estaba en falta o cometía un error, la costumbre era hablar con él: "- Que no fue adrede, que un descuido, que no volverá a suceder. Que ayúdame, por favor, que tengo familia. No me dejes solo." Y él hacía lo propio porque con el tiempo se dio cuenta que era lo que mejor sabía hacer. Lo otro era confirmar números y papeles.

Cuando murió su padre heredó la empresa y todas las demás propiedades. Su hermana no se interesaba por estas cosas de negocios y bienes. Sólo le importaba su asignación. Mientras menos se enterara de problemas, para ella mejor. Las cosas debían continuar así. No obstante, lo impensado: contrató un administrador. Era consciente de que no tenía las cualidades de su padre. No solamente esto sino que el trabajo no le retribuye como a él. Para el padre, era su forma de realización, la única que había conocido, la única que tenía. Habría trabajado aún tuviera que pagar por ello. Era su obra de arte. Para él es otra historia. Esto de estar llamando para cotizar piezas y organizar pedidos y transferencias es aburrido, tedioso más que complicado. Problemas de todo tipo, desde suplidores irresponsables hasta deudores morosos. Clientes quisquillosos, señoras estúpidas, gente instrascendente que encuentra en sus carros un objeto de adoración. Los empleados son cada uno un problema diferente. Nada agradecen, trabajan a cambio de dinero y sólo el dinero paga su lealtad. En realidad, más que falta de energía, no hallaba satisfacción en ese trabajo. No le encontraba propósito, sentido, gusto. Mejor que el administrador absorba todos estos rayos y centellas. Se le proporciona un paquete bien atractivo, y él se retira a lo que le gusta: la cocina.

Cocinar no es lo que se piensa. La gente cocina para comer. La verdadera comida debe producir éxtasis. Si no lo hace, no es suficientemente buena. Comer tiene los mismos principios del buen sexo. Se deben usar todos los sentidos y, sobre todo, el alma. Cuando se come la comida así elaborada se le hace el amor. Se la ve con deseo, se acaricia como si fuese una piel fresca y suave. Se mastica lenta, cuidadosamente, haciendo que cada milímetro de la boca participe en la fiesta, y sólo cuando se rinde exhausta como una mujer entregada, se traga. Entonces se cierran los ojos para sentir el latido en las paredes del esófago. Eso es comer. Para eso se cocina. Lo otro es... sobrevivencia.

Tiene una cocina completamente equipada. Muchos libros. Y todos los ingredientes, criollos e importados. Y todo el tiempo del mundo. Se prepara un whisky dieciocho años en las rocas. Nada de ruido, una música suave de fondo. Empieza por picar el ajo en rebanadas muy finas, traslúcidas... Pero no todo es lo que se ve, no hay felicidad completa. Sus problemas comenzaron temprano cuando se casó con una mujer esquizofrénica paranoica. Se casó como se casan los ricos: sin pasión. Acaso gusto, más comodidad que conveniencia. Una mujer blanca, delgada, de pelo claro. Nada de curvas, volumen o desbordamiento. Una mujer recta y correcta. Eso sí, de las mejores familias. Los ricos combinan apellidos y fortunas. Lo demás corre solo. Finalmente nadie resiste la fuerza avasallante del dinero. Cuando los hijos todavía estaban pequeños arrancaron las penas. La mujer empezó por desaparecer. Primero una tarde entera, hasta las ocho de la noche. No sabía explicar donde andaba, no se acordaba. ¿Andaría con otro? Esto lo pensó con gran indiferencia. Si era el caso, se puede arreglar como se arreglan los negocios: con dinero. Pero no, nada de eso. Lo investigó: se iba a un parque de la Zona Colonial y ahí se quedaba sentada sola por horas, triste, abstraída, mirando el piso. Regresaba cuando empezaba a oscurecer. Otro síntoma de una enfermedad que avanzaba rápido es que se saltaba baños, y cuando sí se bañaba, lo hacía mal. Se quedaba con pegotes de jabón entre el pelo y las orejas. No se peinaba, se aplastaba el cabello con las manos. Y empezó a mostrarse extranjera con las personas de su entorno. Con sus padres, con sus hijos, con él mismo. La empezaron a medicar.

Apenas comienzan las penas: cuando el hijo menor

estaba próximo a cumplir los dieciséis, una de las mucamas lo encontró una mañana colgado de la ducha. Se había suicidado, aparentemente, porque era homosexual. No podía soportar su condición, no se aceptaba. Increíblemente, nunca lo sospechó. De hecho, nunca se imaginó que su hijo tuviera ningún tipo de problemas pues... lo tenía todo: casa de lujo, con piscina, sirvientes, viajes, escuelas bilingues, carros, yate. ¿Qué más podía querer? ¿Porque era maricón? ¡Carajo! Y él, ¿en qué estaba pensando, pues nunca esa idea le pasó por la mente? No era un muchacho brusco y rudo, sucio como son otros. Era blanquito, finito, rubito, pero él mismo había sido así en su infancia. Nunca le vio indicios, nunca le sorprendió un gesto, una mirada. Nunca lo pensó, nunca se dio cuenta. A raíz de esta tragedia se deprimió profundamente y empezó a beber en abundancia. Necesitaba poner distancia emocional a la triste decisión de su hijo adolescente. La mamá no se dio por enterada, ya estaba demasiado perdida en los laberintos de su mente. Pero falta más, mucho más.

Un día empezó a sentir que faltaba dinero en la billetera. Siempre llevaba bastante efectivo, unos veinte billetes grandes. No podía decir con exactitud cuánto tenía en cada momento pero sí con excelente aproximación. Empezó a percibir –más que a notar, que sucedería luego- que faltaban dos o tres billetes. Si se sacan dos o tres billetes de entre veinte, no se siente mucho, pero si se sacan de entre cinco... De manera que al principio no se dio cuenta.

Ese día estaba consciente de que habían seis billetes, seis billetes nuevos que había metido prolijamente en la billetera. Se acordaba perfectamente puesto que había estado en el banco y cambió un cheque por esa cantidad exacta. Y al mediodía faltaban dos. "- !Carajo! ¿Se me habrán perdido? Pero, ¿cómo? ¿Cómo se salen solos dos billetes de la billetera? ¿Caminando? ¿Será que compré algo y no me acuerdo?" Hace memoria. Repasa mentalmente lo que ha hecho desde que salió del banco. Pero si no fue a ningún lado. Del banco se fue a la casa. "- ¿Nena?" Imposible." Nena –la mucama- es una señora de sesenta años de los cuales tiene más de veinticinco con la familia. "¿Y entonces? ¿J (la mujer)? Pero si J no sabe en qué planeta anda, no tiene consciencia de nada. Desde hace tiempo no maneja dinero. No sabe leer la denominación, no entiende para qué sirve..." Sólo queda la posibilidad de F (el hijo mayor). "Pero, ¿por qué? ¿Para qué?" F tiene todo lo que quiere, todo lo que necesita. Por supuesto, dentro del marco de lo razonable. Para que eche gasolina, coma en la escuela, salga de noche. Todo lo demás se lo compra él directamente. Así que no necesita dinero para más nada. "- ¿Para qué? Aunque puede ser que..." Aquí mejor detener la especulación. Las cosas están suficientemente mal como para pensar en problemas adicionales."- Si se perdió el dinero, pues se perdió. No es gran cosa. Ahora pensemos en algo interesante." Y pone una sartén con algo de aceite de oliva a fuego rápido: "- Vamos a hacer unos canapés de espárragos y ricotta."

Hasta que una tarde se entera de golpe para qué F necesita el dinero. La casa está en silencio. Demasiado silencio. Había puesto el jazz muy bajo. J duerme, Nena anda lejos en el patio. "- ¿Y F? ¿Está en la casa?" Pensó que por el silencio no, que andaría en la calle. Al cabo, entra y sale tantas veces que uno nunca sabe. Dejó hirviendo una pasta y subió a las habitaciones. Lo guiaba la más inocente curiosidad. Simplemente quería saber si F estaba. No quería hablar con él o preguntarle nada. Descuidadamente abrió la puerta de su habitación en la sospecha de que no estaría porque desde fuera no se oía nada. Así que abrió sólo para verificar, con la intención de abrir y cerrar inmediatamente, con el mismo impulso. Sin embargo, cuando abrió encontró a F tendido en la cama. El brazo derecho colgaba en el aire, la pierna del mismo lado caía y el pie tocaba el suelo. Lleva los zapatos tenis de siempre. El resto del cuerpo descansa en la cama. En la mano izquierda sostiene una pipa de crack de un color amarillo moco en la bombona y vetas de negro en el pitillo. F mira el techo tontamente, completamente ido. Ausente. No se percata de que ha entrado y lo observa. No oye, no siente, no ve. Su voluntad está en otra parte. Su yo se había disuelto en una brisa tenue y fresca, fragante, que lo transporta a todas partes. Que lo atomiza, lo diluye. La necesidad desaparece, el deseo, la responsabilidad de la existencia. Se vuelve nada, placenteramente nada. Y la mente es un hueco de nada. Una fina sonrisilla se dibuja en su boca. Sus ojos miran pero no ven. Bien abiertos, las pupilas dilatadas, las venillas enrojecidas, arañas de patas carmesí. Nada en otra parte, en la tierra de la negación y la nada.

Se lo queda mirando larga, profundamente. Tristemente. Hubiera querido penetrar a su cuerpo para hablarle. O, mejor, a su pensamiento, a su pensamiento ausente. Pensó, sin embargo, que si F no tiene discernimiento, si no es capaz de razonamiento, ¿cómo explicarle nada? Además, ¿existe una única lógica? El razonamiento discurre en distintos planos. El más superficial es el de la lógica formal. Este lo entiende todo el mundo –casi-, como cuando uno pide: "alcánzame la sal". Pero hay otros niveles de intercambio en los que somos supinamente ignorantes, torpes, tozudos. Como cuando él mismo se pregunta silenciosamente, desde lo profundo de su consciencia: "¿por qué la muerte de papá me fue tan indiferente? ¿Por qué será?" ¿Insensibilidad suya, propia? ¿Rencor? ¿Envidia? Hay tantas cosas que no sabemos. Es decir, que ni siquiera pensamos puesto que no tenemos la habilidad de traducirlas a una idea. Son sentimientos, sensaciones, difusas, confusas, lejanas, escondidas. En este mundo subyacente no hay inteligencia.

La pipa de crack lo dice todo. ¿Qué más saber? ¿Qué más preguntarse? Caminó mecánicamente hacia F y con delicadeza se la quitó de entre los dedos. No la miró, la sostuvo en la mano y de repente quiso que la pipa le hablara mediante el tacto. Que le hiciera la historia: "- ¿Por qué? ¿Qué busca F? Explícame." Pero la pipa no habló. Por alguna razón no se sorprendió ni se acongojó de que F usara drogas. "- Después de tantas cosas, una más..." Intuía sus circunstancias. aquí hay un problema de fondo, de origen. Todas estas cosas no son, no pueden ser casuales. Es algo hereditario. Una hormona o un gen, algo que impide el camino de un cerebro a un comportamiento habitual, a ser como los demás. No es que sea de por sí muy deseable. Tener un hijo sucio y rudo, deportista, por decir. O delicado e inteligente. Un músico, quizás. Pero si la locura se pudiera mantener a una cierta distancia. A raya, que por lo menos no lo destruyera todo. Disfrutar de sus beneficios, sentir la vanidad de lo nuevo y extraordinario, de la diferencia. Pero no, viene con su peor cara, con la expresión más cruel y definitiva. Ya estaba preparado. Desde hacía mucho tiempo sabía que esto no va a terminar bien. No hizo más. Cuidadosamente dejó la pipa en la mesita de noche y salió del cuarto.

¿Qué puede hacer? ¿Increparlo? Mueve la salsa con una cuchara de madera. La mirada sobre el guiso pero el pensamiento en otra parte. ¿Regañarlo? ¿Pelearle? ¿Amenazarlo? Nada de eso servirá. ¡Qué mala suerte! Es una maldición, una maldición residente en el cruce de sus genes con los de su mujer. Lo mejor es no hacer nada, no reaccionar. Seguir como si nada hubiese pasado. Que las cosas fluyan y esperar hasta donde lleguen.

Cayó, eso sí, en un estado de profunda melancolía. Era una cerrazón en su intimidad intuitiva –pensar lo menos posible-, mateniendo una cierta alegría por el hecho de estar vivo y tener lo que tiene. Darse algún ánimo. " - Sólo hay que ver alrededor: ¡hay de todo!" Pero no podía evitar una tristeza profunda e hiriente por el abandono y la distancia a que se encuentra su propia gente, su sangre. "- ¡Caramba, qué mala suerte!... Le falta un punto de sal, quizás una semilla de mostaza. Pero está bien." No había devuelto varias llamadas del administrador. De hecho, se le había olvidado del tema. El negocio está lejos, es parte de otro sueño del que no recuerda mucho. "- Ya está. A comer." Prepara la mesa. No con lujo pero sí correctamente. Mantel tejido recién lavado. Tres posiciones. Manteles individuales, pozuelo para sopa. Servilletas en su aro. Se sirve para él solamente pues sabe que J come -cuando come- en la habitación. Y F cuando se acuerda, en realidad cuando su cuerpo escuálido no le deja escapatoria. Prueba un par de cucharadas para catar y deja intocado el resto. Nena levantará la mesa más tarde, antes de irse a acostar.

F empezó a pasar largos ratos en la calle. Podía salir sin rumbo a las nueve o diez de la mañana y no regresar hasta las diez de la noche. Llegaba maltrecho, sucio y demacrado. En la cara se le veía que no había comido nada. Flaco en extremo, la cara blanca, cerosa. Aún así, llega y no es que come gran cosa. Abre la nevera y agarra una lata de refresco. Unta algo de queso a un par de galletas y se sube a la habitación. Se encierra hasta el día siguiente. A través de la puerta se oyen los diálogos de la TV. Deja pasar. ¿Qué puede hacer? ¿Reprenderlo? Sería peor. A F se le ve en la cara que no sabe qué ocurre. Se mueve por hilos invisibles, impulsado por una fuerza tenue pero efectiva que le marca cada paso, cada movimiento. No tiene consciencia ni voluntad. El crack es su éxtasis y su descanso, la liberación. La recompensa, el refugio, la única posibilidad de salir de estas cuatro paredes indescifrables.

La cosa fue desmejorando rápidamente. Ahora F pasaba la mayor parte del día drogado, encerrado en su habitación. "- Hoy tengo ganas de unos buenos espaguettis Alfredo. Pero bien hechos..." Se droga y luego se duerme. A las dos, tres horas despierta y vuelve a drogarse. Duerme. Así como hasta las tres o cuatro de la tarde cuando las tripas se le amotinan. Entonces baja y come cualquier cosa. Literalmente cualquier cosa: un pedazo de queso, una galleta con mermelada. Un vaso de leche.

- ¿Quieres comer? Estoy haciendo pasta. Ya sabes, como la hago yo. Mi especialidad.

- Sí, me avisas cuando esté lista.

Pero nunca bajaba. No le interesaba. Lo llamaba un par de veces desde abajo. ¿Para qué ir a molestarlo? ¿No sabemos todos lo que hay? Si le da hambre, ya bajará. La pasta se enfriaba en el plato sobre la mesa olvidada por horas. En la noche Nena la tira a la basura.

Una noche hace berenjenas bolognesa. Un plato sencillo pero que hay que saber para que quede insuperable. Como siempre, el secreto está en la salsa. La carne se deja marinando en la nevera de un día para otro... Tocan a la puerta de la calle. Bueno, no es que tocan. Alguien está agarrado a la puerta de hierro por dos de los picos de arriba y la zarandea. Grita: "- Señor, señor" con voz angustiosa. Como si lo atacaran, como si estuviera herido. Se apresura a salir. Está en bata y pantuflas pero no importa, pasa algo. Cuando enciende la luz y se acerca, se da cuenta de que es F. Se queda frío, estupefacto. Tiene la mirada completamente perdida, está confundido. El rostro muy blanco, los ojos perdidos, el pelo mojado escurriéndole sobre la frente. ¿Habrá peleado? ¿Lo habrán atropellado? "- Señor, ¿aquí es que vive F?" Sintió el impulso de llorar pero se contuvo. "-Pérame, déjame buscar la llave." Y se volvió presuroso a la casa. Las llaves no estaban donde siempre. Buscó sobre la meseta de la cocina.

Tampoco. En la mesita de la entrada. No. Finalmente las encontró en la vitrina del comedor. Salió rápido a la puerta pero cuando llegó ya se había marchado. Se vistió rápido y lo salió a buscar. Luego de mucho rato lo encontró durmiendo en un zaguán arropado con una tapa de cartón. Dormía con el sueño plácido de cuando niño. Lo cargó en brazos y se lo llevó a la casa. Cuando lo dejó en la cama, ahí mismo, sentado en el borde y apoyando la cara en una mano, lloró como nunca antes lo había hecho. Nunca su dolor había sido tan grande. La sensación de abandono, de soledad, de confusión. De impotencia y frustración: no tenía la menor idea de cómo lidiar con este problema. No tenía con quien hablar, a quien preguntarle. Y el mundo –su mundo- se desgajaba y se caía a pedazos. ¿Qué hacer? ¡Carajo!, ¿qué hacer? Lloró hasta que no tuvo más lágrimas. Entonces se sintió mejor.

La muerte vino a resolverle todos sus problemas. Fue una muerte buena, sigilosa, delicada. Murió mientras dormía, en algún momento de la larga noche. Seguro que no soñaba porque, si lo hubiera hecho, no habría quedado con esa expresión de profundo descanso. Tantas imágenes inquietantes que corrían desbocadas por su pensamiento, como ánimas en pena. Una: la expresión perdida de J, ahí, al frente. Los párpados hinchados, la mirada exhausta. A esto saltaba la de G colgando de la ducha, con un cinturón azul de nylon atado alrededor del cuello. Su barbilla pegada al pecho, su carita de ángel, de cuando tenía seis o siete años. Aquellos ojos grandes azul acero con pestallas tan negras, abiertos de par en par dando la bienvenida a la vida. Y ahora cerrados, eternamente cerrados. Ese color blanco pálido, vacío, sin sangre. De aquí a F completamente perdido en su pensamiento, incapaz de recordarlo siquiera a él, su padre... Su muerte fue un acto de misericordia.

Nena lo encontró al día siguiente. Pudiera decirse que lo esperaba. Cuando lo vio, dio gracias a dios por él, porque todo había acabado. Finalmente lo sacó de tanto tormento. Nena no tuvo que hacer gran cosa. Descansaba recto, con los brazos a los lados y la cara ligeramente ladeada. Le subió la sábana hasta el pecho y la estiró un poco. Enderezarle la cara. Ya está. Tenía expresión de paz. Qué bueno porque su vida –apenas cincuenta y dos años- había tenido de todo menos eso. Avisó al administrador y éste a la hermana. Entre los dos se pusieron de acuerdo. La hermana sólo quería garantizar su renta. Para el administrador, un golpe de suerte fenomenal: de repente queda como el dueño de facto de una empresa de abolengo. ¡Ironías de la vida! Cómo se empiezan las cosas apelando al honor y el orgullo y terminan después entre la tragedia, la desidia y la codicia. Al final de la conversación, casi se les olvida que hay que enterrar a G padre. El administrador no puede contener su entusiasmo, se le sale por las orejas: "-Despreocúpese. Déjeme todo a mi. Yo me encargo..." La hermana volvió a la comodidad de su ausencia. El administrador le organizó un funeral de lujo. Una caja enorme de madera preciosa bellamente veteada y lustrada, con incrustaciones doradas y grises. G padre iba de perfecta gala. El pelo engominado peinado hacia atrás (en vida lo usaba de lado), color en las mejillas y los labios. La capilla olía a agua de rosas. J y F fueron de luto. En esto tuvo que intervenir Nena. La gente –casi todos amigos del padre-buscaba perdida a quien ofrecer las condolencias. De nuevo Nena se creció y actuó como edecán. Identificaba a quienes llegaban y los conducía hacia la viuda y el huérfano.

Luego de enterrado G padre, el administrador –que pensaba en todo, faltaba más- tuvo la astucia de fijar una asignación holgada para la casa. Que no falte nada. Mejor: que no se sienta nada. Mientras menos ruido, mejor. Los peligros acechan en todas partes. Puede andar por ahí algún tipo de deudo, un hijo ilegítimo, un hermano desconocido. ¡Los primos! Una sobrina. ¡Hasta un amigo! Bueno, mejor no pensar en nada de eso. Después de la tempestad, todo bien, todo en marcha. Los negocios como siempre. Confirmó a Nena en su posición y le hizo un aumento de sueldo sustancioso: "- Para que ponga el mejor enpeño en sus labores de siempre." También esto Nena lo esperaba. No era difícil adivinar la cadena de acontecimientos. Aunque no todo, porque la próxima vez que F salió a la calle ya nunca volvió.

En este punto pierdo el rastro. Lo último que supe es que vendieron la casa. Han pasado muchos años, como veinte. Quién la vendió y cómo, no lo sé. No volví a saber del administrador (la empresa sigue pero no sé quién es el propietario actual), de la hermana, de la esposa o de Nena. De F sí, lo veo a menudo en la Zona Colonial. De hecho lo vi no hace muchos días vendiendo unos foquitos chinos de colores. Al principio –es decir, cuando primero se hizo a la calle- para él fue muy duro porque no tenía conciencia de nada. Y la calle no perdona. Si lo sabrán los locos. Es literalmente una selva de cemento. Te empujan, te pisan, te echan a un lado, te mojan, te escupen, te arrollan. A nadie le importa, nadie se conduele, nadie se acongoja. Pero es un juego de todos contra todos. Es decir, el otro también está obligado a empujar, pisar, mojar, escupir. Nadie pregunta ni se interesa. Andaba perdido en su mente: famélico, sucio, abandonado. A veces lo veía rebuscando entre la basura. Comida, pues su adicción a las drogas ya había quedado por debajo de su enfermedad mental. Sólo los ojos delataban su origen: azul claro cercados por pestañas largas y muy negras. Entre la cara tiznada, veteada de mugre, resaltaban como dos luceros en la noche oscura. Deambulaba sin rumbo fijo pero siempre dentro de los confines de la Zona. Le había descifrado el sonido, los latidos, la vibra. No salía de ese entorno. De basurero en basurero, de zafacón en zafacón. Buscaba. Caminaba descalzo, con los pantalones cayéndoseles mostrando el inicio de las nalgas. Se escondía tras las canchas a dormir. Me imagino que en alguna época también a fumar. Salía y se iba a la playita a ver bañarse a otros muchachos. No podía unírseles por una razón bastante obvia: ellos eran indigentes, únicamente. El, loco. Sólo los miraba y ellos, que lo conocían, lo dejaban hacer. No era riesgo, ninguna amenaza. Así pasaron años en que a veces se le veía seguido y luego transcurrían meses en que andaba desaparecido. Una vez me pasó por el frente y lo llamé. Le digo: "- Mijo, pero ¿cómo estás? ¿No me recuerdas? Yo soy tu vecino, el que vivía en la..." Se me quedó mirando con curiosidad, como si le hablara un objeto. Una silla, una mesa. O el gato. Parpadeó y me sonrió, pero no me contestó nada. Y se marchó como que sorprendido. Me dejó con esta angustia de muerte que no puedo resolver: ¿dónde quedó el muchachito aquel que yo conocí? ¿Adónde va el pasado?

La rubia de los perros

¿Loca? ¿Quién es la loca? Es innegable que hay enfermos mentales violentos, agresivos, homicidas. Aún peor, los hay con instinto asesino, predadores, carroñeros. Una historia larga de estos casos. En uno de estos –sucedió en Estados Unidos-, un demente iba al cementario a desenterrar los muertos recientes. Se los llevaba y hacía toda clase de "objetos" –es la interpretación de este lado- con sus partes: pantallas de lámpara, pisapapeles. O bien colgaba sus cabezas de un travesaño con un gancho. Esta es la evidencia de su comportamiento, es decir, su aspecto externo. Los motivos siguen siendo desconocidos. Se especula en cuanto el carácter utilitario: hacer "cosas", es decir, construir objetos habituales. Pero esto es como pensar que un oso quiere un adorno porque deja un gajo de carne colgado de una rama.

No era un asunto sexual, que se excitara jugando o fantaseando con la víctima moribunda o su cuerpo. Más bien se movía mecánicamente dirigido por su fantasía, imágenes interiores que lo compelen hasta llegar a ver al bosquejo de su idea inicial. Mató a su abuela para –presuntamente- hacer una lámpara. De nuevo, esto de adornos es un decir porque su casa era la cueva de un lobo. Un olor insoportable, nauseabundo. Trozos de carne dispersos por doquier. Miembros corporales en distintos grados de descomposición. Moscas por miles de miles... ¿Cómo caracterizar el asunto? Una idea es fijar un punto, y plantear otros varios puntos en torno al primero, a distintos radios. Como si fuera un reloj, con la diferencia de que las marcas horario estarían en distintos círculos concéntricos. Un enfermo mental puede representar la nada, como vimos algunos ejemplos antes. El vacío, la ausencia de pensamiento. Esto puede apreciarse en la falta total -o casi total- de movimiento. O en la reiteración infinita de lo mismo. Un enfermo que se mueve y un enfermo que es peligroso son cosas distintas. Hay el que agrede por defensa, como los animales. Y puede ser muy peligroso, justamente como los animales. Puede acumular energía defensiva por mucho tiempo: miedo, pánico a ser dañado y sentir dolor, y expulsarla toda por completo en un instante. Una explosión, pero una explosión defensiva. Hay otros, los que ven el peligro en sus mentes cuando afuera no hay nada. Sin embargo, cuando un ferrocarril se nos viene encima vemos el peligro que se aproxima y sentimos el impulso de escapar, la adrenalina que inunda nuestro cuerpo. ¿Quién dice que el ferrocarril no viene porque no lo vemos? Hay los que actuan por mandato, como un músico que toca leyendo una partitura. Pero para ellos el mundo exterior son sólo cosas, objetos. No tienen idea de la subjetividad, de que hay ahí afuera personas que piensan y que sienten. De hecho, ellos tampoco se sienten como personas. Son como la vigilia de los animales: natural, efectiva, amoral. ¿Qué puede sentir una leona cuando mastica un pedazo de su víctima que todavía muge? Locura es la distancia que hay entre la convicción y el mundo exterior, consensualmente objetivo. Nada más. Y sobre este fenómeno simple se erigen muchas distintas clases de locura. Ahora el punto importante: el loco no conoce la maldad, cuando la maldad es la locura del cuerdo.

¿Quién es el loco? La primera vez que la vi fue en la esquina de la Lincoln con 27. Estaba parada en la mediana y pedía a los carros detenidos en el alto con la mano extendida. Eran las dos de la tarde y caía un sol demoledor. Pedía tímidamente, diríase con vergüenza. Con miedo. Sonreía, y su cara irradiaba una forma de gracia. Sólo que su sonrisa era tonta. Los ojos claros, luminosos. La cara sucia. El pelo oro oscuro caía hasta la cintura a chorros como cuerdas desatadas. Vestía trapos, literalmente. Trapos sucios. E iba descalza. Era una niña de acaso catorce años. Y llevaba un embarazo de seis meses. ¿Quién es el loco? Luego me lo contaron: los jóvenes de los barrios se iniciaban, jugaban con ella. La violaban en grupo, como jaurías hambrientas. Se cebaban contra la más absoluta inocencia porque no sólo era una niña sino una enferma mental. Resultado de esas tantas violaciones quedó embarazada. Entonces desapareció por un tiempo. Aparentemente, luego del parto entregaron el niño en adopción y a ella le practicaron una histerectomía. El mejor favor que pudieron haberle hecho. A los dos o tres años reapareció. Caminaba muy despacio cargando una mochila inmensa. Debía estar llena de papeles o de bolsas vacías porque era muy voluminosa y ella no hacía gran esfuerzo. La cara sucia. Se envolvía la frente con una de las bolsas, como una bandana. Los harapos de siempre. Descalza. Seguida por tres o cuatro perros.

Con el tiempo se transformó, increíblemente se hizo mujer. Al principio sorprendía su figura: blanca, rubia y muy alta. No es cuestión de prejuicio sino la lógica de los signos. En la fundación de algunos países hubo poca mezcla racial de manera que actualmente sus ciudadanos son más o menos del mismo color. Blancos, negros o amarillos. Y tienen el mismo color de pelo, aproxiMadamente. No es que son iguales. Como siempre, hay altos, bajos, flacos, gordos, anchos, escuálidos. Esto lo hay en todas las razas. Es el color de la piel y el pelo, junto con la silueta general, que es lo primero que ven los ojos. Donde hay un color homogéneo, sólo es posible distinguir entre ricos y pobres, por ejemplo, mediante otros recursos. Como la forma de hablar: la sintaxis, la fonética, la modulación. La gesticulación, el énfasis, el lenguaje no verbal. Hay formas de hablar que proyectan grosería, brutalidad, incultura. Maneras de decir las cosas. Por aquí puede uno discernir en algo quién es quién. La forma de vestir, de conducirse, de socializar. En otros países –incluído éste- es más fácil porque su fundación fue el sometimiento de los aborígenes y los negros esclavos importados por parte de unos conquistadores blancos. Con el tiempo, el poder y el dinero se fueron quedando del lado blanco, el lado de los ganadores. Y con el poder y el dinero, la educación, la cultura, el refinamiento, el arte. Por supuesto que no hay pureza de ningún lado. Las clases gobernantes no son blancas puras, ni siquiera todos son blancos. Como las clases sometidas no son todos mestizos. También hay blancos. Pero en conjunto, si ponemos a los propietarios juntos en un grupo y al lado a los desposeídos juntos en otro grupo, el contraste salta a la vista. Por eso en el Caribe es tan extraño ver una mujer blanca y rubia pululando por la ciudad. Aún una enferma mental. ¿De dónde surgió? ¿Dónde está su familia?

Durante mucho tiempo vivió frente al Museo de Historia Natural, en la Plaza de la Cultura. Estos supuestos centros de conocimiento y cultura, que sirven muy poco para lo que nominalmente fueron creados, son, en cambio, una bendición para los locos. La construcción de esos monumentos –es lo que son- es parte importante del proceso político en el país. Un "iluminado" tiene una idea genial: el pueblo necesita –quiere, reclama- cultura, tener contacto con el conocimiento universal en todas las áreas. Verlo con los ojos de la cara, tocarlo, tenerlo ahí, que sea parte de su cotidianidad. Y el gobierno –dice- se debe a su pueblo. Entonces se diseña el gran proyecto: mientras más atrasado el país, más ambicioso. Un auditorio más grande, majestuoso, de mejor acústica que *La Scala*. Va a destacar el país en el concierto de naciones. Por cierto, el hecho de que no hayan músicos para las orquestas o libros para las bibliotecas es un detalle menor que se podrá componer en el camino. Teatros, museos, monumentos, el objeto particular no es importante. El pueblo se lo merece. Y se gastan todos los millones del mundo en la construcción de la obra, de la obra civil. Se importan piedras, tecnología, telas, alfombras. Todo de lo mejor, de lo mejor del mundo. Vienen especialistas de otros países y explican. Y todo mundo se queda con la boca abierta. De repente, en el centro del Caribe, donde nunca ha prendido la música clásica, la ópera, se va a construir la mejor sala de conciertos de los siete continentes. Y se hacen reportajes, complejos trabajos de investigación. Finalmente se inaugura la obra con gran desplieque de lujo y autoridades: el presidente de la república, su gabinete, el cuerpo diplomático, ejecutivos bancarios internacionales (esto es imprescindible), la infaltable iglesia católica. Una ceremonia digna de los países del primer mundo. Se deja inaugurada y al día siguiente se abre al público. Al principio la gente acude masivamente atraída por la curiosidad y la novedad. Todo es orden y decencia. Hasta los más groseros y vulgares se comportan a la altura. La atmósfera obliga. Todo funciona a la perfección: los aires acondicionados proporcionan una temperatura al punto: agradable, confortable, diríase que elegante. El personal impecable, educado, servicial, delicado, instruido. La gente se mueve aquí y allá poniendo cara del conocedor gratamente sorprendido cuando en realidad sigue a la manada tratando de entender de qué se trata. Desde el principio se nota el contraste entre la cáscara y la pulpa, entre el envoltorio y el caramelo. De que hay mucho en lo objetivo y nada en lo subjetivo. Teatros sin cantantes ni músicos, bibliotecas sin libros, museos sin obras. Pero al final todo mundo feliz. La gente encontró en qué entretenerse por una tarde y los promotores del proyecto santiguaron su dinero.

Luego de la inauguración y el entusiasmo inicial, la caída describe una curva bien definida y mejor conocida. Empieza por el desinterés del público. Los que en la inauguración anduvieron con actitud de expertos, lo mismo que los que fueron por la novedad, simplemente no regresan. Nunca vieron nada que fuera de su interés. Imposibible decirlo en voz alta pero impensable volver. El museo se va quedando para diletantes y estudiantes. Y los empleados, que tienen ahí un trabajo fácil y cómodo que no tenían hace pocos meses. Hasta que empiezan los problemas operativos y presupuestarios: una gotera que no ha podido ser reparada, un sanitario que deja escapar un olor insoportable y no ha habido plomero que de pie con bola. Tardanza en la asignación, atraso en el pago de salarios, cuentas por pagar que se acumulan. Disgusto entre el personal, visitantes que se quejan. Empieza el mal comportamiento de los estudiantes: desorden, bulla, escándalo. La visita al museo se convierte un recreo temático. Los empleados toman la típica actitud de "trabajo como me pagan." De ahí a la ruina es un solo paso: edificios vacíos, deteriorados, los plafones caídos, paredes enmohecidas, agua en el piso. De los potentes aires acondicionados de la inauguración sólo quedan los huecos o las marcas en las parades en donde una vez estuvieron. Es entonces cuando resulta patente que el edificio fue diseñado para un gasto intensivo en energía eléctrica, el insumo más caro dentro de un presupuesto particularmente magro. Pero el secreto está en la primera construcción, no en que funcione y continúe. De hecho, esto último puede resultar contraproducente. Lo inteligente es construir, destruir y volver a construir. Los Estados Unidos hace guerras, nosotros hacemos museos imponentes para mantenerlos vacíos. El principo sigue siendo más o menos el mismo. Un guardian solitario saca el agua que se posa en el piso, por la lluvia que entra por las ventanas y las goteras. Siempre acompañado por del ave nacional que ronda las edificaciones públicas: un soldado del ejército arrastrando un rifle desvencijado y mohoso como lastre del pasado colonial. Látigos, garrotes, sables, trabucos, los instrumentos de nuestra civilización. Los encontrará sin falta lo mismo en el Monumento a Montesinos que en la Biblioteca Nacional. Cuidando la cultura. Aunque, ¡cuidado! En su ruina, los museos son el mejor hábitat para nuestros locos. Lo tienen todo: agua, jardines, espacio y soledad. Allí nadie los molesta.

Se mudó, no hace mucho la acabo de ver en la Zona Colonial. La Zona es en gran medida tierra de nadie, tierra marginal. Muchos negocios cerrados, casas vacías, y el descuido urbano que conviene a las ratas y a los locos. Basura en todas partes. Se sentó en la acera. Esta vez llebaba una bolsa llena de cosas. Y un solo perro con un collar rojo, amarrado con una soguita de gangorra. Se sentó ella, se sentó el perro. Luego el perro se recostó contra la pared. Ninguno lleva prisa. Ella mira alrededor. No ve nada porque nunca ve nada. Si pasan o miran, no le importa porque no ve. Entonces se estiró y empezó a acariciar su perro en el cuello. El perro se deja. Pero no mueve el rabo: está acostumbrado a sus caricias, el amor de su dueña es seguro. Se arrastró más cerca y le dio un beso en la mejilla. Un beso en la mejilla. Si es capaz de amar, es capaz de sufrir. Si tan sólo pudiera uno escoger los hilos que la atan a la realidad. Quedarse con algunos y soltar los demás. Sólo me pasó por la mente: "- Por favor, por piedad, que no se acuerde de su hijo."

Ivonne

Desde el principio el hombre se ha admirado de su capacidad de pensar y, a raíz de ésta, de la irrealidad de la realidad. Ciertamente, pensar es extraordinario porque independiza del entorno, de lo exterior y concreto. De hecho, dar cuenta de lo exterior y concreto es ya, de por sí, extraordinario y necesita del pensamiento. Pero además nos permite ir adonde nunca hemos estado, transportarnos al futuro, hablar con quienes no existen o quienes ya murieron, y cambiar el pasado a nuestro antojo. ¿Qué mejor que el pasado purgado de sus malos momentos, del dolor y las espinas? Es vivir sin esfuerzo, quedarnos del lado del placer. Pero, ¿existe esto realmente? ¿No será producto de nuestra imaginación? Amanece un día y se siente uno confundido. ¿Cuál es el propósito? ¿Quiénes son aquellas personas que se mueven a lo lejos? ¿Qué hacen? ¿Para qué? Los conozco y no, porque no se lo que piensan y sienten. Es más, probablemente ellos tampoco sepan lo que piensan y sienten. Sólo hacen, como las vacas. Pero yo también, ¿qué hago? ¿Qué pienso? ¿No es más real lo que sólo pienso aquí ahora que lo que sucede al otro lado del mundo? De aquello no se y nunca me enteraré. Es gente de otro planeta. Voy al espejo a mirarme para saber quién soy, pero mientras más me miro más extraño me resulto. Hay dentro de mí otro alguien que siento más yo que el que miro al espejo. Esa imagen es un impostor. No obstante, ése es al que conoce la gente. Al que saludan, al que llaman, al que estrechan la mano y besan. Pero yo, yo estoy adentro. Desconocido, pero el que sabe. Yo se de ese otro yo, pero él no sabe de mí. A veces tan sólo me intuye.

Si el pensamiento es más plástico y capaz que lo objetivo y concreto, la realidad no puede estar allá sino de este lado. Lo de fuera sin quien lo piense simplemente no existe. Desaparece por inanición. No existe porque no tiene nadie quien lo piense. Se muere de absurdo, de tristeza. Por eso para Platón la realidad exterior son sólo sombras. La realidad es interior. El mundo es lo que sentimos. No obstante, la mente se pierde. El mismo color exacto tiene distintos tonos para gente diferente. Por qué unos lo ven más claro y otros más oscuro es todo un misterio. El hecho es, sin embargo, que lo idéntico es diferente. Una persona enclaustrada por muchos años, cuando sale a la libertad, no puede sino pensar que lo exterior es un sueño y su sueño realidad. Esto una persona encerrada en una celda. Ahora, ¿no es la mente la celda más inexpugnable? ¿No depende la realidad de nuestra mente? Frío o calor depende de la mente como que hay personas que no sienten dolor físico. Hay otras cuyas vidas son un eterno padecer. La mente, todo es la mente. El sentido de la vida, la utilidad de los objetos cotidianos, la felicidad, son todas sustancias que manan de entre la maraña de las neuronas. Entonces, desde la roca de la cordura, del sosiego, de la tranquilidad, ¿no es sabio calcular nuestra locura? Su cantidad, su forma exacta. Su representación. Hay quienes se entretienen viendo un partido de fútbol, o de béisbol. O mirando como dos hombres se descuartizan el rostro en una pelea de boxeo. ¿No es, entonces, inteligente escribir con calma y detalle el teatro de nuestra propia vida? ¿No es importante escoger nuestro personaje, el que mejor nos acomoda? ¿La escenografía, la trama, los tiempos? ¿Nuestros archirivales? Porque finalmente es puro teatro.

¿Será verdad? Dicen que sus cuatro hijos murieron en un incendio en la ciudad de Nueva York. Como prueba de veracidad me piden que le hable en inglés. Que supuestamente tiene un inglés perfecto. No lo he hecho. Aparenta sesenta años pero debe tener quince menos, por lo menos, por lo que dijimos antes que los enfermos mentales son muy avejentados. Muy delgada, escuálida, desnutrida y, sin embargo, con una energía bullente e inagotable.

Por períodos va caminando decidida, rápido, a una diligencia que no sabe. Camina. Cruza calles –sabe cruzar calles perfectamente-. Sigue caminando. Muchas veces cuadras a la redonda. Si ve a uno sentado en la acera, se para al lado, a unos dos metros, como casualmente. Tras unos instantes pregunta: "- Señor, ¿qué hora es?" ¿Para qué demonios puede querer saber la hora? A esto sigue: "- Señor, verdad que hoy es veintiuno?" Y uno le da la hora y, en general, le confirma que es veintiuno. Todos los días son veintiuno. ¿No es esto una maravilla? Que los días tengan el número que uno quiera y que pueda repetirlo. Por ejemplo, hoy es martes quince y mañana miércoles quince. O jueves quince. O miércoles veintiuno. No importa. Sería extraordinario que el tiempo no importe. Aunque lo sería más que no transcurra. "- ¿Usted tiene un cigarro?" "- No fumo." No contesta. Simplemente mira hacia otro lado. Se siente fuerte su olor a orines fermentados de varios días, al punto que tengo que voltear la cara. Se envuelve el pelo con un paño. La cara seca, hundida en los carrillos porque no tiene dientes. Dos arrugas profundas, como dos cortes, le bajan desde la nariz. La boca es pequeña y sin labios, con muchas estrías en los bordes. La piel dura, curtida. Le habla a uno de los deliveries del colmado: "- Mira, tú, saluda. Ahora te haces el que no me conoces. Invítame un yaniqueque." Grita, vocea para que todo mundo se entere. Pone vulgaridad en el tono, en la dicción. De eso se trata, de molestar, de sacar a los demás de su burbuja de comodidad. "-

No te invito nada, que tú estás loca." Entonces devuelve una andanada: "- Sí yo dizque estoy loca pero más loco estás tú que te la pasas ahí sentado el día entero mejor ponte a trabajar porque por eso está así este país por gente como tú que no trabaja y mira la hora que es y tú ahí sentado sin hacer nada y yo dando vueltas y tú no eres capaz de invitarme un yaniqueque y un refresco...." Algunas veces la provocan de más y entonces la descarga sube de volumen, tono y velocidad. Y la adorna con malas palabras repetidas. Algo así como: "- Sí coño yo dizque estoy loca pero más loco estás tú coño que te la pasas ahí sentado el día entero coño mejor ponte a trabajar coño porque por eso está así este país coño por gente como tú que no trabaja coño..." Se va alejando y, en la medida en que lo hace, sube progresivamente el volumen para que se siga oyendo bien. Finalmente da la espalda y se va. Camina, camina, camina. Vueltas a varias cuadras. Cuadras diferentes. Una escena más en el barrio contiguo. Y en la tarde está de nuevo en el mismo lugar. ¿Y si esta mujer escogió vivir así la vida? Y si desde adentro, desde arriba del yo, dice: "- ¿Loca yo? Pero si yo soy de los pocos que puede escoger." ¿Y no es eso felicidad?

Napoleón[1]

Cuenta uno que cuenta el otro que en el viejo manicomio del 28 había un loco que decía ser Napoleón Bonaparte.

- Soy el más grande conquistador de la historia, en mis territorios no se pone el sol. Europa es mía…

Adoptaba –eso dicen los dos cuentistas- aire arrogante y marcial. El mentón hacia arriba, posición de firmes, la mano derecha sobre el pecho erguido. La actitud no tiene que ver con la figura: va cortado al rape, con manchas oscuras en el cráneo. Una barba de pocos pelos hirsutos y largos terriblemente desaliñada. Habla por entre los dos dientes que le quedan, entre ellos un incisivo desproporcionadamente grande y torcido. Sucio de meses, hediondo.

- Mis soldados me adoran, los reyes se me arrodillan, la iglesia se me postra…

Esto sucedía –siempre según los relatores- en la Era de Trujillo. En una ocasión se presenta *el Jefe* a inaugurar algo en el complejo, una remodelación o una ampliación. Como es de rigor, el Director pasea al insigne invitado mostrándole

[1] Esto es un *remake* de un relato dicho primero por el Dr. Antonio Zaglul, psiquiatra. Luego lo leí de Mario Emilio Pérez, en su columna de picardías dominicanas. Fue cuando me pareció divertido hacer esta recreación.

diligentemente *sus* instalaciones –es decir, las instalaciones del Jefe-. Aquí le muestra los dormitorios. Más adelante, los cuartos acolchados para pacientes en crisis, el dispensario médico, las oficinas administrativas, el comedor... De repente se le ocurre –y aquí es donde empieza la fábula-presentarle al Jefe al presunto Napoleón. Y lo manda a llamar.

Llega el loco todo atolondrado revuelto entre sus desvaríos. La sorpresa es enorme cuando se percata hacia quien lo llevan. Se resiste, pero lo empujan. Lo llevan, ambas cosas a las que está tan acostumbrado: a resistirse y a que lo obliguen. A medida que se acerca va agrandando los ojos como si fueran de goma. Debe ser otra de sus visiones fantásticas. Sacude la cabeza pero no se va. No desaparece. Para él, el Jefe es el poder onmímodo y devastador de la guerra. El filo fino del sable, la frialdad de la muerte, todo entre el sonido y el resplandor rutilante de espuelas, cordones y medallas. Ya frente a él, la sorpresa deviene pavor. " -¿Y yo qué coño hice? ¿Y esta vaina? Nada más que me jodí." Es cuando el Director, sin darle tiempo a recuperar el aliento, se dirige al Jefe:

- Jefe, le presento al general Napoleón Bonaparte...

Y deja la introducción en el aire para esperar la respuesta del interno. Este, con los ojos enormes de sorpresa y admiración, se yergue con la actitud sumisa y servil de un perro apaleado por el hambre y la lluvia. Dice.

- Mi Jefe, usted es el general más grande que ha existido en la historia. Su obra en nuestro país no tiene parangón en el mundo. Sus conquistas militares para mantener nuestra independencia han sido todas memorables. Su servicio a la Patria, sólo comparable a la de los Padres fundadores...

Se deshace en halagos por largos diez minutos. Al Jefe le parece simpática la escena, no le hace mucho caso y continúa con la inspección. Retiran al interno. Finalmente, el Jefe termina su visita y se marcha. El director, que no aguanta la curiosidad, lo manda llamar. Tardan un buen rato pues luego del susto se fue a esconder en un cuarto trasero donde guardan cachivaches. Se resiste como nunca, exactamente como loco que llevan a bañar.

- ¿Ya se fue, ya se fue?

- Sí, sí. Es el Director que te llama.

No se fía. Va asustado, arrastrando los pies, recostándose de las paredes.También los perros le curan la locura. Respira aliviado cuando ve a la distancia al Director solo confirmando lo que le habían asegurado. Finalmente llega, y entonces el Director toma aire de casualidad.

- Pero ven acá, Fulano, y no que tú eres Napoleón Bonaparte, el más grande general de la historia, que los territorios que has conquistado son enormes, que no se pone el sol y blá, blá, blá. ¿Y qué te pasó cuando estaba aquí el Jefe? ¿Se te olvidó quien tú eres?

El hombre piensa un instante. Entonces toma actitud de sabiduría y complicidad. Se acerca despacio al Director y le susurra.

- Doctor, yo estoy aquí por loco, no por pendejo...

La Telaraña

1

> Las arañas (orden Araneae) son el orden más numeroso de la clase Arachnida, séptimo en diversidad total de especies respecto al resto de organismos. Sólo en la Antártica no hay arañas. Todas son depredadoras. (Tomado de Wikipedia)

Se mira las uñas recién pintadas. Mueve los pies lentamente a cada lado, girando, buscando perspectiva. El color está perfecto: naranja chillón. El borde, nítido. No hay cutícula ni irregularidades. El contraste es excelente: realza el blanco lleno y limpio de la piel y la tersura de las uñas. Aunque hay una pequeñísima traslucidez en el anular del pie izquierdo. Le falta un leve retoque.

- ¡Marina! ¡Mariiiina!

La belleza no es suficiente, pero nunca debe faltar. Si le preguntaran por lo imprescindible en la caja de herramientas de una mujer diría: belleza, antes que nada. Pero no os confundáis, la belleza como la sensación profundamente placentera proyectada desde el solo cuerpo físico. En los hombres, la musculatura levemente marcada y una actitud de serenidad inteligente. En la mujer, cintura estrecha y caderas torneadas y generosas. Piernas largas pero fuertes, senos pequeños y firmes. Y una actitud de tranquilidad paciente. Este patrón es el que nos hace sentir bellos. Y, como bellos, deseados. Y, como deseados, poderosos.

De nuevo se ve los pies, los sigue moviendo. El pequeño descolorido se destaca mejor ahora pues el esmalte está casi seco:

- ¡Marinaaaa! Pero bueno, ¿y adónde se fue esta muchacha?

Viene hacia ella, una morena alta y cuadrada, con los muslos como troncos de árbol. Viste un pijama de enfermería y sandalias de goma. Lleva, además, un mandil. Le sonríe desde lejos. No es para menos, siempre le va bien con ella.

- Mira, corazón, a esta uña –la señala- le hace falta un retoquito.

Marina acerca la cara y mira con atención. Ciertamente hay una veta pálida. Se reincorpora rápidamente. No lo parece, pero en este trabajo hay que ser fuerte, diligente, decidida.

- Vengo de una vez. Déjeme buscar el esmalte.

Y se marcha de nuevo. Doña Mirna vuelve a recostarse plácidamente en su sillón.

Cuenta el Génesis que al principio era el caos. Y que dios creó a Adán para que habitara el mundo. Y que para que no se sintiera solo creó a Eva de una de sus costillas. ¿De una de sus costillas?

¿Será cierto? ¿No será un error de interpretación, o de traducción, de esos que hay muchos en la Biblia? Crear a Eva... de una costilla. La costilla es un hueso. Que sirve para proteger los órganos del tórax, vitales, ciertamente. Pero la mujer no está hecha de hueso. La mujer es instinto, intuición, sentimiento. De ahí, cálculo, astucia. Nada de esto sale de los huesos. Dios creó a Eva del cerebro reptil de Adán, la masa más profunda y central, donde anida el instinto de sobrevivencia. Luego lo sedujo –según el relato, inducida por la serpiente- a comer la manzana de la sabiduría, del árbol del bien y del mal. Pero, ¿cómo sedujo la serpiente a Eva? ¿Qué le dijo? ¿Qué le prometió? Sin lugar a dudas, felicidad eterna: bienestar material –no puede faltar-, confort, comodidades. Reconocimiento social, entretenimiento. Control sobre las fuentes de su bienestar, es decir, propiedad, poder sobre Adán. Y la posibilidad de perpetuarse por los siglos de los siglos mediante una larga descendencia. Esto fue lo que le pintó la serpiente a Eva. Ahora bien, ¿qué le prometió Eva a Adán? Fácil: lo más básico, comida y placer. Ambos al momento que él lo quisiera. Adán no está hecho para navegar entre las corrientes procelosas de las sensaciones y los sentimientos, entre tonos y grados, entre cambios e indefiniciones. Entre dos cosas que son iguales y diferentes a la vez, ligeramente diferentes y radicalmente iguales. Adán es macho. Y por ello sólo necesita lo elemental. Pero es Eva tan astuta que no se lo dice con palabras. Ni siquiera con un guiño o un gesto de la cara. Sólo se deja ver la piel. Adán se disloca solito.

¿Y por qué una serpiente, un animal rastrero? ¿Por qué no otra cosa más elegante, una cabra? Más imponente: una osa. Más bella: una tigresa. No, porque la serpiente lo tiene todo a efectos de una seducción fatal. Repta, trepa, salta. Es invisible, silenciosa. Paciente: puede esperar por horas, días, años. Es rápida. Seductora. Astuta. Y, por si fuera poco, letal. Sacar a Adán del Jardín del Edén definitivamente es el trabajo para una serpiente. O para una hermana de sangre: la araña.

- ¡Marinaaaa!

Está sentada en el pasillo de la entrada. A su derecha se ve el ajetreo de las peluqueras: el zumbido de los secadores, humo, y una y otra enrollando y jalando el pelo de las clientas. Hablan sin cesar aunque hasta donde está no llega lo que dicen. Se salió de allí justamente huyéndole al calor. Está indecisa sobre lavarse. Deja pasar un buen rato.

- ¡Marinaaaa!

Ya viene, con su caminar rápido y actitud diligente.

- ¡Mija, pero no me dejes sola!

- No, mi doña. Nunca. Lo que pasa es que hoy es sábado. Y estamos hasta la tambora. Mire usted misma.

En este país, en cada cuadra –barrio rico o barrio pobre- no puede faltar: un colmado, el local de un partido político, un salón y una banca de apuestas. En ese orden histórico de aparición. Las proporciones han cambiado. Antes el local político podía ser una casucha de madera desvencijada con la fachada pintada de un rojo viejo, como casa del Partido Reformista. Quizás junto a un colmado vacío y oscuro, de dos tramos. No había bancas, y los salones eran caseros. Hoy hay más bancas que otra cosa.

Giró y, ciertamente, todas las posiciones –unas diez- estaban ocupadas.

- ¿Se va a lavar?

Recién se había cortado el pelo un par de semanas atrás.

- No sé, hay tanta gente.

Un brochazo y la uña quedó perfecta. Miró con atención: a las demás no les faltaba nada.

- No, nada de eso. Ya hay como tres clientas que están terminando. Cinco minutos, no más. Yo la vengo a buscar.

- Bueno

Y Marina se volvió hacia el calor, el ruido y el humo.

Aquí todo es epitelial, de superficie: piel, uñas, pelo. Luce poca cosa, pero no lo es. Con el pelo se cambia de raza y de nivel económico. Es decir, de status social. ¿Cuál es la condición y la moda entre quienes mandan? Eso marca el modelo, el patrón estético. Y no es sólo el resultado en términos objetivos, para el que existe toda una batería de recursos: pinturas, esmaltes, tintes, aceites, suavizadores, extensiones, dobladores, secadores, pelucas, prótesis. Es que, siendo otra, *se siente* otra. El salto hacia el personaje admirado, adorado. "Y si soy como ella, me siguen como a ella. Me quieren como a ella. Me desean..." Un salón de belleza es un gestor de personalidades nuevas, deseadas, paralelas, competitivas.

Volvió Marina.

- Venga, ya se desocupó un lugar.

La esperó a que se pusiera de pie y entonces la escoltó hasta el asiento vacío. A su paso, las clientas que se cortan o se peinan la miran de soslayo. Los ojos saltan de mirarse a sí mismas a mirar a la peluquera, ambas cosas en el espejo. A inspeccionar y examinar el entorno. Todo sin dejar de hablar con la que le trabaja el pelo afanosamente desde atrás.

- Siénteseme aquí –tocó el respaldar de un sillón-. Yo vuelvo en seguida.

Se sentó, obediente. Entonces empezó a examinarse al espejo. Una cara debidamente ovalada; es decir, no alargada. Perfectamente simétrica, relativamente pequeña. La tez llena y muy blanca. Nariz fina, labios ligeramente carnosos y coloridos. El pelo hasta la nuca, tintado de oro y trigo. Llevado hacia atrás sobre la frente. Un rostro agradable, elegante. Si hubiera estado de pie hubiera visto una figura menuda pero firme y dispuesta. Diligente. No muy alta, no muy robusta. Tamaño medio y más bien delgada. No obstante, las carnes donde deben estar. Senos pequeños pero bien torneados, la cintura bien marcada. Las caderas de mujer. Una mujer físicamente bella a la que se le nota la escarcha de los años. Una mujer elegante, fina, de clase. Nos saltamos los ojos porque los ojos son otra cosa. Mira su propio contorno, el borde de su silueta al contraste del espejo. Las proporciones, bien. Más que bien. Muy atractiva. Satisfecha. Serena. Luego va al detalle. La textura. El color. Bien. No falta sol en la piel ni rubor en las mejillas. La postura. Exacto. Lo que habla no es la cosa sino la actitud. Porque no es el pelo bello sino como se luce. Como se lo vive, se lo encarna, se lo muestra. No es el material de los brazos sino como se utilicen las manos. El movimiento de extensión. Su velocidad, su armonía. La belleza tiene una base objetiva que la da la materia, pero la belleza como pasión sólo la da la actitud, el movimiento, la picardía. Por eso su cara no gira sino que se entorna, sus brazos no se extienden sino que proponen. No camina sino que flota. Como el polen entre los cáñamos. Por eso no piensa sino que conspira. No planea sino que urde. No seduce sino que asesina. Y el deseo se ve en los ojos como la actitud se ve en los movimientos. La única parte de su cuerpo que la traiciona, la única sobre la que no ha logrado control. Por eso, cuando se concentra en pensamientos, ideas, imágenes, debe mirar a otra parte. El plan se le sale por los ojos. Mejor pensar en otra cosa. Ponerlo en un segundo plano. Un sueño lejano, un pensamiento pasajero. Indiferencia. Naturalidad. Casualidad. Y cae el velo amarillo de sus ojos para dar paso al negro intenso, brillante y alegre. Entonces está lista para trabajar. Es decir, para ser.

Aparece a la entrada doña Aidée, una señora algo mayor –sobre los setenta años-, pequeña, delgada, frágil. Se queda viendo confundida mientras nadie repara en ella. Busca una cara conocida. En ese momento se abre la puerta a la calle y entra Sonia con dos bolsas grandes de papel, una en cada brazo. Le habla desde atrás.

- ¡Doña Aidée, pero qué gusto tenerla de nuevo por aquí!

Pone rápidamente las bolsas sobre una mesita al lado del mostrador y va a sostenerla del brazo.

- Venga, siénteseme por aquí.

Empieza a conducirla hacia una de las sillas de la entrada, justo donde antes andaba Mirna.

- Bueno... es que vengo a hacerme algo con este pelo...

Sonia hace la cabeza hacia atrás para agarrar mejor perspectiva. Conocedora, astuta. Comerciante.

- ¡Uhm..., sí! Ese tinte ya está muy maltratado. Y mire, aquí –le agarra un mechón sobre los hombros-, aquí las puntas están abiertas. Usted sabe que el pelo crece disparejo. Ya usted necesita emparejarse. Y bueno, déjeme ver –le toma la punta de los dedos de la mano derecha-. Igual, las uñas también... Vamos a hacerle todo de lo que nosotras sabemos y en lo que somos las mejores. ¡Sin duda!

Gira sin soltarla del brazo y panea la sala.

- Bueno, ¿y dónde anda Marina? –dice preguntándose a sí misma. Las demás peluqueras han reparado en ellas y las miran intermitentemente. Marina aparece por el pasillo con una columna de toallas nuevas entre los brazos.

- Marina, ¡mira quien nos visita hoy! Yo necesito que me trabajes tú misma a Doña Aidée. Ya sabes, me le das todo el cariño del mundo. Lo mejor de lo mejor para ella. Te la encargo. Yo tengo que volver a salir pero vengo en un rato. Ya sabes...- Y le cede a Marina, cuidadosamente, el brazo de la señora.

- Doña Aidée, ¡qué bueno tenerla con nosotros hoy! ¿Gusta un té? Tenemos manzanilla, verde y yerbabuena. Bueno, creo que hay otros sabores porque la señora compró uno de esos paquetes que vienen combinados. ¿De cuál quiere?

La anciana se queda pensando.

- No, ahora no. Ahorita. Ahora me quiero sentar.

- Venga.

La llevó entre el zumbido y el vapor de los secadores al área de corte.

- Siénteseme aquí… Yo vuelvo en seguida.

Y la sentó al lado de Mirna. Ahora Marina tiene un dilema.

Un salón de belleza es la sociedad en pequeño. Una muestra representativa, una disección de su tejido. Hay de todo. Es decir, de todo. Producción, consumo. Inversión, ahorro. Poder. Sobre todo poder. Información. Chisme, intriga. Robo, corrupción. Engaño, ocultamiento. Cariño. Amor. Necesidad. Admiración. Reverencia. Culto. Respeto, miedo. Las peluqueras desarrollan rápidamente y por puro instinto una jerarquía perfecta en función del poder. La distancia entre cada una de ellas y Sonia –que es el eje referente-, y entre cada una de ellas entre ellas, es la exacta. Lo mismo, entre ellas y Marina. Cada distancia es resultado de varios elementos o fuerzas: el talento o habilidad para el trabajo. La actitud, la disposición, la alegría. El don de gentes, la cordialidad, la simpatía. La capacidad de trabajo, de vender los productos, de producir dinero. La ausencia de problemas, de quejas. Y seguramente por encima de todo, que nunca jamás una clienta se queje justificadamente de cualquier actitud, negligencia o maltrato. Porque el principal talento de Sonia es saber ser comprensiva y buena, como debe de ser. Buena patrona, justa, buena pagadora. Ella empezó como peluquera. Hasta saber ser radicalmente severa. Cortar de raíz, al instante, sumariamente. Sin balbuceos, duda o inseguridad. Las peluqueras, entonces, no tienen opción. Es la mano buena, suave, pródiga, por un lado. Mano que nunca las hará estar bien del todo pero que tampoco las dejará sin comida. Por otro, la mano de hierro. Tajante, pesada, severa. O bien, por las buenas. O la puerta para irse a la calle. Así de simple.

- Hola doña Aidée ¿Cómo ha estado? ¿Me recuerda? Soy Mirna del Bosque. Nos hemos encontrado aquí mismo antes.

La mira en ángulo por el espejo mientras le ofrece una sonrisa amigable. Inofensiva, neutra. Se asusta un tanto pues no se había percatado de su presencia. Voltea despacio y la mira con sus ojos pequeños y cansados a través de los cristales gruesos de sus lentes, usando el mismo ángulo de aquí hacia allá.

- Sí..., creo que sí.

Dijo dubitativa. La verdad es que no se acuerda. Pero ya no se acuerda de muchas cosas. En cualquier caso, ¿qué importa? Importante es ser cortés y educada.

- Y ¿cómo ha estado?

Se sintió un poco intimidada. Esto no lo esperaba. Hubiera deseado mejor estar sola.

- Eh, bueno... Bien, bien. Bueno, con los achaques de la vejez...

- Hombre, nada de eso, que usted se ve muy bien...

Iba a dar contenido a su comentario pero intuyó que era mejor contenerse. Sin embargo, se le salió algo mucho peor.

- ¿Y su hijo?

Con esto Doña Aidée se cerró como una concha. Se dio cuenta de su cambio de color y tono. Y de su error, pero ya era tarde. Suerte que Marina regresaba. Venía con una de las peluqueras.

- Doña Mirna, usted conoce a Julia. Ella va a trabajar con usted. Yo me voy a quedar aquí al lado con doña Aidée, que como acaba de llegar le vamos a dedicar más tiempo.

- Ningún problema... Hola Julia, ¿cómo estás?

- Bien, señora

Y empezaron a conversar cada una con su peluquera lo que se iban a hacer.

Lo que no saben las peluqueras es establecer la distancia relativa entre sus clientas, en lo que es maestra Sonia. Para que no piensen mucho –lo mejor-, la instrucción es que respondan con monosílabos: sí, no. Cuando quieran: "¿anjá?, no me diga." Cosas así. Nada de análisis u opiniones. Criterios, perspectivas, sentimientos. Siempre: "¿quiere un café? ¿O un té? ¿Un vasito de agua?" Nada más. Con nadie. Las relaciones públicas las maneja ella directamente.

Sabe que Marina fue a buscar quién la atendiera a ella para ella –es decir, Marina- quedarse con doña Aidée. Cuestión justamente de jerarquía, doña Aidée está por encima. Y eso no es decisión de Marina sino de Sonia. ¿Lógico, no? Doña Aidée gasta el dinero como si fuera hojas de palo. Tiene mucho, mucho más que ella, que no es poco decir. A la vez, no tiene mucho en que gastar, lo que lo multiplica por mil. ¿Qué le puede importar un champú en tres o cuatro mil pesos porque hace o tiene –supuestamente- esto o lo otro? Si costara diez igualmente compra dos o tres potes. Para ella esos gastos son más que insignificantes, inexistentes. Conoce su historia. Viuda dos veces, como ella. Pero diferente. Viuda de un rico cuando se había casado rica, hija de rico. Y viuda de uno todavía más rico cuando se casó todavía más rica de dos ricos anteriores, su padre y el primer marido. Matrimonios sentidos y muy largos. Tiene un hijo, que una vez pensó como… como posibilidad. Pero una presa inconveniente. Irónicamente no cubría el costo. Le hubiera obligado a romper con *el sistema*, y a tanto no se puede llegar… por un capricho. Mejor volver a la cordura y contenerse. Aunque por lo visto no se le fueron todas las ganas. Ahora esta señora se siente la gran cosa con su dinero que no le costó ningún esfuerzo. Y su muñequito de trapo insignificante e inservible. Lo puso al borde de la catástrofe sin esfuerzo. Y si no lo remató fue porque no puede pelear con el señor dinero. Bajo ningún concepto, belleza y poder nunca pueden faltar, son imprescindibles. Entonces no pueden pelear entre sí. Pero tanto que presume de casta e impoluta, su fortuna viene de la dictadura. No es que haya matado, ni ella, su padre, o sus maridos. Pero oían los gritos y nunca dijeron nada. Bailaban acompasadamente al son del Benefactor. Conveniente, aprovechadamente. Con el tiempo, el ocio y la tranquilidad que permite, el dinero fermenta en lo que llaman clase. Es cuando los ricos de alcurnia pierden la memoria. No recuerdan su condición de cuando llegaron al país. Menos de antes, cuando tuvieron que abandonar Europa por hambre. Así mismo, por hambre.

Ya se tranquiliza. Esta anciana no sabe nada de lo que ella sabe. Ni sabe que ella lo sabe. Le debe la vida y no lo sabe. Eso es poder. Eso debe ser suficiente.

2

> Tienen glándulas venenosas en los quelíceros, con las que paralizan a sus presas. Producen seda que usan para tejer redes de caza, tapizar refugios e incluso hacerse llevar por el viento.

La primera vez estaba tan asustado que temblaba. Se le había ido la voz, estaba pálido. Rígido, no se atrevía... Ella se había puesto una blusa blanca que dejó desabrochada. Con la peor intención. Dentro se insinuaban unos pechos pequeños pero muy firmes terminados en dos hermosos botones rosados. Terciopelo para tocarlos, para sentir la firmeza de la carne y la suavidad de la piel. Para recorrerlos en círculos, recogerlos en la mano como fruta deliciosa y besarlos. Chuparlos, mordisquearlos. Lavarlos con la lengua, lamerlos. Dejar que el fuego suba incandescente desde las caderas hasta la boca. Ahogarse en ellos hasta morir. Pero se quedó petrificado mirando nervioso los colores que se asomaban por entre la camisa. Sólo los ojos le bailaban mientras empieza a sudar. Ella toma la iniciativa. Lo mira a los ojos con simpatía, condescendiente. No debe sentir desafío en este momento crítico. Debe ser sabia. Comprensiva, paciente. Lo agarra de la mano y lo lleva a la cama. El camina como autómata, muchacho que no sabe dónde anda. Mejor: adónde lo llevan. Que nunca supo dónde empezó, en qué va a concluir. Tiene ella que ponerlo de espaldas a la cama y empujarlo suavemente para que se deje caer. Y ahí empezó.

Aquello está todo flojo, una media vacía. Lo toma entre las manos, con cuidado. Casi con cariño, como se agarra un pichón. Y se lo introduce en la boca. Le busca los contornos. Lo exprime un poco para que agarre ánimo. Sigue flácido. Vacío, muerto. El hombre está en un ataque de pánico. Entonces, mujer sabia:

- Creo que hace falta algo de música... Y un vinito.

Y deja momentáneamente la faena. Se levanta y va hacia la sala. El siente un enorme respiro. Gana el tiempo que necesita, aunque no sospecha –increíble- que es ella quien le otorga la gracia. Está demasiado turbado como para pensar con claridad. Le resulta tan extraño que un hombre como él se encuentre en una situación como ésta, con una mujer tan fascinante. ¿Cómo fue? Es decir, todos tenemos una cierta idea de nuestro valor amatorio. Aquí cuenta la posición económica, que proyecta el futuro en términos de comodidad y bienestar. O lo contrario. El desenvolvimiento social, extraordinariamente importante para la mujer por constituir el eje de socialización de la familia. Si podremos o no ir al Country Club. La seguridad en sí mismo, esa proyección de firmeza y soltura. La simpatía. La picardía. La habilidad en el uso del cuerpo. Intuitivamente sabemos si andamos más o menos alto en la escala, o si no pasamos la prueba. El sabe que... que en eso no anda bien. Entonces, "¿por qué yo?" Una pregunta que viene haciéndose desde tiempo atrás y a la que sólo le ha encontrado una respuesta lógica. "Le cogió conmigo", pensar que es su capricho del momento. Porque no hay otra explicación. "¿Qué quiere?" ¿Dinero? ¡Por favor! Si, para ponerlo en dos palabras, a su edad todavía anda a la mitad de la hipoteca de un apartamento universitario. ¿Sexo? Seguramente en este capítulo está peor que en sus finanzas personales. A cierta distancia se ve como el contador de costos de una empresa importadora de neumáticos: medio calvo, la nariz larga y puntiaguda sobre la que descasan unos pesados espejuelos. Los hombros enjutos y caídos, el abdomen flácido y abultado. Las piernas demasiado largas. Los pies también. Desgarbado. La última idea que pasaría por la mente de una mujer que lo mira es la de sexo, juego o placer. Pensaría, por el contrario, en algo como... como lo que es: profesor. Es decir, papeles, lentitud, silencio. Aburrimiento, fastidio, sueño. Porque no expresa nada más. Entonces, ¿qué busca? ¿Qué más hay? Porque tampoco es culto. O caballeroso. O divertido. ¿Qué? Queda una única posibilidad: que a ella, por una razón desconocida para él –a lo mejor para ella también- ciertamente le ha cogido con él. Se ha encaprichado. Por no decir obsesionado, porque ella no parece mujer de obsesiones. Aunque quién sabe... No hay más, no hay otras posibilidades.

Desde la sala se empieza a oír un saxofón largo y profundo, suave, confortable.

- Mira corazón, éste lo compré ayer y está muy bueno.

Y le alcanza una copa de vino llena hasta los tres cuartos, como se debe. Le sonríe.

- ¿Cómo te sientes?

Se sentía mejor, mucho mejor. Los diez minutos le han sentado de maravillas.

- Bien, bien. Estoy bien.

Ahora quiere poner un poco como que nada ha pasado, que él también es un gallo... ¡Ah, los hombres, todos iguales! Por supuesto, ella sabe más que eso. Le pone un brazo sobre el hombro y, haciendo esto, le muestra un seno completo. Redondo, blanco, concéntrico. Perfecto. El no puede evitar quedarse viendo ensimismado. Ella sonríe mientras retoma. Suavemente agarra el ave por el tallo y se lleva su cabeza a la boca. El está...

recuperado. Ella es experta. Abajo, hasta que quepa sin forzar, sin intentar más allá. Meter más de la cuenta no da a ganar a nadie. Lo más importante, la presión ejercida por los labios, que sea la exacta de músculos tonificados y firmes. Palpitantes. Sobre todo el movimiento de entrada, el que mejor semeja la realidad. Evitar el tirón de salida, más fácil de ejecutar pero contraproducente. La presión, el deslizamiento, la cadencia. Despacio, con ritmo. Despacio, sobre todo con ganas. Con deseo, con lascivia. Un dejo de desespero es irresistible. La desesperación por comer luego de tanto tiempo en ayunas. Eso es todavía más perturbador. Imaginar esa boca tanto tiempo en silencio penitente esperando exactamente este verso. Un exceso ligero no está mal. Como pasarse un instante en la presión o en la succión. Un arrebato, aunque muy pasajero, de impaciencia.

El hombre anda entre la Vía Láctea y la Vía Apia, tendido rendido, completamente derrotado. ¿Por qué no? ¿Por qué no dejarse llevar? ¿Y mañana? Mañana será otro día, pensemos en hoy, como piensan los borrachos. Lo importante es esto, ahora. Aprovechemos el momento sin preguntar tanto sobre circunstancias. ¿Consecuencias? Es posible. Pero, ¿piensan los borrachos en consecuencias? Por un momento, sí. Incluso en la pregunta recriminatoria: "¿Cómo me pudiste hacer eso?" Pero hay riesgos que valen la pena, hay riesgos que valen la pena aún terminen en catástrofe. Aventuras que sin riesgo dejan de serlo. Y el vino y el cansancio hacen flotar la posibilidad de la conflagración lejos, cada vez más lejos. Hasta que desaparece en la oscuridad de una conciencia ensombrecida. Ahora todo es relajación profunda y un hormigueo ágil en la superficie del cuerpo. Electricidad de bajo voltaje corriendo por arterias, venas y vasos, desde el cerebro hasta las uñas. Baja como oro hirviente. Lava. Oye el chorro pasar por su brazo, dar la vuelta y seguir hacia las piernas. Luego vuelve, sube y se mete en la cabeza. Ganas de estirar los músculos comprimidos, crispados. Un instante sin apuro ni necesidad. Sin ansiedad. Sin preocupación ni remordimiento. La vida en su estado más puro. Entonces ella sube, con la expresión del gato que se acaba de comer al canario. Atrevida. Mala. Perversa. Viciosa. Todavía con plumas entre los labios.

3

> Algunas son realmente peligrosas para los seres humanos. Las arañas tienen longitudes corporales que oscilan entre los 0,5 mm y los 9,0 cm. La araña más grande del mundo es la Theraphosa blondi o la tarántula Goliat que puede llegar a medir 30 cm (incluida las patas).

La primera decisión es si atacar o defender. O esperar a ser atacado. O bien dejar una trampa. Quien busca tiene necesidad. En cambio... Las arañas dejan sus redes al aire, el destino hace el resto. En cualquier caso, la estrategia tiene que ser efectiva. El ataque, rápido. Mortal. No dejar oportunidad. La trampa, en cambio, da oportunidad. Porque todo es premeditado: ¿qué quiere? ¿Qué hará? ¿Cuándo? ¿Por qué? Permite el disfrute desde antes, desde la idea. El placer de la corazonada, el cálculo, el instinto. El orgullo se convierte en soberbia. Finalmente, disfrutar la presa. Devorar con deliete cada una de sus partes carnosas. Masticar despacio, deglutir porciones pequeñas. Relamer, chupar, pasar la lengua sobre los dientes. Y de repente detenerse sorprendida (como las arañas): "¿Qué es esto? ¿Qué hago? ¿Por qué?" Para continuar al instante devorando al enemigo.

Un hombre obvio y evidente, justamente como D., el hijo de doña Aidée, no es digno de su atención. Muy... fácil, digamos. Puede ser adinerado, bien parecido, caballero. Divertido (D. no lo es), interesante (tampoco), culto, inteligente... No es nada de eso. Un hombre de verdad debe ser imprevisible. Es la palabra: impredecible, indescifrable, sorpresivo. Y la mayor parte de los hombres tienen con algo de sexo cómplice. Llevarlos un pasisto más allá. No muy lejos, que se espantan. Sólo allí cerquita, adonde siempre pensó pero se turbaba. Que siempre le queda en la mente luego de concluir con su casta esposa, y que ahoga en la bruma de la culpa y el sueño. Con tantito así tienen, si los hacen cómplices del crimen. Nada resulta más excitante para un hombre mediocre que lo hagan cómplice de un crimen de poca monta. Por esa brecha cuela completa la carga de su frustración.

Todo predador (incluyendo a los tiranos) tiene que practicar. Si no, se oxida, pierde agilidad. Peor, instinto. Gato al que dan de comer, gato que no caza. Hay que practicar, es como se mantienen los músculos a tono. Con presas fáciles, por supuesto, porque se trata de eso, de practicar. El reto grande es aventurarse a terreno desconocido. Absolutamente desconocido, del que no se tiene historia ni razón. En nada hay como la primera vez. Agua en reposo, tranquila y serena. Inescrutable. ¿Será? Porque lo que no se mueve muere... ¿De dónde le llega la vida, y a dónde lleva sus pasiones? ¿Podrá arremolinarse y convertise en feroz huracán? Quizás. Quizás sea sólo... apariencias. Quietud exterior y orgánica, putrefacción. Si no empieza por el desconocimiento no es aventura...

"Este es perfecto", pensó. Quizás intuyó –mejor que pensar- puesto que la idea es compleja como para sintetizarla en un solo punto. ¿Atractivo...? Pues sí, aunque no bien parecido, que son cosas diferentes. Obviamente, lo que llaman un profesor emérito. Un académico desde antes de los ocho años. Limpio, organizado, disciplinado. Puntual. Responsable. A la vez, averso a toda vida exterior. Debe vivir dentro de su piel como si su interior fuera todo universo. El único que le reporta calor y comodidad. Afuera todo es riesgo y peligro. Así tiene una visión en esferas concéntricas: mientras más al centro, mejor. El instinto es volver al centro, una permanente centrípeta. Dentro de sí, luego dentro del aula, dentro de la facultad, dentro del campus. Dentro de la familia, dentro de la casa. Oponiéndose a todo que lo aleje del centro de gravedad. Caerle de soslayo. Está solo en una esquina sin esperar que nadie se le acerque y sin intención de moverse de ese preciso lugar. Una lámpara a la que se le podría colgar un sombrero en uno de sus focos. Cosa de ir acercándose como empujada involuntariamente por la marea. Tiene un vaso por la mitad de un whisky al que se le han derretido los hielos. Ella también tiene uno, pero nuevo.

- Bueno, al parecer el acto ha sido todo un éxito.

La miró con sorpresa. No se había dado cuenta de su presencia. Tampoco imaginaba que nadie le iba a hablar.

- ¿Disculpe?

- No, digo, que la actividad ha quedado muy bien. Mucha gente, bien organizada, todo mundo contento...

- Sí, ¡ah!, sí...

Contestó mecánicamente.

- Disculpe usted que lo interrumpí en sus cavilaciones.

- No, ¡eh!, no importa. Está bien.

- Permítame presentarme: Mirna del Bosque, asesora del rector.

Y le extendió una mano blanca y suave con las uñas pintadas nítidamente de rojo vivo. El la tomó en la suya y le sorprendió justamente eso, su suavidad. Estaban deliciosamente tibias. De repente se sintió atolondrado.

- ¡Ah!, ¡oh!, mucho gusto, Mario Fernández, departamento de ciencias.

- ¡Ah, qué bien! ¿Es usted profesor o administrativo?

- Ambas cosas.

Todavía no entendía bien. ¿De dónde salió esta señora? No estaba muy acostumbrado a estos diálogos. De hecho, ni siquiera a estas actividades. Estas cosas retrasan el trabajo, lo sacan de su ambiente.

- Y profesor, ¿de?

- Física.

- ¡Oh, qué bien! De las ciencias duras...

- Bueno, sí, eso dicen.

Sintió un calor ligero y placentero de orgullo. Lo mejor de la Física es que lo saca de este mundo. De este mundo de lo cotidiano y de este mundo de la gente. La Física es un universo paralelo donde no hay que intercambiar con nadie. Otro que siempre implica controversia, confrontación, lucha. Un espacio no reductible a ecuaciones. Ella volteó hacia la sala donde gente dispersa en pequeños grupos habla amenamente.

- ¡Mucha gente! El rector tiene buen poder de convocatoria para esto de las conferencias.

- ¡Oh, sí! Siempre hay buena concurrencia.

- ¿Cómo es que se llama el expositor? El doctor...

- ¡Uh...

Sintió una ola de bochorno subiendo por el cuello. No es que no recordara: ¡no sabía! Iba a todos los actos de la universidad *ex oficio*, como parte de sus funciones. No le interesaba, no le gusta. Por supuesto, ella se percató de su aprieto.

- No es importante. Simplemente trataba de recordar...

Dio un vistazo amplio a la sala y su concurrencia.

- Bueno, profesor, lo dejo de nuevo solo en sus cavilaciones. Yo tengo que retirarme. Buenas noches.

- Buenas noches...

Muy disimiuladamente se quedó mirando como se alejaba moviendo las caderas despacio y cadenciosamente. Llevaba un vestido rojo casi largo con la espalda bien descubierta, cubiertos los hombros con un chal. La espalda, como las manos, blanca y suave, rociada con lunares breves, como pequeñas estrellas. ¿Qué fue esto? Un ensueño porque... ¿de dónde salió? Nunca jamás había tenido un encuentro tan intenso, concentrado en semejante brevedad. De cualquier forma, no es importante. Son de esas cosas que pasan. Pasan y ya. Buscó donde dejar su agua saborizada de whisky que apenas había probado.

4

Todas las especies de araña producen seda, material compuesto de proteínas complejas, que utilizan para muy variadas funciones: cazar presas y envolverlas, como adhesivo de materiales en la construcción de túneles y trampillas, como medio de locomoción.

¿Quién es el profesor Fernández? Nada más fácil de investigar, para algo sirven las relaciones. Mejor dicho, las influencias.

- ¡Hola, María! ¡Buenos días!

- ¡Oh! ¡Buenos días doctora! ¿Viene a ver al rector?

Lo de doctora está de más pues no tiene ese grado. Tiene –eso sí- una licenciatura en psicología por una universidad local. Titular por arriba, más en un ambiente universitario, es una táctica preventiva en las relaciones interpersonales. Ninguna mujer se ha quejado porque le digan que está bella. O flaca, a menos que cierta delgadez tenga relación con una enfermedad. De igual manera, ningún profesor se ha quejado porque le digan doctor cuando no lo es. Aunque de vez en cuando vale una humilde corrección. En cualquier caso, lo doctor no quita lo idiota, como todos sabemos. O, lo que es peor, lo perverso.

Si a conocimientos vamos, hay tres formas de obtenerlo: mediante la lectura, es decir, el estudio como se hace habitualmente en la universidad. Esto es, sin embargo, adquisición de mera información. Mediante la experiencia, la deducción o la asociación de ideas a partir de eventos de la vida práctica, lo que involucra la esfera emocional. Por ejemplo, el conocimiento íntimo y cierto del efecto de la reacción química que llamamos combustión no es una ecuación termodinámica sino quemarse un dedo. Esto último es verdadero saber, el logrado con dolor. Pero hay un conocimiento todavía más profundo y que, curiosamente, de alguna manera implica la negación del anterior: el flujo amoral de los instintos. La fe en la naturaleza y el propósito divino. El ser y la paz. La armonía del ser interno con el universo. Este conocimiento no necesita de teoría ni de práctica. Así es como saben las arañas.

- Fíjate que no. Hoy lo que necesito es un pequeño favor tuyo, que no te costará más de dos minutos.

- Usted dirá, yo encantada.

La Fundación de su último marido es donante de la universidad, una medida a la que sabiamente ha dado continuidad. La gente habitual ve las universidades como islas de virtud flotando a la deriva sobre la ignorancia de la sociedad. De esos prejuicios positivos –idealizaciones- sin los que no podrían vivir. Por alguna razón misteriosa, a las universidades no penetran los vicios de su entorno. Se mantienen como oasis morales en un desierto de degeneración. Y, lógicamente, quienes allí medran son individuos diferentes, algo más limpios, más puros. Mucho más inteligentes: *modelos*. Nada que decir sobre semejente disparate. Que no es el más grande, digamos de pasada. De manera que, políticamente, siempre conviene estar vinculado a una universidad. Regala moral, principios. Prestigio.

- ¿Sabes? Necesito un profesor de física.

"¿Para quién?", pensó rápidamente pero, obviamente, no se atrevió. A estas alturas de la pirámide la prudencia lo es todo. No es tonta, tiene plena consciencia de su rol en este drama. Ella está para ver y callar, para escuchar y olvidar.

- Usted dirá.

- Bueno, había pensado en alguno de los profesores del departamento de ingeniería...

- Tenemos dos profesores de tiempo completo que imparten Física a estudiantes de distintas carreras y en diferentes ciclos. El profesor Santos y el profesor Fernández.

- Y ¿cómo yo puedo saber cuál de los dos me conviene?

- ¿Quiere ver sus expedientes?

- Bueno, creo que sería buena idea...

La secretaria levantó el teléfono.

¿Quién es el profesor Mario Fernández? "Graduado de Física en la Universidad Autónoma de Santo Domingo...", la única universidad en el país que ofrece esa carrera. Porque, ¿a quién se le ocurre? ¿Qué hace un físico? ¿De qué puede vivir un físico en este país? Un físico se pasa horas enteras observando un grupo de ecuaciones que pretenden expresar la velocidad a que se expande la materia inconforme consigo misma. Muy interesante pero, ¿quién está dispuesto a pagarle al señor por su entretenido divertimento? En otros países –no aquí- los físicos pueden ser útiles. Trabajar en revistas de variedades, por ejemplo, de esas que vulgarizan la ciencia y sirven para obtener una cultura de relumbrón: "¿sabes cuántas veces puede cargar una hormiga su propio peso?", etcétera. Escribir de temas que inciten el miedo popular: "¿sabía usted que el Sol va a agotarse en escasos diez mil millones de años? Y con ello acabará por siempre la vida en el planeta Tierra." O pueden trabajar en la industria militar, ayudando a crear artefactos de muerte. Desde lejos, por supuesto. La distancia diluye su sentimiento de culpa y los mantiene moralmente serenos. A los científicos le fascina la idea de la desintegración de la materia -mediante un rayo de luz o de energía, o algo así-, pero no toleran ver los estragos que causa un arma blanca sobre el pecho del enemigo. Bueno, todo esto en otros países. Allá son útiles y ganan mucho dinero. Pero aquí...

"Postgrado en la Universidad de Wisconsin con especialización en Física de Partículas... " Este tipo es un *nerd*. Antes hablábamos de aventura. De adentrarnos en lo desconocido. Lo más desconocido debe ser lo que no genera necesidad, como un profesor... Perfecto. "Trabaja en la universidad desde el año... es decir, tiene treinta y dos años impartiendo docencia. Profesor a tiempo completo impartiendo en grado y postgrado. Casado... con la profesora Nidia Morales, también de la universidad, en el área de humanidades..." ¿Cómo será el matrimonio entre dos profesores? Una.. ¿clase? "Dos hijas, una estudia en España, medicina, la otra en Estados Unidos, literatura americana..." ¡Este es! Tres días desde que la secretaria le facilitó copia de los expedientes. Levantó el teléfono.

- ¡Hola, María! ¿Cómo estás? Para preguntarte cómo localizo al profesor... ¡eh!, deja ver... -finge desconocimiento y descuido, el montaje debe ser perfecto-, sí, Mario Fernández...

Falta por atar un cabo importante: ¿para quién son las clases? Ella no tiene hijos, y pretender interés personal resultaría extraño. De inmediato le surge una idea genial: clases de recuperación para estudiantes con problemas en Física. O en matemáticas. Algo que se puede ampliar a estudiantes de otras universidades, o de bachillerato. Es decir, un centro de recuperación académica en ciencias. ¡Eso es! Nadie puede sentir recelo de una idea tan noble. Lo dicho: el "conocimiento" -aun no se sepa para qué- tiene la mejor prensa.

Falta otro detalle: el dinero. ¿Quién va a financiar gastos? Aquí se frenan todas las causas humanitarias. Todo mundo es bueno, generoso, altruista, solidario, hasta que tiene que pagar por ello. Llegan todas las excusas, los cambios de perspectivas y huidas furtivas. Quién paga, y lo que esto le significa como renuncia es lo que define la importancia del hecho. Solución, a la que nadie pondrá objeción: ella va a financiar el proyecto hasta tanto se ponga en marcha y se sostenga de sus propios recursos. Esta es la versión oficial, porque el proyecto no está pensado para tener una existencia muy prolongada.

- ¡Hola, María! Esta vez sí quiero hablar con el rector…

5

> Las arañas son depredadoras. Se alimentan de presas que capturan activamente. Algunas producen telaraña en la cual caen éstas por accidente. Otras cazan al acecho. No las despedazan y tragan sino que les inyectan veneno.

¿Qué tanto puede cambiar un hombre llegado a una cierta etapa de su vida? Por supuesto, no hablamos de los cambios normales y graduales que suceden en el tiempo. Como que se forman arrugas y cuelga la piel. Como que no se tiene la agilidad de antes. Ni la resistencia, la comprensión o la tolerancia. Decimos de una real conversión, un giro de ciento ochenta grados. Un cambio radical, un hombre *nuevo* de sesenta años. Cuentan que el Siddharta Gautama, al principio de su vida, antes de convertirse en el Iluminado, llevó una vida principesca, de lujos, placeres y disolución. Hasta que encontró la mayor gratificación en la quietud. Mahatma (Alma Grande) Ghandi también, antes de ser la guía espiritual de su pueblo, llevó una vida normal, habitual, convencional, de un trabajo burocrático y una esposa que espera en la casa. Hasta un día...

Lo más dramático es hacer un cambio hacia donde no se conoce, es decir, hacia donde no se tiene experiencia. De repente esta mujer no sale de su cabeza. Al ir a dormir, cuando relaja el cuerpo, se acurruca e intenta evocar un pensamiento agradable, ahí está. Ahí está su sonrisa radiante, su entusiasmo que todo lo inunda. Sigue con ella en una de sus reuniones en que no para de hablar, de halagarlo, de acomodarlo. Todo gratuitamente, sin otra intención. Con el solo propósito disfrutar la vida. La mente es atrevida, a lo mejor es su imaginación, que se ha ido demasiado lejos. Pero lo ha hecho salir de su esfera impenetrable, inexpugnable. Su armadura magnética ha quedado inhabilitada. Ahora se siente... demasiado vulnerable, humano, porque conoce por primera vez la calidez confortable de la simplatía. Vencer el miedo no es fácil...

Finalmente, ¿no se trata de eso, de disfrutar la vida? ¿Acaso no se puede estar equivocado por veinte o treinta años? La ciencia está plagada de paradigmas falsos que se mantuvieron por siglos. Eventualmente se descartaron. ¿No es de sabios corregir? Eso, perseverar en el error es cosa de necios. Si se cruza alguien en el camino y nos señala el yerro, ¿no es inteligente enmendar? A menos que haya pasado mucho tiempo..., demasiado. Como cuando se quiere dejar de fumar luego de décadas. No se puede, la abstinencia es fatal. Pero no siempre es así. Mientras haya vida hay oportunidad... de conocer. De estar bien. Aunque sea sólo por un día. Una hora, un rato. Sin caer en el error de maldecir el tiempo perdido.

Empezó por deslizarle una mano suavemente por sobre los hombros cuando le deja un vaso de agua sobre el escritorio. Luego, al hacer lo mismo, descubre que está muy tenso ("¡Oh, profesor, pero está usted muy tenso. Son los nervios y la ansiedad del trabajo."), y él se percata luego de todos estos años de que tiene un cuerpo físico. De carne y hueso, es decir, de tentación y pecado. Frágil, susceptible al placer. Tenía que venir alguien de fuera –una extranjera- a hacerlo ver. Finalmente le arregla la corbata acercando su nariz a no más de tres pulgadas de su boca. Siente su olor a mujer. Embriagante, seductor. Se marea, todo alrededor le da vueltas: libros, pizarra, mesas... Una sensación divina. Ve su boca fresca y suculenta hacia abajo, a través de los critales. Habla, pero él no escucha, sólo ve sus dientes blancos y húmedos sobre los que juega una película de saliva infantil. La sonrisa, los labios rojos. La alegría. El corazón le late como un tambor. Piensa que lo va a besar. ¿Besar? ¿A qué puede saber? ¿Será capaz de besarla? No, tendrá que ser ella que lo bese a él. Pero lo mira a los ojos, sonríe con picardía, gira y se aleja unos pasos. ¡Caramba! ¿Por qué el deseo no se puede escribir como una carta? Está turbado, confundido, impedido. No tiene voluntad, está a su merced. Ella se burla. Sigue riendo gozosa, halagada. Vanidosa. Satisfecha. Sabe que lo tiene. Que está en sus manos. Que está atrapado sin esperanza porque esa es su voluntad. Antes de comerlo, sin embargo, ¿por qué no jugar un poco? Practicar porque, si no, ¿qué hacer luego?

A la mañana siguiente, temprano, ya está instalada en su mente. Su imagen es un imán, el pensamiento siempre vuelve a ella. Difícil apartarlo, en cualquier descuido ya está de vuelta con ella. Arranca la idea de la imposibilidad: sin ella. Imposible sin ella. Pero, ¿dónde andamos? Porque pasar, pasar, no ha sucedido nada. Todo esto es resultado de su mente hambrienta, famélica. Cosas a las que arrastra la necesidad.

- ¿Qué te pasa? Hace días que te noto como inquieto. ¿Preocupado por algo?

- Noooo, nada –respondió con la tranquilidad que puede encontrar-. A lo mejor es que no he dormido muy bien…

- ¿Sí? ¿Y cómo está eso? Porque siempre has dormido como un lirón.

- No sé...

Un cambio notorio es su sorpresivo interés sexual. De jóvenes, su desempeño había sido como el de los búhos: sólo en época de apareamiento, en silencio y con el mayor sigilo. Como si durmieran en cama de cascabeles. De ambas partes era un impulso débil pero tibio y agradable. El propósito, acariciar el ser abstracto del otro. Su buen concepto, agradecer su compañía, su amistad. En aquello no había nada lascivo o incontrolable, ni fuerza ni pasión. Menos fantasía o transportación. El sexo de los ángeles. Sin embargo, de repente ella nota una furia que no conoce.

- ¿Todo bien en la *uni*?

- Normal.

Contestó con absoluta parquedad. Volvía a ser él, por fortuna. Todavía está de este lado de la tormenta en formación. Entre la acumulación de contradicciones, como dirían los marxistas. Llegado al punto, vendrá la explosión. Inmensa, incontrolable. Todavía su imagen va y vuelve. Titila, tiembla, pero eventualmente desaparce, con lo que puede volver a la normalidad.

- ¿Y el centro ese para estudiantes deficientes en que...

- Todavía no arranca –la cortó, aunque no bruscamente-. Todavía no aparece local.

Ya aparecen los síntomas de envenenamiento. Ruptura de la comunicación, verbal y emocional. Silencios prolongados, ensimismamiento. Ensoñación, torpeza. Ausentismo. Intentar detener la rueda del tiempo, hacerla girar hacia atrás. Querer hacer lo que se debió mucho antes. ¿Crisis de los sesenta? Quizás. Por esa ventana miró Nidia. Tampoco es cierto que la vida iba a pasar sin cambios. Como que pronto vendrá la incontinencia urinaria y el olvido. Es normal, estaba preparada. Es decir, no le importa. Cuando se tiene la mente en tantas cosas...

- ¡Ah!... Entonces, ¿todo bien?

Hizo caso omiso y siguió leyendo el periódico. Aparentemente todo bien. Normal. Son esos cambios que van y vienen con la edad. Es decir, que vienen y se quedan. Mucha gente se pregunta cómo es que un hombre de mediana edad, maduro, estable, *realizado*, es capaz de dejar un matrimonio de treinta y cinco años, con hijos grandes criados decentemente. Para iniciar vida con una joven de veinticinco. No es una pregunta retórica, sucede a cada rato. Lo que es más, no mediante una decisión intempestiva tomada en un arrebato de locura del que estará arrepentido antes de que seque la lluvia. Decisiones finales, una ruptura radical y definitiva con el pasado. Un hombre nuevo. Joven, brioso, capaz, ahora con la experiencia de los años. ¿Por qué no? Hasta ahora su vida ha sido sólo *pagar*. ¿Por qué? ¿Por qué no tiene derecho? Derecho a disfrutar. Derecho a ser lo que se le antoje. A decir que no. Que no puede. Mejor: que no quiere. Algunos hablan de cambios hormonales que tienen lugar hacia esta época. Justo con la intolerancia viene una nueva carga de testosterona, algo así. Aunque parece mejor una decisión calculada: ahora o nunca. Desde los cincuenta se ve donde termina la vida, como desde la montaña se ve donde empieza el mar. La juventud no alcanza a ver, no entiende el final. En cambio, en la vejez el futuro se llama ahora. Entonces, ¿no hace mejor sentido un minuto de felicidad aquí y ahora que diez años de... de lo mismo? ¿Seguirá con la misma cobardía de siempre? Dilapidando su vida que, a la postre, es absolutamente todo lo que tiene? Por miedo, y por miedo puede perder el último tren para Londres.

Las arañas lo saben por instinto: para que una presa se mueva hacia la trampa hay que... estimularla. Espantarla desde atrás, como hacen las leonas, o atraerlas con algo seductor: el dulce de la miel o el polen, canciones de sirena, la carne fresca y jugosa... O la promesa del placer. Mover la presa no debe ser fácil. Empieza por preguntarse: ¿por qué no se mueve? ¿Por qué reposa? No se mueve porque tiene lo que quiere. ¿Qué es lo que quiere? ¿Cuánto? ¿Cuándo? Porque no es lo mismo un cervatillo tierno cuando se acaba de comer que cuando se tiene semanas en ayunas. Y es, objetivamente, la misma cosa, la misma presa. ¿Qué quiere él? Aquí empieza la aventura. ¿Qué tiene? Lo más importante: ¿qué no tiene?

De repente le asalta el pánico. La sola idea de que el teléfono timbre y no conteste lo perturba. Esto ha sucedido tan rápido. ¿Cuánto? No sabe, ha perdido el sentido del tiempo. Sus proporciones, su profundidad. "¿Dónde andará? ¿Podré verla hoy? ¿Qué tal si tiene una agenda complicada? Es una mujer con tantos compromisos..." Y si sucede, si de hecho no contesta, prácticamente enloquece. "Ya ves, seguramente anda por ahí con..." Mejor no seguir. Sólo para respirar aliviado diez minutos más tarde cuando ella devuelve.

- Dígame profesor... El profesor más lindo que existe sobre la faz de la tierra.

- Hola –responde agónico-, sólo quería saber si nos vamos a reunir hoy.

- Hoy, pues, déjeme veeer –abre un espacio de indecisión que lo atormenta. Por supuesto, lo hace con toda la intención-. Hoy, hoy, hoy..., pues,... creo que sí. ¿Y qué quiere de mí el profesor que me llama para pedirme cita con tanta urgencia?

- Bueno, nada en particular –se siente tan inexperto como un niño de doce años-. Sólo quiero verte...

- Pues me verá, profesor. A las seis y media. En mi oficina. Es decir, en mi apartamento.

Hasta este momento había vivido en un mundo cartesiano. De dimensiones conocidas, medibles, proporcionales. Un mundo expansible pero repetitivo. El mismo tiempo no añadía incertidumbre pues el futuro era perfectamente pronosticable. Una rueda que gira sobre su eje por siempre. Eternamente. En el mejor de los casos, materia orgánica que se organiza, se reproduce y muere, para nacer otra vez. Un ciclo de vida, pero igual. Esto, ella, es otra cosa.

6

> Una vez paralizadas les inyectan jugos digestivos que producen una digestión externa del animal, sorbiendo a continuación la papilla resultante. Por eso se observa a las arañas permanecer inmóviles durante largo rato mientras sujetan su presa inmóvil.

Está parapetado –puede decirse así- detrás de su escritorio grande, limpio y ordenado. La espalda recta, las manos tranquilas sobre el tope. Vacío, una fotografía. Sólo los ojillos negros parpadean detrás de los cristales gruesos.

- ¡Buenos días, profesor! Aunque ya debía decir buenas tardes...

Y le extendió la misma mano blanca y suave de días atrás. Ahora está menos dúctil a sensaciones. Alerta, rígido, concentrado, porque ¿qué quiere esta señora en su oficina? Ella le regala su mejor sonrisa. Sus dientes regulares exquisitamente aperlados se asoman entre los labios de rojo vivo. Una señal más de peligro. Nunca una criatura tan extraña había traspasado los linderos de su *hábitat*. Un animal cuyas intenciones son difíciles de descifrar pero que, en cualquier caso, no pueden ser buenas.

- Buenos días- respondió cortés pero secamente.

Ella reconoce su actitud: lo primero, sacarlo de su reserva.

- Profesor, le traigo buenas noticias...

"!Ah, caramba!" –pensó, abriendo un poquito más sus ojos pequeños como cuentas.

- Lo más importante, una oportunidad para que pueda usted transferir su vasto conocimiento a las generaciones más jóvenes. Esto es lo más importante...

Sigue inmovible, estatua de cera.

- ... Después de eso, una oportunidad para colaborar justamente con esas generaciones más jóvenes. Y, por último, ganar un dinerito extra, que nunca está de más, como están las cosas en estos días. Aunque estoy convencida de que nada lo hace usted motivado por el dinero.

- Usted dirá.

- Mire, el centro de recuperación académica tendrá como propósito captar aquellos estudiantes con deficiencias en matemáticas y ciencias, es decir, Química y Física...

Y le explicó el proyecto. Ciertamente, nunca pensó en el dinero cuando decidió estudiar Física. Fue una corazonada, un "llamado" dirían los seminaristas. La Física lo sacaría del mundo habitual, el mundo de oficina, mujer, hijos..., esas cosas. Quería algo más interior. Reservado e íntimo. Escondido, hasta para sus propias emociones. Aquello sería estudiar sin ejercer, *a capella*. Nada mejor. Siempre habrá de qué vivir si se vive con poco. Profesores de matemáticas nunca sobran. Nadie en sus cabales invierte tanto tiempo y esfuerzo para terminar frente a un grupo de adolescentes bulliciosos. Sólo los extravagantes... Tiene razón la señora.

- Estamos hablando de que por tres horas en tres tardes a la semana usted podría estar ganando unos cuarenta o cincuenta mil pesos adicionales, muy buenos, en estos tiempos. Además, cualquier problema de choque con horarios, ya hablé con el rector. Somos buenos amigos...

Cincuenta mil pesos mensuales, su sueldo no anda lejos de ahí. Sería prácticamente duplicar. Interesante... Aunque, ¿qué hacen con el dinero quienes no les interesa? Seguramente lo guardan y acumulan como si fueran piedras a ver qué se les ocurre más adelante. Y le llegó aquello de "sus vastos conocimientos." Aunque no es vanidoso –un científico no puede serlo-, una caricia de vez en cuando se agradece. Es frío e insensible, como debe ser. Algo que no desarrolló sino que trajo de fábrica.

- Bueno, ¿y cómo hacemos?

¡Bien! Primera etapa superada: sacarlo de su medio para ponerlo a escrutinio. Bajo la lupa, el microscopio. Para descubrir qué no tiene y qué le interesa, los polos opuestos que provocarán su movimiento en la dirección deseada.

- Todavía no tenemos local. Tengo a una persona trabajando en eso. Algo cerca de la universidad. Más cómodo para los estudiantes. Y para usted también. Mientras vamos a reunirnos en mi oficina.

Le extendió su tarjeta de presentación. Fondo de hilo, letras grandes doradas en sobre relieve. Sólo su nombre: *Mirna del Bosque*, en cursiva estilizada. Abajo, en pequeño, su teléfono celular. Nada de profesión o de cargo. Se quedó mirando atentamente la tarjeta.

- ... A ver –puso cara de casualidad-, la semana que viene, creo, estoy algo arrollada. Podemos empezar el martes de arriba, a las cinco de la tarde. Ya sabe, me gusta dejar los lunes para resolver problemas y planificar el resto de la semana... Yo lo llamo para darle la dirección exacta.

- Muy bien... -contestó obedientemente. La señora parece saber qué trae entre manos.

- Bueno, profesor, hasta el martes de arriba...

Le regaló una última sonrisa: amplia, completa. Los ojos rasgados. Alegre, satisfecha.

- Eso, si no nos topamos de nuevo en otra velada de la universidad. De esas que nos matan de aburrimiento.

Diciendo esto le guiñó un ojo y se puso de pie para salir. Quedó sorprendido. Gratamente sorprendido. ¡Caramba!, lo que trataba de explicar en un ensayo reciente: no hay forma de incorporar el futuro –es decir, la posibilidad de una sopresa- en la experiencia, la experiencia que es pasado por definición. He aquí la prueba.

7

> Siendo cazadoras solitarias, tienden a considerar presa cualquier cosa que se mueva y tenga el tamaño apropiado.

Acordaron reunirse los jueves para trabajar en el lanzamiento del instituto. Ella se encargaría de encontrar local, él de diseñar los programas. Se dedicó de inmediato y en poco tiempo tenía varios escenarios listos. Incluso ideó una escala para establecer el nivel de retraso. Aunque nunca incursionó en las razones probables por las que generaciones completas de estudiantes se desempeñan tan pobremente en ciencias. Razones más de tipo emocional que cognitivas, que no se pueden separar una de la otra. No podía hacerlo pues no las conoce. Como no conoce el origen del fenómeno inverso, del talento excepcional en ciencias exactas. Tampoco tiene el talento para ver el plan grande, macro. Es decir..., esto.

Pasaron varios jueves, las reuniones se resumían a conversar más que otra cosa. Generalidades. Ocasionamente ella se excusaba por el asunto del local. Contrario a lo que pensó, no estaban tan fáciles, ninguno de los que la encargada había localizado le satisfacía.

- Profesor, ¿qué le invito? ¿Un café?

- No, gracias. No bebo café.

- ¡Ay, disculpe! Se me olvidaba... ¿Té?

- No, gracias. Estoy bien... Aunque un vaso de agua estaría bien.

- Seguro... ¡Maritzaaa!

Y bajo el marco de la puerta se presenta una joven trigueña de buenas carnes.

- Maritza, amor mío, un vaso de agua para mi distinguido profesor.

- En seguida.

- Profesor, ahora cuénteme, ¿cuándo fue que decidió que iba a estudiar Física teórica?

Y él le relató cándidamente toda la verdad. La verdad que sabía, de la que era capaz. Que había sido un niño tímido y retraído, inseguro. Acomplejado, de su delgadez, de su palidez. De su incapacidad física y la de sus ojos. No tenía coordinación motriz para practicar deportes... o para hacer cualquier otra actividad que requiriera cadencia y ritmo. Sólo le quedaba el estudio. La lectura, eso no comporta riesgo. Tampoco es muy emocional. No tuvo novias, a su esposa la conoció en la universidad, y luego de un noviago corto en el que apenas hubo un par de besos decidieron casarse por pura comodidad. Era menos ajetreo que buscar, llegar, llevar, regresar. Lo mejor: eran uno para el otro, recíprocamente ausentes. Vivían en silencio...

- Nidia es profesora, como yo, pero de literatura. Un prodigio en la lectura.

- ¡Qué romántico!

Dijo para tentar el terreno, para ver la reacción.

- ¿??

Se quedó pasmado. No entiende.

- Digo, que dos personas sean tan compatibles... intelectualmente.

Lo último se le escapó, pero ya estaba dicho. Como quiera él no entiende nada: primera pieza de información.

- Sí..., ambos somos profesores...

A cambio, le dijo la historia sobre su vida, es decir, la conveniente. La apropiada, la justa. ¿Cuál puede ser? Depende, depende de lo que el profesor no tiene. Verdad o mentira, ¿quién lo puede saber?

- Viví muchos años –demasiados- sometida a las convenciones sociales. La opinión ajena, las costumbres. Los ritos. Hasta que me di cuenta de que así no era feliz. Vivía cómoda, segura, pero no sentía libertad, expansión. Me faltaba alegría. Hasta que decidí liberarme. Ser yo misma, hacer lo que me gratifica, lo que me hace sentir. No sólo es mi derecho, es mi obligación. Es lo único que tenemos en esta vida. ¿O no?

- ¿??

Sigue sin entender ni papa. Irónicamente, le sucede lo que a los estudiantes malos para las matemáticas. Pero al revés, que no descifrar el código en el que se les habla. Lo mira mientras piensa: "caso interesante. Ciertamente novedoso. Un sujeto emocional tipo cero. Arrancar de la nada es todo un reto... Exactamente. ¿Por dónde empezar? ¡Claro! ¡Por supuesto! Un músculo que se acalambra, que se duerme, hay que estimularlo. Tocarlo, masajearlo. Empujarlo. Hacerlo sentir. Es lo mismo. No siente porque no ha sentido. Parece una tautología pero no lo es. De otra forma, el círculo sería una tautología porque no tiene principio ni fin. Hay procesos que arrancan externamente. A este hombre le falta... *ser importante*. Empecemos por ahí..."

- Profesor, creo que no todo es trabajo. Yo propongo que el próximo jueves nos veamos en mi apartamento para cenar juntos. Con velitas y todo. Déjemelo a mí. Y podemos seguir hablando del instituto y demás. Pero la vida también es para pasarla bien. ¿Qué le parece? Digo, no acepto un no como respuesta.

- ¡Uh!...

- Muy bien –lo cortó antes de que intentara pensar-, a las ocho y media. Como vamos a estar hablando del instituto y esas cosas, si su esposa viene creo que se aburriría. Así que dígale que le pido prestado a su marido por una sola noche. No creo que me lo niegue. Además, yo creo que nosotros nos entendemos mejor que bien solos...

Empecemos: valor, atrevimiento. Resolución. Y poder. Todo en uno y de una vez. A su favor. Aunque tantas cosas de repente a disposición de quien no las conoce. Es como hartar a un náufrago, que puede morir por ello. Hay que subirlo y hacerlo sentir merecedor de ello. Que el poder emana de sí. ¿El argumento? La ciencia, faltaba más. Todo el mundo se convence fácilmente de lo que le conviene. El no será la excepción. Lo que pasa es que el profesor no ha vivido. No ha sentido, no ha nacido. Para eso está ella. Esa misma tarde ordenó el escritorio más fino que encontró en el catálogo. Para su despacho... en su oficina. Por supuesto, momentáneamente, hasta que encuentren local.

8

Los machos, generalmente más pequeños, cortejan a la hembra mediante danzas en las que cierto movimiento puede ser un intento por no ser devorados. El ritual puede incluir el obsequio a la hembra de una presa envuelta en seda, lo que en algunas especies ha evolucionado hasta ser sólo un señuelo.

- ¡Hola guapo!

Le tocó el hombro desde atrás. Se asustó un poco, no lo esperaba. Pensémoslo: ¿qué le atrae del hombre a la mujer? Obvio, depende de la mujer y depende de su etapa. Una mujer no es la misma a los trece años que a los cincuenta. En la juventud, lo importante es la belleza: andamos con el instinto a flor de piel. En la madurez, la serenidad, términos que siempre se mezclan de alguna manera.

- ¡Ah! Hola.

Se le sentó al frente impetuosamente. Su sonrisa, su alegría. Su aura de siempre. Su control habitual.

- ¿Quieres algo?

- ¡No! ... Menos a esta hora... ¡Y menos de esta comida!

Son las ocho y treinta en la noche. Dentro de la belleza, la cara si tenemos a una mujer exterior, superficial. Si lo contrario, el cuerpo. Si el pecho entre el cuerpo, tenemos a una mujer con carácter. Si por encima del cuerpo, la reciedumbre, una mujer ambiciosa. Si el alma etérea, una espiritual.

Depende de la combinación de sustancias y jugos que en cada momento habilitan el placer.

Dejó pasar un instante.

– Aunque, ¿sabes qué? Consígueme una botellita de agua.

- Seguro.

Están en un restaurante de comida chatarra, hamburguesas. Muy iluminado, colores brillantes, el secreto de la mercadotecnia americana. No hay gente, ya vuelve.

- Aquí está... Te sirvo.

Dicen los antropólogos que los humanos vivimos en exceso, de más. Dos terceras partes de nuestra existencia es inútil luego que rebasamos la fase reproductiva. Hay machos que una vez fecundan mueren. O son devorados por la hembra. Ya cumplieron su misión existencial. Pueden, deben desaparecer para hacer espacio a los que vienen. La hembra se queda un rato más para facilitar la transición. Biológicamente, la hembra es centro receptivo, reproducción, conexión en el tiempo. Conservación, atración, cuidado.

Entonces, ¿con qué nos quedamos? Con la cara, el cuerpo, el carácter o el espíritu? Dice el monje que la misma mujer increíblemente bella es cosas diferentes dependiendo de quien la mira: para un hombre es objeto de atracción. Para un monje, de relfexión. Pero para un tigre es sólo comida. Sólo comida... ¿Qué culpa tienen, entonces, las arañas?

- ¿Y tus hijas?

- Bien, bien, cada una metida en sus estudios.

Sin embargo se mueve. Afortunadamente. Otra cosa hubiera hecho el proyecto imposible. Si hubiera estado irremediablemente muerto. Porque hay casos así, en que el hombre se derrota muy temprano. Se vacía, pierde propósito. Peor: entusiasmo. Ocupa un lugar y respira porque no se atreve a otra cosa. Si llega a eso es inconmovible. Todo esfuerzo por sacarlo será en vano, resucitar a un muerto. Y Para ella es muy importante evaluar la probabilidad de éxito, para no malgastar tiempo y recursos. Con lo imposible nadie puede, hay que repetírselo una y otra vez al orgullo.

- Dime, ¿y la universidad?

Sesenta años. A esa edad los hombres llegan a una especie de umbral, de vida postrera. Lenta, tranquila, conforme, de donde no quieren salir, al menos por mucho tiempo. Acaso conocen algo. Por fuerza han estado con más de una mujer. Si no por decisión propia, por accidente. Quizás fuera del país. O aquí, una noche en que los tragos venían envenenados y se cruzó en el camino una recién conocida que recién declara su independencia y auto determinación de toda potencia extranjera. O una noche, saliendo de la universidad, en que una estudiante decide que es el momento de probar a qué sabe un profesor. A los sesenta las fuerzas menguan, ya no es hora de iniciar grandes proyectos. De grandes viajes, grandes caminatas. Por lo mismo, de pasiones profundas o causas complejas. A los sesenta, sólo quieren beber y hablar. Y hablar, hablar, hablar... Es lo más divertido que pueden hacer. Si, por otro lado, encuentran el perfecto equilibrio: comida, confort y tranquilidad, más fácil volteamos una pirámide sobre su base que sacarlos de ahí. A esa edad llega la sabiduría. Ojo, no es que se adquiere. Llega, por gravitación, por ósmosis, por presión. Finalmente se comprende que no se puede tener todo y que la vida es una sucesión de momentos, como un collar es una secuencia de cuentas. De momentos y decisiones. Por ejemplo, hacer algo implica de por sí e inmediatamente no hacer otra cosa. No hay decisión a favor de una cosa que no implique simultáneamente andar en contra de otra. A los sesenta se quiere comida caliente, sábanas limpias y mucho silencio. La gratificación viene del pasado, de los recuerdos. Reales y ficticios.

- Bien, bien... Ahí andamos formulando unos proyectos para rectoría. Ya sabes, lo de siempre, la cooperación de las universidades con las empresas. Años planteando lo mismo. Años haciendo lo mismo. A los empresarios no les interesa, pero dicen lo contrario. Y a las universidades tampoco les interesa, pero decimos lo contrario. La verdad es que todos estamos bien como están las cosas. ¿Para qué cambiar?

La mente humana es prodigiosa -de la animal no se sabe-, es capaz de transformar una imagen en cualquier cosa, sobre todo con el paso del tiempo. Una sensación de bienestar, de pertenencia, por ejemplo, por estar rodeado de familiares, o amigos cercanos, se puede pasar al olor de un árbol cuando llueve. Sólo ese árbol, sólo cuando llueve. Y cuando coinciden ambas cosas, resurge el mismo sentimiento de pertenencia. Imposible inducirlo. Sería magnífico. Pero resurge como un reflejo condicionado, como la salivación de los perros de Pavlov. Es fundamentalmente un río subterráneo, agua que fluye bajo tierra. No hay una individualización de eventos. Una separación racional y ordenada de experiencias. Una medición, caracterización, calibración de sucesos y anécdotas. Nada de eso. Todas forman una masa, un núcleo vivo y palpitante que atraviesa el espíritu y da origen a estos sentimientos. Ha sido bueno. Ha sido justo. Se ha vivido bien. Se está bien. Sacar a un hombre de sesenta años de ese centro es muy difícil, poco menos que imposible. A menos que se le prometa un más que no implique un menos. Es decir, lo absurdo.

- Bueno, profesor, no es que todos estamos bien –cambió la expresión. Realmente es capaz de llevar una discusión con argumentos.- Ni los empresarios, ni las universidades. Hay cambios que se piensa convenientes pero que luego puede demostrarse que no lo son tanto. Hay buenas intenciones aquí y allá. Aunque concedo que no hace sentido cambiar lo que nos conviene. No es racional, no es inteligente. Aunque no son sólo ellos, somos todos.

Imposible, a menos que se lo proponga una mente clara y decidida. Obsesiva. Una araña. Porque todavía vive. Respira. Cierto que su bienestar es más una deducción que una acción, pero son términos intercambiables. A los sesenta se disfruta una buena comida con mayor fruición que a los quince. Y la bebida. Y la compañía. Y el sexo mejor que a los treinta, y con menos movimiento. Con menos expectativas y más dedicación. A los sesenta está vivo. Afortunadamente. Está vivo porque es capaz de cambiar.

- Lo que digo es que este proceso lo hemos hecho varias veces antes y nunca termina en nada concreto. No hay interés, parece que la intención es proponer sin llegar a realizar.

- Y eso, mi querido profesor, es una realización en sí misma. Aquí el profesor es usted. En una aparente indeterminación, váyase un peldaño arriba. Nada es casual, todo tiene explicación, aunque de momento no la sepamos. La intención debe ser, ciertamente, que no se ejecute nada. ¿Por qué? Piénselo y verá que a lo aparentemente absurdo le encuentra una explicación perfectamente lógica.

Cada vez está más maravillado de esta mujer. No sólo es bella sino increíblemente inteligente. Lo que no sabe el profesor –y cómo saberlo siendo tan, pero tan torpe- es que ni la belleza ni la inteligencia son su principal atributo sino... la determinación. Aquellas son máscaras. Esta, las entrañas. Hay animales que se camuflan en el paisaje. Desarrollan colores y textura, piel y pelos, formas, para no ser detectados por la presa. Otros tienen en el sigilo su mejor arma. En la explosión de la salida, la velocidad, la agilidad. Otros más se esconden y esperan. La paciencia es su virtud. Pero hay los que lo tienen todo, fortuna que resumimos en la palabra astucia. Los que se les dibuja el final extático en la pupila. Con lo que empiezan a lubricar. A salivar. Entonces, atrás: paciencia. Lo dicho: astucia. Está por encima de todo.

En la Física los elementos mantienen su estructura original. La Química trata del fenómeno exactamente contrario. De cómo dos elementos diferentes, mediante una cierta reacción, dan lugar a un tercero, igualmente diferente. La Física es simple cambio de estado, la Química, transformación, evolución, avance. Quizás por esto no haya entendido el cambio drástico que ha experimentado desde hace tres meses en que es un individuo nuevo, desconocido, extraño. Aunque un doctorado en Química tampoco lo hubiera ayudado puesto que las emociones tienen su propia lógica, su abecedario y su lenguaje, increíblemente difícil de descifrar.

Hasta donde sabemos, hay sustancias que canalizan estados del espíritu. La adrenalina, por ejemplo. Cuando detectamos una fuente de peligro –real o imaginario, un perro que se nos viene encima, un fantasma que nos persigue-, un mecanismo instintivo ordena la liberación de adrenalina acorde a la urgencia del peligro. Si nuestra vida está en riesgo, la secreción será máxima. Esta inoculación hormonal nos provee momentáneamente de concentración, agilidad y fuerza excepcionales, muchas veces por encima de nuestra capacidad probada. Obviamente se trata de un mecanismo de conservación, uno entre muchos otros. Gracias a ellos ha podido la raza humana mantenerse y reproducirse en el mundo. No debemos olvidar que la adrenalina se libera a raíz de la percepción de peligro, real o imaginario. El cerebro no se detiene a verificar si es una cosa o la otra. Actúa por impulso, por instinto. Muy probablemente la mayor parte de las veces el peligro no es objetivo, pero el riesgo sigue siendo igualmente válido e importante a efectos de la preservación de la vida. Las más de las veces huimos de fantasmas, que no de las fieras salvajes que nos persiguen.

Como hay hormonas que nos preparan para afrontar el peligro, hay otras que nos estimulan para conservarnos en otro sentido, para alimentarnos y para reproducirnos. Si comer no fuera placentero, inevitablemente moriríamos y desaparecería la especie. Si reproducirnos no fuera placentero, igualmente pereceríamos. Socialmente le damos un giro pretendidamente humano al instinto básico. De otra manera quedaríamos como animales, algo que no nos gusta. Entonces, a la atracción sexual –basada en la fuerza instintiva hacia la reproducción- originada en ciertas características de un sujeto del sexo opuesto –pongamos de lado momentáneamente las parafilias-, le llamamos amor. Con esto no estamos diciendo de ninguna manera que el amor es sólo cuestión de belleza física, carne, materia. Ya lo dijimos antes, la adrenalina se libera ante la detección de un peligro, real o imaginario. La atracción sexual puede surgir ante la identificación de una característica imaginaria. O excéntrica. Por decir, a un hombre –o a una mujer, en el sentido inverso-, le puede resultar sumamente atractivo sexualmente las gafas pesadas de una mujer. ¿Por qué? Muy probablemente él mismo no lo sabe. Lo que es más, siempre será muy difícil y especulativo establecer la conexión entre las gafas y el deseo sexual. Pero está ahí, existe, es patente. Aunque muchas veces también será difícil aislar el elemento único de atracción. O, a la inversa, siempre habrá más de uno, o será el conjunto el que funciona como tal unidad de atracción. El hecho cierto es que también existen hormonas que conducen de las gafas a la gratificación sexual. Decir gafas es decir piernas, caderas, cintura, senos. O boca, nariz, pelo. Si bien es cierto que existe un patrón estético social, es decir, características aproximadamente reconocidas por todos, o por una mayoría, no lo es menos que existen rasgos particulares en que uno y otro son muy diferentes. Por ejemplo, hay hombres para quienes la cara de una mujer es lo más atractivo. Para otros, son las piernas. Para unos, la proyección de ser una persona tranquila y hacendosa. Para otros, la promesa de un sexo continuo y ardiente. Para unos el reposo, para otros el movimiento. Para el mismo hombre, la cara hacendosa en la juventud y el cuerpo lujurioso en la edad madura. Todo cambia, y el cambio cambia.

Lo bueno, en exceso, puede terminar conspirando contra su objetivo. El paranoico termina exhausto de batallar contra demonios que sólo existen en su mente. Aunque no está solo en esto. Todos huimos de demonios inexistentes, sólo que hay fantasías de distinta forma, tamaño y poder. ¿Será cierto que vamos a morir un día? Entonces, ¿a qué tanto afán? En el caso de las hormonas del placer, el peligro es la adicción, que muy bien puede llegar a una edad tardía. La naturaleza es sabia. Por eso creó mecanismos de acumulación y liberación, a la vez que de suministro constante. Es lo que sucede con la alimentación: sentimos hambre, comemos. Es decir, acumulamos. Luego de comer, suministramos por un período una provisión regular de nutrientes y energía a nuestro organismo. Liberada la acumulación, se dispara el regulador y sentimos hambre de nuevo. Comemos y el ciclo se repite. Un mecanismo sano acumula una cierta cantidad, que libera en un cierto período de tiempo. Pero los mecanismos fallan.

El deseo sexual funciona igual, y presenta los mismos fallos de regulación. En corto, la oxitocina puede ser tan adictiva como la heroína. La adicción es un impulso irracional e irrefrenable hacia el consumo de una sustancia, hacia experimentar de nuevo su efecto extático. El individuo desconoce su origen, lo mismo que no puede racionalizar su urgencia. Sólo siente la necesidad, padece su deseo. Que se satisface y resurge al instante. Una y otra vez, hasta que un cansancio de muerte le permita descansar por unas horas. Problemas de regulación existen muchos. Desde que el deseo sea débil, tibio, tímido, hasta que no aparezca para nada. Desde que tenga una fuerza descomunal, sobre humana, dañina, hasta que sus fuentes sean perversas. Desde que su resurgimiento sea dilatado en el tiempo, hasta que apenas necesite recarga. Y por un asunto de contraste, entre quienes es más problemático las fallas de regulación es entre aquellos que han sido una cosa antes y otra después. Entre quienes tuvieron un problema primero y su contrario después. Entre los conversos.

- ¿Pasa algo? Porque te noto algo decaído...

Se lo había advertido antes: la vida, es decir, la vida en su sentido verdadero, es para los valerosos. Para los valientes, decididos. Los arrojados.

- No, no... Nada.

Bueno, nunca ha sido locuaz. Una vez se escurrió en una de sus clases. Hablaba con soltura, seguridad. Por supuesto, es su terrreno, de esto sabe. El tono homogéneo, la modulación adecuada. Secuencia, velocidad. El discurso correcto de lo correcto. Terminó con el clásico: "es todo por hoy, nos vemos el próximo martes", y silenciosamente procedió a guardar sus notas en el portafolio. Era... esencial. Incapaz de pronunciar un discurso apasionado, desordenado, disidente, altisonante.

- ¿Seguro?

Ella lo observa, él se queda pensando largamente. Melancólico. Al amor hay que exigirle una prueba cada día. Esta mañana lo llamó bien temprano, siete treinta, calculando el tiempo exacto para que estuviera en el baño. Digo, no es difícil para un individiuo que se mueve a la misma velocidad: entra a las nueve exactas, ni un minuto después. Cuarenta y cinco minutos de desplazamiento, quince de desayuno... Resta. La idea, por supuesto, es que conteste la esposa.

- Buenos días... Por favor, me puede poner al teléfono al profesor Fernández...

- ¿??

- Aló, buenas...

- Sí, sí... ¿Quién le habla?

Ahora viene la voz nítida, alegre. Segura.

- Dígale que lo llama Mirna del Bosque...

Iba a decir Mirna, a secas, para dejar el asunto zanjado. Pero se disminuye. Vamos despacio, disfrutando cada bocado. No pidió disculpas por la hora, de eso se trata. De establecer distancias y capacidades. Poderes.

- En este momento se está bañando, puedo...

- Dígale que lo llama Mirna del Bosque.

- ¿??

Turbada deja el teléfono y va a avisarle. "¿Qué es esto? ¿Qué pasa?" Pero por increíble que parezca, lo que menos piensa es por dónde puede andar la cosa. "Algo en la universidad, de esos rollos de los proyectos de rectoría, los enlaces con las empresas, los premios anuales..."

- Dile que le devuelvo en cuanto pueda.

¡Vaya! El mensaje adecuado para ambas partes. Lo difícil es mantener la distancia correcta, el balance de fuerzas, el equilibrio entre expectativas y realizaciones. Vuelve sobre sus pasos, igual de atolondrada.

- Dice que al rato le devuelve.

- Muy bien, muchas gracias...

Al principio pensó que tendría que someterla. Pero nada, anda absolutamente perdida, no tiene la más remota idea. Lo que es peor, no parece importarle. Ella sí que genuinamente vive en un mundo paralelo. Este por lo menos conserva algunos lazos. Mejor..., y peor, como siempre. Otra sorpresa ha sido que él no se debate en la culpa, entre el pecado y el arrepentimiento. Al principio sí, hay una etapa de cálculo y cautela. Se elaboran escenarios: "¿y si explota todo? ¿Y si esta mujer se propone hacer público todo esto? El lío no sería pequeño." ¿Qué sabe de ella? ¡Nada! De dónde viene, qué hace... Nada. ¿Qué tiene ella que perder?, para por lo menos calcular las bajas relativas. La posibilidad de una competencia predatoria hay que tenerla en cuenta. Anda como el niño al que invitaron a asaltar la nevera de la escuela. Inseguro, asustado pero, a la vez, excitado. ¿No es acaso romper las reglas partes de las reglas? ¿No tiene mejor sabor lo prohibido? Ahora le sorprende la sensación de decisión, de responsabilidad, que le llena el pecho como aire caliente al pensar en la posibilidad de ser descubierto. "Aunque, ¿quién sabe? Nidia vive en otro mundo, más entre sus historias que en esta historia. ¡Bien por ella!"

- ¿Qué te parece si nos vamos a la casa? En la mañana compré un jamoncito serrano que está de lujo... Y un vinito italiano que me dijeron que está delicioso. Podemos ver un programa y... bueno, profesor, yo vivo sola...

Dijo esto último con una sonrisa de picardía que pretendía sacarlo de su depresión. No funcionó.

- OK, vamos.

Puso cara de niño obediente. Ella sonrió más abiertamente: no es capaz de decirle que no. Las resistencias están vencidas, el agua fluye por simple gravedad. Faltan minutos para la cena.

9

> A pesar de la ritualización, es común que la hembra termine devorando a su pareja. Todas las arañas, salvo las de la familia Uloboridae, son venenosas. Las más venenosas son las australianas de los géneros *Atrax* y *Hadronyche*, unas 35 especies conocidas como arañas de embudo.

El timbre suena al otro lado de la línea pero no contesta. Diez, quince veces... Lo deja hasta el final. Entonces entra el tono de ocupado. Hubiera querido que sonara más alto, que la fuera a buscar. Marca de nuevo. Siente que entre uno y otro pulso corre menos tiempo. Todo es ansiedad. "¿Dónde andará? ¡Demonios!" Vuelve a marcar. De nuevo deja timbrar hasta el final. Esta vez entra el mensajero. Cambia la voz en lo que puede, como quiera se le nota desesperación.

- Pero, amor, ¿dónde andas? Te estoy llamando... Llámame cuando oigas este mensaje.

Y cuelga vencido. Hace ademán de volver a coger el teléfono. Le va a dejar un mensaje con menor sentido de urgencia. Quizás no es buena idea que ella se de cuenta... ¿Qué se de cuenta? Cualquiera podría reír pero, bueno, esa es su idea. Dicen que es saludable que el otro sepa del deseo propio. Que no hay que ser vanidoso ni arrogante sino... vulnerable. Que es lo humano... Decirle que uno es débil... a un ave de rapiña. ¡Vaya! No, mejor no. Intenta volver a la calma.

- Mercedes –le habla a su asistente-, ¿dónde quedó el reporte de investigación de ayer?

En la mañana ha tenido un pequeño altercado con Nidia. La ansiedad y la tensión nerviosa lo tienen de mal humor. Luego de bañarse, cuando se va a rasurar, encuentra que no tiene navajas. Sólo queda una, usada dos o tres veces.

- Nidia –llama desde el baño-, ¿dónde están las navajas?

Nidia duerme. Escucha entre sueños. Se incorpora perezosamente. "Pero, ¿qué es?", piensa en el tránsito hacia despertar. "¿Qué hora es?"

- Mario, son las cinco de la mañana. ¿Qué quieres?

- Las navajas. Te dije que me compraras, que se me habían acabado.

- Mario, todavía no he ido al supermercado. Pero, ¿adónde vas tan temprano?

- A ningún lado. Sólo me quiero afeitar.

No le hizo caso. Se dio vuelta y volvió a dormir. Tuvo que resolver con la navaja usada. Está muy cambiado. De ser un hombre que dormía plácidamente hasta las seis y media, como un reloj, pasó a tener un sueño inquieto y de sobresaltos. No encuentra posición, da vueltas. Se acomoda, duerme un rato. Empieza a roncar. Vuelta de nuevo. Silencio. Otra vuelta. Ronquidos. Se levanta dormido al baño. Y, lo que nunca hizo antes, se despierta en la madrugada, pasa por el baño y se va a leer. Una, dos horas. Está distante y rudo, molesto, irascible. Algo pasa, pero Nidia anda entre los novelistas rusos. Ahora estudian con detalle a Tolstoi. Se afeitó como pudo y se fue a leer.

No puede evitar el ataque de pánico. Un susto repentino, inexplicable y paralizante. La sensación de cuando le anuncian la muerte de un ser muy querido, un hijo. Asfixia, no puede respirar. Una angustia profunda, embargante, un frío de muerte. El sentido de la tragedia: separación final, fatal. Nunca más. Jamás. Nunca jamás. Y el dolor de un tajo profundo a lo largo del pecho.

A los quince minutos vuelve a marcar. A lo mejor son las líneas, a veces la comunicación no es buena. Ojalá sea ésta la razón. Nada, no contesta. Le deja otro mensaje.

- Amor, te estoy llamando. ¿Dónde andas? Por favor, llámame cuando oigas este mensaje.

¿Cómo evitar esta desesperación? ¿Cómo? ¿Cómo borrarla de su pensamiento? Si sólo hubiera una mecánica, una sustancia o una técnica. Pero no, el único y obligado camino es la angustia. Bueno, trata de recomponerse. Calma. Tampoco puede ser así.

- Mercedes, el reporte.

- Doctor, lo tiene al frente.

- ¡Ah!, disculpa. Estaba en otra cosa.

¡Guao! Volvamos al trabajo, que todavía puede abrir una brecha, aunque muy pequeña, para pensar en otra cosa. De siete proyectos que se sometieron para financiamiento sólo aprobaron dos. Y eso, con un recorte del quince por ciento. Y así quiere la universidad que avance... Suena el teléfono. Lo toma Mercedes y se lo alcanza.

- Doctor, es de rectoría.

Pero justo en ese instante suena su celular. Brinca al oírlo y rápido lee la pantalla.

- Dile que llamo en un minuto, que estoy en algo urgente.

Mercedes se queda boquiabierta. En la universidad el rector es algo así como dios omnipotente. Por lo mismo que la universidad es el paraíso, quien gobierna en el paraíso es dios. Cuando llama, todo mundo debe responder presto y diligente. Si pide algo, debe estar disponible al instante. Su tiempo es un escalamiento exponencial del tiempo de los demás. Sin embargo, el profesor hace caso omiso y sale hacia el pasillo con el celular bien pegado al oído y actitud de confidencia.

- Pero, amor mío, ¿dónde andas? Te he llamado mil veces.

A estas alturas no hay manera de impedir que afloren las emociones. De mantener la pose, la compostura.

- ¡Ay, no exageres! Veo tres llamadas perdidas tuyas. Niño, estaba en el baño. Sabes que me gusta tomarme mi tiempo. Así somos las mujeres...

- Bueno, será mi deseo por verte, mi desesperación que hace que los momentos sin ti me parezcan siglos...

Hasta cursi se ha vuelto. No es de extrañar, el profesor no tiene la idea más remota del arte de la seducción. Ni para atacar ni para defender. Ella sonríe empapada de satisfacción.

- Pero amor, nos vemos todos los días. O casi. ¿Qué más quieres? ¿Cómo es que quieres que esté todavía más a tu disposición?

- Te quiero todo el tiempo. Te quiero a todas las horas...

Quizás ya está a punto. El tigre se acerca sigilosamente. Se arrastra, se confunde con la yerba, se agazapa. Ahí espera. Espera impacientemente conteniendo su impulso. Se mantiene alerta. Concentrado, dispuesto, listo. Hasta que la presa llega a la distancia correcta. Entonces se lanza como el rayo. Mejor, como el puñal. Súbito, silencioso. Letal. Lo mismo hacen todos los cazadores. Algunos esperan escondidos, confundidos con el paisaje. Camuflados, indetectables. Esperan su momento y, llegado éste, saltan como una explosión. Otros persiguen a la presa por horas hasta lograr su rendición. Otros más son más efectivos, sólo inoculan su veneno y se vuelven a esconder. Esperan hasta que surta efecto. Entonces van y cobran. Las arañas atrapan a sus presas con sus redes. Entonces van y las inmovilizan envolviéndolas en hilos de seda. Su fina mortaja. Finalmente, sólo cuando es su decisión, le inyectan sus hormonas para que vayan cociendo la carne. Y comen. Comen y se retiran a descansar. Comen, no asesinan, aunque comer pasa por matar. Pero no lo hacen por maldad. En el instinto no existe maldad. Bueno, no siempre...

- Sabes que yo también.

- Hoy tengo más ganas que nunca de verte. De besarte, de amarte.

- Yo también, hoy es un día especial. Te veo como siempre. Seis, en nuestra... escuela.

Y le colgó. El quedó fascinado. La vida es bella. Pura felicidad. El placer anda dos cuadras adelante. Al rato lo alcanza.

- Mercedes, dame, por favor, con rectoría...

Cuando llegó estaba puesta una mesa de gala para dos. Candelabros, cinco cubiertos, platos enchapados de oro. Se oía un Mozart de cámara suave y elegante desde el cuarto de música.

- Hola, mi amor, pasa...

Se empinó –andaba descalza- y le planta un beso en la mejilla. El trae una botella de vino dentro de una bolsa de papel. Y un paraguas colgando del brazo. Recibe el beso secamente. Sin embargo, es un torbellino de emociones. No tiene la habilidad para hacer la transición, es como esas personas que saben escribir muy bien pero que son pésimos oradores. O como aquellos atletas de alto rendimiento que no pueden hincar un clavo. Es decir, hay talentos que parecen ir juntos, que parecen formas de lo mismo, pero que no tienen mucho que ver.

- Traje un vino...

Dice torpemente, niño bobo.

- Prueba éste... -le alcanzó la copa de la que estaba bebiendo-, merlot, francés, del noventa y cuatro. Está exquisito.

Le cruzó por la mente aventurar un "como tú". Agil, pícaro, propositivo. Pero se contuvo. Siente que no tiene... la solvencia. Ella lo inhibe, lo intimida. Si sólo fuera por teléfono. Su corazón late con fuerza. Aún así conserva su postura de rectitud y distancia. Por lo menos a ratos.

- ¿Comemos algo?

- ¿Ya?

- Bueno, quiero decir algo para picar. La cena es más adelante. Como te dije, hoy es un día muy especial.

- Bueno...

- Mira, ahí preparé unos canapés de queso y salmón. Están riquísimos...

- Al rato...

Fue a dejar el paraguas en un rincón, al lado del sillón. Ella lo siguió. Cuando dio la vuelta, ella estaba en su frente, muy cerca.

- Bueno, si no tienes ganas de comer, a lo mejor sí de otra cosa...

Y lo agarra de la corbata. Lo va halando despacio hacia la habitación, como a un borrego que se deja llevar obediente. Se desnudó rápido pulsando sólo dos botones. Por un instante se recortó su figura perfecta contra la luz que entra por entre las persianas. La piel muy blanca, limpia, ajustada. Brazos y piernas largos. La cintura estrecha, recogimiento de unas caderas suavemente onduladas. Se acostó boca arriba.

- Ven, hazme...

Y entreabrió las piernas. A él le latían las sienes. El corazón retumba. Ya está muy arriba. Rápidamente se deshace de los zapatos, un dedo contra el talón del otro. Y al revés. Un jalón y ya está fuera la corbata. Luego los botones de la camisa. Gateó sobre la cama para que su boca quedara justo al nivel de la fruta madura. Va a morder.

- Mejor no –lo detuvo-. Te dije que hoy es un día muy especial... - Y se dio vuelta. – Enséñeme, profesor, de todo lo que usted es capaz. Yo soy suya...

Estaba completamente enloquecido. Si no se hubiera empleado a fondo se le hubieran salido los ánimos antes de tiempo. Trasponía todos los velos de la prohibición. Esto último lo llevaba a lo más profundo de su imaginación, de sus pensamientos más lascivos y vergonzosos. Aquello era dejarse ir plácidamente sobre el agua fresca del deseo. Dejarse engullir por la boca ardiente del pecado. Ser, es decir, atreverse a hacer. Cuando entró por primera vez –por primera vez en su vida-, ella gimió y soltó. Se dejaba, gozaba. El tocaba el terciopelo de sus ancas. Se encorvaba y atacaba. Ella sólo gemía con una sonrisa leve en los labios. Estaba floja, suelta, abierta. Lo arriesgaba todo, todo lo podía perder. No importa. Ella lo vale. Estaba en el paraíso.

10

> Los primates, incluidos los seres humanos, resultan ser excepcionalmente susceptibles a este veneno. Llegaron a registrarse 26 muertes en Australia antes de que se desarrollara el suero específico en 1981.

No hay peor muerte que el abandono. No se teme tanto a la muerte como al dolor. Por supuesto, es final fatal, vacío. Eterno, por los siglos de los siglos hasta el final del tiempo. Lo peor: muerte mientras crecen las flores en otros jardines. Mientras se besan otros amantes. Es decir, mientras allá el placer, aquí, yo, nada. Afortunadamente es también el final del dolor y el esfuerzo. De la incertidumbre, la agonía. Malo cuando se sufre y no se muere. Cuando se sufre tanto tiempo sin morir, cuando la fuente del dolor es la ausencia. La ausencia, el abandono, la partida del sentido. Se cae en un pozo profundo de turbación e inutilidad, con el dolor cruzado que no cabe en el pecho. Nada importa, nada interesa, ahora lo único que queda es... sufrir, porque llorar no remedia nada. Sufrir por estar vivo porque ella no está, porque se fue. Sobre todo porque ella no quiere estar. Y sobreviene la maldita necesidad del dolor: ¿con quién está? ¿Con quién está, que la hace sentir lo que yo no soy capaz? Si muriera no habría dolor. Pero vive. Vive condenado al sufrimiento, a la falta de aire, a la falta de propósito. A la ausencia de placer. A la nada. Desde que desapareció repentina, definitivamante. Como si se la hubiera tragado la tierra. Como si hubiera sido un sueño. ¿Fue? Y cómo buscar si no sabe dónde, si no sabe a quién. Ausencia. Abandono. Abandono y ausencia absolutos. La araña que se esconde y espera.

- Buenos días doctor...

Pasó sin contestar. Está tan delgado y muy demacrado. La camisa le huelga en el cuerpo, el cuello flácido de pellejo colgante y estriado. Hasta la cabeza parece haberse achicado. Los ojos dos puntos diminutos al fondo de los cristales gruesos y verdosos. Alrededor, manchas oscuras. Arrugas, la barba de unos días. Menos pelo. La tierra arrasada por la desesperación. Y, luego, por la fatiga. Cierra la puerta tras de sí, y de ahí no saldrá en todo el día. No hace nada. Se sienta frente al escritorio en actitud de escribir: pluma en mano, papel blanco sobre la mesa. Pero nada. Nada por horas. Nada por horas y más horas. La mirada al frente, perdida. La mente vacía. Una cáscara, el bagazo que queda luego de exprimir los jugos. Antenas, caparazón, uñas, huesos... Los despojos esparcidos de un animal devorado por las fieras. Aunque dice el biólogo que los animales no matan, comen. Obviamente, lo que quiere decir es que los animales –a excepción del hombre- no dañan por maldad. O por placer. El león come, y para comer es inevitable que mate. Pero no toma más de lo necesario. El hombre, por el contrario, es capaz de matar por obsesión, por delirio o por ignorancia. Aunque no se puede decir que los predadores maten con el cuidado de infligir el menor dolor. Una leona puede dejar viva a su presa –aunque herida- como entrenamiento para sus cachorros. El macho puede despedazar a un rival para infundir miedo a los demás. O comerse vivo a otro macho como reto a sí mismo y escarmiento a su víctima. Para que sufra la agonía atroz de sentirse devorado. Todo para demostrarse a sí mismo –y a nadie más- de la maldad de la que es capaz. Lo que hace al ser humano más peligroso es su vanidad. Creerse solo y único. En el mundo, en el univeso. Eje, centro y rey. Corazón, dueño, motivo. Cuando no es nada: polvo. Un susurro del destino y se desintegra como estatua de arena. Como lo que es: nada. Se cree dueño y no es sino esclavo. ¿Cómo se puede llamar a este dislate? ¿Ignorancia? Mejor, estupidez.

Dejó todo: docencia, investigación, los proyectos de enlaces industriales. Nadie pudo, nada valió. Como si se hubiera vaciado por dentro, se hubiera quedado hueco. No hay término médico para esta idiotización repentina e inexplicable. No hay diagnóstico, tratamiento. Cuestión de sacarlo del medio, llevárselo a la casa. Retirarlo a las conexiones fantásticas de su melancolía. A la quietud y el silencio de la nada. Al vacío de la locura. A lo mejor más adelante, con el tiempo... El tiempo que de repente se hizo tan largo: aquello fue hace tanto tiempo... Tan en el pasado.

La vida es implacable, al poco tiempo la cotidianidad se tragó el recuerdo del doctor Fernández. Un físico joven recién de regreso al país luego de doctorarse en Inglaterra ocupó su plaza. ¡Juventud! Sangre nueva, nuevas ideas. Vitalidad, entusiasmo. Mientras, esta tarde el rector celebra una recepción para presentar al doctor Andrés Parra, recientemente contratado por la universidad como investigador. El protocolo es el siguiente: el rector dará la bienvenida al nuevo integrante del staff. Luego, el ministro de ciencia y tecnología, invitado de honor, tendrá diez minutos para hablar de la importancia del vínculo entre universidad y empresa. Y finalmente el doctor Parra hará una presentación de su última investigación. Como supo la audiencia cuando el rector leyó su perfil, el ingeniero químico Andrés Parra, colombiano, se doctoró en el MIT, en Estados Unidos, y tiene patentes internacionales de varios de sus inventos. Explicó su potenciador calórico en la combustión de alcohol, un proyecto en el que actualmente trabaja. La conferencia fue fascinante. Si lo que dijo el doctor Parra es cierto, con un multiplicador de hidrógeno la cantidad de calor generada en la combustión se puede escalar hasta cinco veces su nivel natural. El inicio de una revolución energética. "Esta es la teoría –dijo-, ahora nos falta demostrarla. La teoría no es complicada. Es lo mismo que decir que con leña más densa tendremos un fuego más intenso. El truco está en conseguir leña de mejor calidad." Y con eso concluyó su intervención. El auditorio le rindió un nutrido aplauso por más de quince segundos, mucho en una conferencia científica. Esa clase de aplausos sólo se ve en conciertos de música clásica. Se formó una fila larga de asistentes con el deseo de saludar personalmente al conferencista. En ella se distingue una mujer tocada con un sombrero rojo y cinta negra a la que se ajusta una plumilla amarilla. El pelo le sale libre y alegre por los lados. Al llegar a él le brinda la sonrisa más limpia de una boca perfecta y seductora.

- ¡Felicidades, doctor! Ha estado magistral. Es usted un genio. Se lo digo con total sinceridad. Sé que llevamos prisa por toda la gente detrás de mí, pero me gustaría tener su tarjeta. Es de vital importancia que hablemos. Sé que será de su total interés. ¿Será usted tan amable de regalarme una de sus tarjetas? Aquí está la mía...

El doctor está eufórico. Sabe que estuvo impresionante, como sabe que sus bonos andan por lo más alto. Lee por arriba, rápidamente, la tarjeta que le entrega y la echa a un bolsillo de su chaqueta. Saca una de las suyas, siempre anda preparado. Se la extiende.

- Felicidades, doctor. Yo lo llamo. Sé que es usted un hombre muy ocupado. Pero creo que puedo ayudarlo. ¡Bah, qué cosas! Soy yo la que necesita de su ayuda. ¿Sabe? Soy asistente del rector...

Dicen que el secreto está en la salsa. A lo que habrá que añadir que el gusto está en la variedad.

CPSIA information can be obtained
at www.ICGtesting.com
Printed in the USA
LVHW02s1748280618
582188LV00009B/612/P

9 789945 090468